Klara and the Sun

クララとお日さま

カズオ・イシグロ

土屋政雄＝訳

早川書房

クララとお日さま

KLARA AND THE SUN
by
Kazuo Ishiguro

Translated by
Masao Tsuchiya
First published 2021 in Japan by
Hayakawa Publishing, Inc.
This book is published in Japan by
arrangement with
Rogers, Coleridge and White Ltd.
through The English Agency (Japan) Ltd.

装画／福田利之
装幀／坂川朱音＋鳴田小夜子（坂川事務所）

母・静子（一九二六—二〇一九）をしのんで

第一部

はじめてお店に並んだとき、ローザとわたしに与えられた場所は店央《てんおう》の雑誌台側でした。そこからだとショーウィンドーの半分以上が見えます。お店の外もよく見えました。急ぎ足で行き交うお勤めの人とか、タクシーとか。ジョギングの人、観光客、物乞いの人とその犬、そしてRPOビルも、下のほうだけですが見えました。だんだんお店に慣れてくると、もっと前まで行っていいというお許しが店長さんから出て、ショーウィンドーのすぐ後ろまで行けるようになりました。ここではじめて、RPOビルがどれほど高いかがわかりましたし、たまたま時刻が合えば、お日さまがこちら側のビルの上からRPOビル側へ進んでいくところも見られました。

そんなふうにお日さまに出会えた運のいい日は、顔を前に突き出し、できるだけたくさんの栄養をいただこうとしました。ローザがいれば、誘って一緒に。でも、そうやっていられるのはほんの一、二分です。すぐにもとの位置に戻らねばなりません。来たばかりのころは店央にいることが多くて、お日さまに会えないまま体がだんだん弱ってしまうのではないかと心配したものです。当時、レックスという男子AFがわたしたちの並びにいて、そんな心配はいらないと話してくれました。お日さまはどこにでも光を届かせられる。そして床を指差し、「ほら、あそこにお日さまの光模様があるだろ。心配ならあれにさわれば、また元気になれるよ」と。

たまたまお客様は誰もいませんでしたし、店長さんは赤い棚で何かをせっせと並べなおしていて、わざわざ許可を求めるのも邪魔するだけかな、と思いました。ローザを誘ったのですが、目配せをしてもポカンとした表情を返してくるばかりなので、わたし一人で前へ二歩出て、しゃがみ、床にある光模様に両手を伸ばしました。でも、指でさわれたのは一瞬です。模様はすっと消えてしまいました。模様のあった場所を手でペタペタ叩いても何も起こらず、では、と床の板をこすってみるなど、いろいろやったのですが、光模様は戻ってきませんでした。しかたなくまた立ち上がったとき、レックスが言いました。

「欲張りすぎだよ、クララ。君ら女子AFはなんて欲張りなんだ」

いくらお店に来たばかりのわたしでも、自分が悪いわけではないことくらいすぐわかりました。触れた瞬間に光模様が引っ込んだのは、ほんの偶然でしょう。でも、レックスの顔は真剣そのものでした。

「君が栄養を全部とったから、見なよ、クララ、真っ暗になっちゃったじゃないか」

たしかに店内はとても暗くなっていました。いいえ、店内だけではありません。外の歩道でも、街灯の柱にある駐車禁止の標識が灰色になり、見えにくくなっていました。

「ごめんなさい」わたしはレックスに謝り、ローザにも「ごめんね。独り占めのつもりはなかったの」と言いました。

「君のせいで、ぼくは夕方までに衰弱しちゃう」とレックスが言いました。

「冗談でしょう？　絶対冗談よね？」とわたしは言いました。

「冗談なんかじゃないよ。いまにも気分が悪くなりそうだ。それにぼくらより後ろの連中はどうなる。いまでさえみんなどこかおかしいのに、きっともっと悪くなるぞ。君が欲張りすぎたからだ、クララ」

「そんなこと信じない」と言い返しましたが、自信がぐらついていました。ローザは、相変わらず無表情のままです。

「もう気持ち悪くなってきた」レックスが背を丸め、下を向いて言いました。

「でも、お日さまは光を届かせられるって言ってたじゃない。気持ち悪いなんて嘘でしょう？絶対に嘘よ」

レックスはからかっているだけ……そう自分に言い聞かせました。でも、成り行きとは言え、わたしのせいでレックスが言いだしたことは、お店のほとんどのAFにとって胸をざわつかせる何か、できれば触れずにおきたい何かだったのだ、とあの日感じました。冗談を言っているつもりで、レックスのどこかにはきっと本気の部分もあったでしょう。そう気づいたのは、その後まもなくあのことがあったからです。

明るい朝でした。レックスはもうわたしたちの並びにおらず、店長さんの指示で店頭のアルコーブに移っていました。どの位置もよく考えられていて、どこにいても選ばれる可能性は同じ……店長さんはいつもそう言っていました。でも、わたしたちはみな知っています。お店に入ってきて、お客様がまず見るのは店頭のアルコーブです。ですから、やっとそこに立つ番がきて、レックスは嬉しそうでした。お日さまの光模様を全身に浴びて、得意げに立つレックス。わたしたちは店央から見ていました。一度、ローザがわたしに顔を寄せ、「見て、とっても恰好いい。あれなら、きっとすぐにおうちが見つかるわね」と言いました。

レックスがアルコーブに立って三日目、女の子と母親の二人連れが入ってきました。年齢の推定にはまだ不慣れでしたが、わたしはその女の子を十三歳半と判断しました。いま振り返って正確な推定だったと思います。母親はキャリアウーマン風で、靴やスーツから見て地位の高い人でしょう。女の子はまっすぐレックスの前に行き、じっと彼を見ていました。母親は店内をぶらぶらと歩き、わたしたちのいるあたりにも来て一瞥をくれると、さらに後ろに移動していきました。後ろにはガラスのテーブルがあって、二人のAFがすわり、店長さんの言いつけどおり両脚をぶらぶら揺らしています。一度、母親が娘を呼びました。でも女の子は無視し、レックスの顔をずっと見つづけています。不意に手を伸ばし、レックスの腕に触れて、そっとなでおろしました。もちろん、レックスは何も言いません。笑顔のまま見おろし、じっと立っています。お客様が特別の興味を示したときはそうするよう、店長さんに言われていましたから。

「見て」とローザがささやきました。「あの子、レックスを選ぶわよ。もう夢中だもの。運がいいな」誰が聞いているかわからないよ、とわたしは肘でぐいと突いて注意しました。

今度は女の子が母親を呼びました。母親はすぐに応じ、二人でレックスの前に立って、上から下まで念入りにながめはじめました。女の子はときおり前に手を伸ばし、レックスにさわっています。二人はひそひそ声で何やら相談していましたが、途中、「彼、完璧よ、ママ。なんてきれいなAF!」と女の子の言うのが聞こえました。さらに一瞬後、「でも、ママ、お願いよ」とも。

やがて母親が振り向き、すでに二人の背後にまわって静かに立っていた店長さんに、こう尋ねました。

「この子は何型なの」

「B2型です」と店長さんが答えました。「第三世代です。相性の問題さえクリアできれば、レックスは最適なお相手ですよ。若いお子様に良心的で真面目な態度を養うのにとくに適したAFです」

「うちの娘にはたしかに必要な態度だわね」

「ねえ、ママ、この子、完璧だから」

「B2型、第三世代か。たしか太陽光の吸収に問題のあるAFじゃなかったかしら」と母親が言いました。

レックスのいる前で、母親は笑顔のままそんなことを言いました。レックスは笑顔を崩しませんでしたが、女の子はきょとんとして、レックスから母親へ視線をさまよわせました。

「第三世代の初期に小さな問題がいくつかあったのは事実です。でも、あの報告書はとても大げさに書かれていて、実際のところ、普通に光のある環境なら、まったく問題はありません」

「光の吸収不良はいろんな問題の原因になるって聞いたけど」と母親は言いました。「行動面でも、って」

「いえ、お言葉ですが、奥様、第三世代のAFは世の多くのお子様に大きな幸せをもたらしています。アラスカとか鉱山のトンネル内でもないかぎり、心配はいりません」

母親はレックスを見つめつづけましたが、結局、首を横に振りました。「ごめんね、キャロライン。あなたがなぜ気に入ったかはわかる。でも、うち向きではないわね。もっとぴったりのAFを見つけましょう」

お客様が店から出ていくまでレックスは笑顔を変えず、そのあとも悲しい素振りなど見せませんでした。でも、そのとき、わたしはレックスの言った冗談を思い出しました。そしてお日さまにまつわるわたしへの非難と、栄養をわたしたちに奪われるというあの心配は、以前からずっとレックスの心にあったに違いないと思いました。

いま振り返れば、レックスだけの問題ではなかったとわかります。もともと、公式には「問題」ですらなかったはずのことです。わたしたちの誰もが一定の仕様で作られ、室内での位置とか、そういう要素の影響を受けないことが保証されているのですから。それでも、お日さまから数時間でも遠ざかると、ＡＦはなんとなくだるくなるのを感じ、自分はどこか悪いのではないか、と心配になります。自分だけどこか故障しているのではないか、知られたら家など見つからなくなるのではないか、と。

なぜわたしたちがショーウィンドーを強く意識していたか、その答えの一つがそれでした。誰もがいつかウィンドーに立てると約束され、順番を心待ちにしていたのには、もちろん、店長さんの言う「特別な名誉」もあったでしょう。店頭に立つことは、外の世界にたいしてお店を代表することでしたから。それに、店長さんがどう言おうと、ウィンドーに立てばお客様に選ばれやすくなります。でも、そんなこと以上に重大で、全員が暗黙のうちに了解していた理由が、お日さまと栄養でした。わたしたち自身の順番がくる少しまえ、ローザがそっと語りかけてきたことがありました。

「ねえ、クララ、一度ウィンドーに立ったら、ものすごく健康をもらえて、その後は不足することがないのかしら」

同じ疑問は以前からわたしの心にもありましたが、当時はお店に来たばかりで、どう答えてよいかわかりませんでした。

ある朝、ようやくわたしたちの順番がきて、ローザと二人でショーウィンドーに入ることになりました。まえの週の二人がウィンドー内の展示物を倒すという失敗をしていたので、わたしたちは繰り返さないよう気をつけました。まだお店が開く時刻ではなく、当然シャッターはおりたままだろうと思っていましたが、いざ縞模様のソファに腰を落ち着けてみると、シャッターが少し上がり、下に狭い隙間ができていました。店長さんが事前にウィンドー内を点検し、そのとき少し引き上げたものでしょう。その隙間からお日さまの光が入り込み、ウィンドー内の床に明るい四角形をつくっていました。四角形の手前の縁はわたしたちの足元のすぐ近くまできていて、足をほんの少し前に出せば、光の暖かさの中に置くことができそうです。そのとき、ローザの疑問への答えがどうであれ、これからしばらくのあいだ二人は必要な栄養をいくらでももらえるのだ、という実感が湧きました。店長さんがスイッチを入れると、シャッターが完全に上がり、わたしたちはまぶしい光の中にいました。

ここで、わたしにはウィンドーに立ちたい理由がほかにもあったことを告白しておかねばなりません。お日さまの栄養とかお客様に選ばれやすいとか、そういうこととは別の理由です。わたしは——ローザやほかのほとんどのAFと違い——いつも外を見たいと思ってきました。外の世界を細部にいたるまで全部見たい。ですから、シャッターが上がった瞬間、いま自分と歩道を隔てるものがガラス一枚しかないという思いと、これまでほんの隅っこや端っこしか見られなかった多くのものの全体を間近に見られるという期待とで、とても興奮しました。興奮のあまり、一瞬、お日さまのことも、お日さまの親切のことも忘れるほどでした。

はじめて間近に見るRPOビルは、ブロックを一個一個積み重ねてできていました。これまで白いと思っていた壁面がじつは淡い黄色であること、想像していた以上に高く、全体で二十二階もあること、上下左右に繰り返される窓の一つ一つに別個の窓敷居がついていることなど、間近に見てはじめてわかることばかりでした。いま、ビルの壁面がお日さまの光で斜めに切られ、全体が二つの三角形に分かれています。一方は明るく、ほとんど白く見えますが、反対側は――ほんとうは同じ淡い黄色であるはずなのに――暗い影になっています。下層からビルのてっぺんまで、並ぶ窓の一つ一つが全部見え、ときにはその窓の向こう、部屋の中に立っている人やすわっている人、動きまわっている人までが見えます。視線を下に戻すと、通りを人々が行き交っています。はいている靴がそれぞれに違います。手にもつ紙コップも、肩から下がるショルダーバッグも、連れている小犬も、みな人ごとに違います。誰か気になる人が通ったときは、その人が横断歩道の前を過ぎて、その先にある二つ目の駐車禁止標識の向こうに消えるまで、背中を追っていけます。そのあたりには工事の人が二人いて、排水溝を見おろし、何か指差しています。いま横断歩道の手前で、渡る人のためにタクシーが止まりました。窓越しに中が見えます――いらだたしげにハンドルを叩くドライバーの指先も、後ろにすわる乗客の帽子も。

何事もなく時間が過ぎていき、お日さまからは暖かさが送られつづけてきて、ローザはとても幸せそうでした。ただ、気になったことが一つあります。それは、ローザが目の前の駐車禁止標識ばかりを見ていて、ほかにはほとんど目もくれようとしないことです。わたしが何かを指し示すと、そのときだけはそちらに顔を向けますが、すぐに興味をなくし、また歩道と標識に目を戻します。

たまに、ある程度の時間ほかを見つづけることもないではありませんが、それは通行人がショーウィンドーの前に立ち止まったときに限られます。そんなとき、わたしたちは「当たり障りのない」笑顔になって、通りの向かい側にあるRPOビルの中層階あたりを見ているよう店長さんに言われています。ほんとうは、立ち止まったのがどんな人かもっとよく見たいのですが、店長さんの説明では、そんなとき目を合わせるのはとても失礼なことなのだそうです。立ち止まった人がなにか特別に合図してきたときとか、ガラス越しに話しかけてきたときは応じてもいいが、それ以外はだめ、とのことでした。

立ち止まるのは、わたしたちに興味をもつ人ばかりではありません。ランニングシューズに入り込んだ砂粒を払うためとか、手のオブロン端末を操作するため、などの人が多いでしょうか。でも、ガラスの中をのぞきたくて立ち止まる人もなかにはいます。多くは、わたしたちがお相手となるはずの年齢の子供です。わたしたちを見て嬉しそうにしてくれます。一人で、あるいは連れの大人の手を引っ張って、興奮ぎみに駆け寄り、指で差し、笑い、変な顔をしてみせ、ガラスを叩き、手を振ってくれます。

顔をＲＰＯビルに向けていても、ウィンドー前の人の観察はできます。わたしもすぐにそれに上達し、ときどきガラスの前で悲しそうな表情になる子に気づくようになりました。ときには怒りを浮かべる子もいて、なんだかこちらが悪いことをしたような気分になります。でも、そんな子もつぎの瞬間には表情がくるりと変わり、笑いだし、ほかの子らのように手を振ってくれたりします。二日間観察して、わたしはそういう子の違いがわかるようになりました。

その日の三人目でしたか四人目でしたか、そういう子がウィンドー前に現れたとき、ローザに考えを話してみました。でも、ローザは笑い、「考えすぎよ、クララ」と言いました。「あの子もきっと幸せ。こんな日に幸せ以外ありえない。今日は街全体が幸せだもの」

三日目の閉店後、ウィンドーでのわたしたちを店長さんが誉めてくれました。「美しく、品があった」と。わたしはいい機会だと思い、店長さんの考えを聞いてみることにしました。お店の照明はもう暗くなり、ＡＦはみな奥に移動して、壁に寄りかかっています。あとは眠るだけ。そのまえのひとときを、おもしろそうな雑誌をめくって過ごす子もいます。わたしの横にいるローザなど、両肩のぐあいから、もう半分眠っているとわかります。楽しい一日だったたか、と店長さんに聞かれたとき、思い切ってウィンドー前の悲しそうな子供たちのことを話してみました。

「あなたはすごいわ、クララ」ローザやほかの子を驚かせないよう、店長さんは声をひそめて言いました。「よく気づいて、よく学ぶAFなのね」と感心したように首を振り、こうも言いました。「ここはとても特別なお店なの。それをわかっておいてね。できるものならあなたとかローザとか――いえ、どのAFでもいい――選べるようになりたい子はたくさんいます。でも、その子たちにはそれができないの。いくら手を伸ばしても、あなたたちは手に入らない。だからウィンドーまで来て、一緒にいる夢を見るのね。そして悲しくなる」

「店長さん、そういう子は……そういう子は家にAFがいるんでしょうか」

「たぶん、いないわね。少なくともあなたのようなAFはいないはず。だから、たまに苦々しさや悲しさのまじった目で見られても、ガラス越しにいやなことを言われても、気にしないでおきなさい。そういう子は心に不平不満をため込んでいるんです。それを忘れないで」

「そういう子は、AFなしできっとさびしいでしょうね」

「そうね」と店長さんはそっと言いました。「きっとそう」

そして下を向き、しばらく黙っていました。でも、わたしが待っていると不意に笑顔になり、手を伸ばしてきて、わたしの手にあったおもしろい雑誌をそっと取り上げました。

「おやすみ、クララ。今日の調子で、明日もすばらしいAFでいてね。そして忘れないで。前を通る人にはローザとあなたがお店の代表なんですから」

＊

ウィンドー入りして四日目の朝、お昼にはまだ少し間がある時刻に、スピードを落としながら近づいてくるタクシーが見えました。ドライバーが車の窓から身を乗り出し、車線を変更させてくれるようほかのタクシーに合図しながら、お店の前まで来て、路肩に停車しました。おりてきたのは、青白くて痩せた女の子です。歩道に立った瞬間からじっとわたしを見つめ、お店に向かってきました。歩き方がほかの人と明らかに違います。ただ遅いというのではなく、一歩踏み出すごとに、安全か、転ばずにいられるか確認するという感じでしょうか。年齢を、わたしは十四歳半と推定しました。

歩行者の流れを渡りきってショーウィンドーに近寄ると、立ち止まって、わたしにほほ笑みかけました。

「ハイ！　ね、聞こえる？」と声がガラス越しに尋ねました。

ローザは店長さんの言いつけどおり、正面のRPOビルを見つめています。でも、わたしはいま話しかけられました。ですから、少女の顔をじかに見て笑顔を返し、誘うようにうなずきました。

「ほんとに？」とジョジーが（そのときはまだ名前を知りませんでしたが）言いました。「自分にも聞こえないくらいの声だったのに、ほんとに？」

わたしがまたうなずくと、ジョジーは感心したように「ワーオ」と嘆声をあげました。

そのあと、おりてきたタクシーを肩越しに振り返りましたが、そうやって振り返る動作にも用心深さが見てとれました。タクシーのドアはまだ開いたまま歩道の上に突き出し、後部座席にすわる人影が二つ見えます。横断歩道の向こう側に何かがあるのか、二人はそちらをしきりに指差しながら、なにやら話し込んでいます。大人たちがまだ出てきそうにないと見て、ジョジーは「よし」と思ったのでしょうか。もう一歩前に踏み出し、顔がガラスに触れそうなところまで近づきました。

「昨日あなたを見たのよ」と言いました。

前日の記憶を探ってもジョジーの顔が見つからず、わたしは目の前の少女をまじまじと見つめました。

「まずい、なんて思わなくていいわよ。見てるはずないんだから。タクシーでね、それもけっこうなスピードで通り過ぎたのよ。こっちはウィンドーのあなたが見えてたから、今日はママにここで止めてもらったの」そして、またそろりと振り返り、「ワーオ」と言いました。

「まだジェフリーズさんと話してる。高くつくおしゃべりよね。メーターがじゃんじゃん上がってるってのに」

そう言って笑ったとき、少女の顔にはやさしさがあふれていました。でも、その瞬間、わたしはなぜか違和感に打たれ、ひょっとしてこの子も、昨夜店長さんと話題にしたさびしい子の一人ではないのかしら、と思いました。

隣では、ローザがまだおとなしくRPOビルをながめています。ジョジーはそんなローザをちらりと見やり、「お友達はとてもかわいいわね」と言いました。でも、言いながら視線はもうわたしに戻っています。そのまま数秒間、黙って見つめ合いました。早く何か言ってくれないと、すぐに大人たちがおりてきてしまうと心配になったころ、やっとこう言いました。「あなたのお友達って、きっと誰かの完璧なAFになると思う。でもね、昨日、この前を通りながらあなたを見て、あっ、この子だって思ったの。ずっと探してたAFがここにいたって」そして、また笑いました。「ごめん。いまのはちょっと失礼だったかな」と言い、またタクシーを振り返りました。後部の二つの人影はまったくおりてくる気配がありません。「あなたはフランス人？　なんとなくフランスっぽいけど」

わたしは笑顔で、首を横に振りました。

「先日の交流会にフランスの子が二人来てたのよ」とジョジーが言いました。「どっちも髪をそんなふうに、こざっぱりとショートにして、かわいかった」そのまま黙ってわたしを見ている様子に、また悲しみのサインを見たように思いましたが、お店での経験が浅いわたしにたしかなことは言えません。やがてジョジーは明るい顔になり、こう言いました。

「ね、あなたたち、そんなふうにすわってて暑くならない？　飲み物とかいらないの？」

わたしは首を横に振って、両方の手のひらを上向きにしてもちあげ、降り注ぐお日さまの栄養のすばらしさを伝えました。

「そうか、わたしって考えなし。日に当たるのが大好きなのよね」

そう言って、また後ろを向き、今度はビルのてっぺんを振り仰ぎました。お日さまがちょうどビルの合間にいて、ジョジーはすぐにまぶしそうに目を閉じ、わたしに向き直りました。

「あなたたちって、どうなってるのよ。ずっと見てて、めまいがしないの？　わたしは一秒だってだめだわ」

そして額に手をかざして、もう一度振り仰ぎました。今度はお日さまを直接見ず、ＲＰＯビルのてっぺん近くのどこかを見ているようでした。五秒間ほど見たあと、もとの姿勢に戻りました。

「あなたたちのそこからだと、太陽があの大きなビルの後ろに沈むところしか見えないんじゃない？　ってことは、ほんとうに沈む場所は見えないわけだ。あのビルがいつも邪魔になるものね」ジョジーはさっと振り返り、大人たちがまだタクシーの中にいることを確認して、つづけました。「わたしが住んでいるところはね、邪魔になるものが何もないのよ。わたしの部屋から太陽が沈む場所そのものが見える。つまり、夜、寝にいく場所ね」

わたしの驚きが伝わったのでしょうか。ローザがはっと反応する様子が目の端に映りました。店長さんの言いつけも忘れ、ジョジーをまじまじと見ています。

「でも、朝、昇りはじめるところは見えないのよ」とジョジーが言いました。「そっちには丘や林があって邪魔になる。その辺の事情はここと同じかな。いろんなものがいつも邪魔をするの。でも、夕方は別よ。部屋の窓が面している側はだだっ広いだけで、なんにもないから。うちに来て一緒に住むようになればわかるわ」

大人が一人、そしてもう一人、タクシーから歩道におりてきました。たぶん物音から察したのでしょう。ジョジーは振り向かなくてもわかったようで、急に早口になりました。

「誓ってほんとよ。太陽の沈んでいく場所が見えるの」

大人は二人とも女性でした。どちらも地位が高そうで、それなりのオフィススーツを着ています。きっと背の高いほうがジョジーの母親でしょう。相手と頰へのキスを交わし合うあいだも、じっとジョジーから目を離しませんでしたから。やがて相手は人ごみにまぎれて去り、母親が完全にこちらに向き直りました。そして一瞬、刺すような鋭い視線を送ってきました。いえ、背を向けているジョジーにではなく、わたしにです。わたしはさっとRPOビルに目をそらしました。ジョジーがまたガラス越しに話しかけてきました。低い声ですが、十分に聞こえます。

「行かなくちゃ。でも、また来るから、そのときもっと話しましょう」そして、ほとんどささやくような声で、「あなたはどこにも行かないわよね」と言いました。

わたしは笑顔でうなずきました。

「よかった。じゃ、いまはさよならね。でも、いまだけだからね」

このとき、母親はもうジョジーの背後に立っていました。髪の毛が黒く、やはり痩せていますが、ジョジーやジョギングの人たちほどではありません。距離が近くなったぶん、顔がよく見えるようになり、わたしは推定をやり直して、年齢を四十五歳と見積もりました。先に言ったとおり、当時のわたしは年齢の推定に慣れていませんでしたが、このときの推定はまずまず正確だったことがあとでわかりました。遠目にはずっと若く見えますが、近づくと、口の周りに深い皺が見えますし、眼差しには一種の怒り疲れが感じられます。もう一つ気づいたことがあります。母親が背後からジョジーに腕を伸ばしたとき、伸びかけた腕が空中で一瞬ためらい、ほとんど引っ込められようとしたことです。でも、結局、腕はそのまま伸ばされ、娘の肩に置かれました。

その後、二人は歩く人の流れに加わり、二つ目の駐車禁止標識の方向へ歩いていきました。母親の腕が背中にまわされていても、ジョジーのあの用心する歩き方は変わりません。一度、視界から消えるまえにジョジーが振り返り、歩行のリズムが乱れるのもかまわず、わたしに手を振ってくれました。

*

同じ日の午後、ローザがこんなことを言いました。「クララ、変だと思わない？　ここにいれば、たくさんのＡＦを見られると思ったのに……ほら、もうおうちを見つけた人たち。でも、あんまり通らないわね。いったい、みんなどこにいるのかしら」

ローザには驚かされます。物事には無頓着なほうで、わたしが何かに注意をうながしても、それのどこが特別なのか、何がおもしろいのかぴんときてくれないことが多いのに、何かの拍子にひょいとそんなことを思いつきます。ローザに言われて、たしかにそうだと思いました。わたし自身、ウィンドーに入れば、大勢のAFが子供と連れ立って楽しそうに歩いているところや、もしかしたら用事で単独行動しているところさえ見られるのではないか、と期待していたことに気づかされました。意識にはのぼらないところで、わたしもやはり意外に感じ、少しがっかりしていたのだと思います。

「たしかにね」と、右を見、左を見て言いました。「これだけの通行人がいるのに、いまのところ一人も見当たらないわね」

「あそこにいる人は違うかしら。あの非常階段付きのビルの前を歩いている子」

二人でじっと見つめ、違う、と二人同時に首を振りました。

外にAFが見当たらない不思議に気づきながら、すぐに忘れてしまうのも、またローザです。わたしは目をこらしつづけ、ようやく、RPOビル側の歩道にあるジューススタンドの前に、十代の少年とそのAFを見つけました。でも、ローザはもうほとんど見る気もなさそうでした。

わたしは、それからもローザが言ったことを考えつづけました。AFを見かけるたびに注意深く観察し、やがて奇妙なことに気づきました。道路のこちら側とRPOビル側では、向こうを通るＡＦのほうが断然多いのです。もちろん、たまにはこちら側も通ります。子供と連れ立って二つ目の駐車禁止標識を過ぎ、このお店の方向に来るペアもいますが、たいていは横断歩道までです。そこで向こうへ渡ってしまい、お店の前には来ません。ごくまれにお店の前を通るＡＦがいても、いつも態度がとても奇妙です。急に速足になるとか、顔をそむけて通るとか。まるで、わたしたちやこのお店そのものをいやがっているかのようです。家を見つけたＡＦはああなるのでしょうか。ローザやわたしも？　と思いました。子供とずっと同じ家に暮らしていたのではなく、このお店で過ごしていた時間があることをきまり悪く思うのかしら、と。でも、いくら考えても、ローザやわたしがお店のこと、店長さんのこと、他のＡＦのことをそんなふうに感じるとはとても思えません。

　その後、観察をつづけるうち、別の可能性に思い当たりました。あのＡＦは、きまりが悪かったというより怖がっていたのではないか、ということです。わたしたち新型を見たら子供がそちらに乗り換えたがって、自分を放り出すのではないか……それを恐れたのではないでしょうか。だから、お店の前だけ速足になったり、顔をそむけたりしたのでしょう。ウィンドーから見えるＡＦの数が少ないのも、その理由からかもしれません。とすれば、わたしたちが知らないだけで、ＲＰＯビルの向こう側を通っている隣の道路では、ＡＦがぞろぞろ歩いていたりするのでしょうか。子供と家で暮らしているＡＦにとって、その子がわたしたちを見て、ショーウィンドーに駆け寄っていくようなことは避けたいはずです。このお店の前を通らずにすむよう、道順を工夫するのは当然かもしれません。

こんなことをいろいろ考えましたが、ローザには話しませんでした。ただ、たまに外にAFを見かけるたび、あのAFは子供と一緒の家で幸せにやっているかしら、と一言、口に出して言うようにしました。言うと、ローザがとても喜びます。ゲームでもやっているように興奮して、自分でも指差し、「見て、あそこ」と言います。「見える、クララ？　あの子は自分のAFが大好きね。見て、一緒になって笑ってる！」

楽しそうにしている子供とAFのペアは、たしかにたくさんいます。でも、そんなペアからも多くのサインが出ていることにローザは気づきません。通り過ぎる二人を見て歓声をあげますが、わたしは、出ているサインをどうしても見てしまいます。あの女の子はAFに笑い顔を見せながら、じつは腹を立てていて、この瞬間も残酷なことを考えているようだ、とか。そんなことに気づくのはしょっちゅうですが、ローザには何も言いません。ローザは信じたいことだけを信じますから。

ウィンドーに入って五日目の朝、こんなことがありました。RPOビル側の歩道寄りの車線を二台のタクシーが走っていました。ほとんど車間距離のない状態でゆっくり動いていましたから、角度によっては一台のタンデムタクシーのように見えたかもしれません。やがて前の一台が少し速度を上げ、後ろとのあいだに隙間ができて、そこに、向かいの歩道を歩く一人の少女が見えました。わたしの推定では十四歳です。アニメキャラクターのシャツを着て、横断歩道の方向に進んでいます。大人もＡＦの連れもいないのに気後れする様子はなく、少し急《せ》くように歩いていました。歩く速さがタクシーと同じで、しばらくは車間に少女の姿が見えつづけました。その後、車間が少し広がるときがあって、そこであらためて見てみると、少女には結局ＡＦの連れがいることがわかりました。少女の三歩後ろを男子ＡＦが歩いています。見えたのはほんの短い時間でしたが、その三歩が偶然の遅れではないと見てとるには十分でした。あれは少女が決めた遅れです。自分が前、ＡＦは三歩後ろ、と。周りの通行人には、あのＡＦが少女に好かれていないことが一目瞭然だったでしょう。それを知りながら甘んじて歩いているＡＦは、見るからに足取りが重く、その心中はどんなだろう、とわたしは思いました。やっと家が見つかったのに、その家の子にいらないと思われているというのは……。仲よくすべき子にさげすまれ、拒否されながら、それでも一緒に暮らすＡＦがいる。それは、この少女とＡＦのペアを見るまで、わたしが思ってもみないことでした。やがて前のタクシーが横断歩道の手前でまた速度を落とし、後ろのタクシーが追いついて、二人の姿は見えなくなりました。横断歩道をこちらへ渡ってくるだろうかと注意して見ていましたが、渡る人々の中に二人はおらず、向かいの歩道の様子も、タクシーの行列に邪魔されて見えなくなっていました。

＊

当時のわたしに、ローザほど一緒にウィンドーに立ちたかった相手はいません。でも、一緒にいたその時間こそが二人の違いを際立たせたと思います。わたしのほうがローザより外の世界を知りたがっただけ？　いえ、たぶん、それだけとは言えません。ローザもローザなりに外の世界にわくわくし、観察もしていました。親切で役に立つＡＦになるため、できるだけの準備をしたいという思いは、わたしに劣らずあったと思います。ただ、わたしは観察を重ねるほどにもっと知りたくなり、目の前で通行人が見せるさまざまな感情の不思議に困惑しながらも、そのたびに興味を掻き立てられました。それがローザと違った点でしょうか。人の感情という不可解なものを前にしたら、その一部だけでも理解しておかねば、いざ相手を助けようというときに最善を尽くすことができません。ですから、歩道上に、通り過ぎるタクシーの中に、横断歩道を渡ろうと待つ人の群れの中に、わたしはいろいろな行動を積極的に探し、学んで理解しようとつとめました。

最初はローザにも同じようにしてほしいと思っていましたが、すぐにその無意味さを悟りました。一度こんなことがありました。ウィンドーでの三日目、お日さまがもうＲＰＯビルの背後に隠れてしまったあとのことです。二台のタクシーがお店側の路肩に止まり、どちらからもドライバーが出てきてケンカをはじめたのです。争いごとを見たのは、これがはじめてではありません。お店に来て間もないころ、犬を連れた物乞いの人と三人のお巡りさんが、向かいのビルの騙し戸口（戸口に見せかけた壁の一部です）の前でもめていたことがあって、わたしたちも目を丸くしてウィンドー越しに見物していました。でも、あれは怒ったあげくのケンカというより、酔った物乞いの人を、心配したお巡りさんが助けようとしていたのだ、と店長さんがあとで説明してくれました。でも、今度のドライバーどうしのケンカは、お巡りさんのときとは違います。どちらも相手を本気でひどく傷つけようとして殴り合っていました。二人の顔は恐ろしくゆがんでいて、生まれたてのＡＦだったら、人の顔と認識できなかったかもしれません。しかも殴り合いながら、ずっとひどい言葉を投げつけ合ってもいました。通行人は最初こそショックを受け、二人を遠巻きにしていましたが、やがて会社員風の人たちやジョギングで通りかかった人が割って入り、ケンカをやめさせました。ドライバーの一人は顔面に出血していましたが、そのまま二人とも車に乗り込み、あとはいつもどおりの風景に戻りました。ケンカのあとなのに、二台のタクシーは同一車線に前後して並び、信号が変わるのをおとなしく待っていました。

問題は、いま見たことをローザと話し合おうとしたときのことです。ローザが怪訝な顔で、「ケンカ？　見なかったわよ、クララ」と言ったのです。

「そんなはずないでしょ、ローザ。いま、目の前で起こったことよ。ドライバーが二人……」

「ああ、タクシーの人のこと？　あの人たちのことだと思わなかった。見たわよ、クララ。もちろん見たけど、でも、ケンカしてるなんて思わなかった」

「ローザ、あれがケンカでなくて何？」

「あれはケンカのふりでしょ？　ふざけてたのよ」

「ローザ、あれはケンカです」

「ばか言わないで、クララ。妙なこと思いつくのね。あれは遊び。二人で楽しんでたじゃない。通行人だっておもしろがってたわよ」

わたしは根負けしました。最後に「そうだったかもね、ローザ」と言い、ローザはそれきり忘れたと思います。

でも、わたしはあのタクシードライバーをそう簡単には忘れられませんでした。通りかかった人を目で追っては、あの人もあのドライバーのように怒ることがあるのかしらと思ったり、あの人が怒りで顔をゆがめたら、いったいどんな形相になるのだろうと想像したりしました。そして何よりも——ローザに話しても絶対に理解してもらえなかったでしょうが——あのドライバーの怒りを自分の心の中で再現してみようとさえしました。わたしとローザが互いに怒り、ああいうケンカになって、本気で相手の体に傷を負わせようとすることなどありうるだろうか、と。そんなばかな、とは思います。でも、実際にあの二人のドライバーはやっていましたし、わたしの心にもそんな感情の兆しがあるのでしょうか……。結局、無駄な試みでした。わたしは自分のばかな思いつきを笑いました。

それでも、ウィンドーからはいろいろな行動、いろいろな感情が見えました。最初は理解できなかったのに、やがて自分にも似た感情があるとわかったことも何回かあります。似た感情とは、たとえれば、シャッターがおりたあと天井の照明が床につくる長い影のようなものでしょうか。いま、コーヒーカップのご婦人のことが思い出されます。

　ジョジーと出会ってから二日後のことでした。大雨の朝になり、通る人は目を半ば閉じ、傘をさしながら帽子からも滴を垂らして歩いていました。土砂降りの雨でも、ＲＰＯビル自体の様子はあまり変わりません。ただ、多くの窓で照明がついて、まるでもう夕方になったかのようでした。隣に立っている非常階段付きのビルは、正面の左半分に大きな濡れ染みができていて、屋根の隅からジュースでもこぼしたのかと思わせます。でも、突然、お日さまが雨雲を押しのけて顔を出しました。濡れそぼった路面やタクシーの屋根を照らしはじめ、それを待っていたかのように通行人が大挙出現して、人通りのラッシュがはじまりました。そんな人の群れの中から、一人、ＲＰＯビル側にいるレインコート姿の小柄な男の人が目にとまりました。わたしの推定で七十一歳です。腕を振り、誰かを呼んでいます。あまりにも路肩に寄りすぎていて、走ってくるタクシーの前に飛び出すつもりなのかと心配になるほどでした。たまたま店長さんがウィンドー内にいて、わたしと同時にその人に気づきました（店長さんは、ソファの前にある広告の位置を直そうとしていました）。着ている茶色のレインコートのベルトが一方の側に垂れ下がり、ほとんど踵に触れるほどですが、その人は気にもせず、腕を振りつづけています。このお店に向かって叫んでいるようです。お店の真ん前にはちょうど人だかりができていました。いいえ、わたしたちを見るためではなく、歩く人が多すぎて、誰も身動きできなくなった結果でしょう。でも、突然何かが変わりました。人ごみが見る見る減っていき、あとに小柄な女の人が一人残りました。わたしたちに背を向け、タクシーの往来する四つの車線の向こうを見ています。そこに、腕を振りつづける男の人がいます。女の人の顔は見えませんが、わたしは姿かたちから六十七歳と推定しました。厚いウールのコートを着て、背後から見ると背丈のわりに横幅があり、なで肩で、お店の赤い棚に伏せてあるセラミックのコーヒーカップを思わせます。わたしは心の中でコーヒーカップのご婦人と名づけました。男の人は腕を振り、呼びつづけています。当然見えているでしょうに、ご婦人は手を振り返そうとも呼び返そうともしません。ぴくりともせず立ち尽くしています。ジョギングの二人連れが走ってきて、ご婦人の手前で左右に分かれ、直後にまた合流して、歩道に小さな水しぶきを上げながら走り去っていきました。

ようやくご婦人が動きました。男の人が身振りでさかんに伝えていた指示にしたがい、横断歩道に向かっていきます。最初は一歩ずつゆっくりと、しだいに小走りに。信号でまた止まり、他の歩行者と一緒に信号の変わるのを待っています。男の人は腕を振るのをやめました。でも、見ているだけなのがとてももじれったそうで、またタクシーの前に飛び出そうとするような気配を見せました。でも、なんとか落ち着きを取り戻し、ご婦人を迎えるためでしょうか、自分も横断歩道に向かって歩きはじめました。タクシーの流れが止まり、ご婦人が周囲の人々と横断歩道を渡りはじめたとき、男の人が手を拳にして一方の目に当てるのが見えました。これは、お店で何か気に入らないことがあったとき一部の子供がやるしぐさと同じです。ご婦人がRPOビル側にたどり着き、そこで二人はしっかりと抱き合いました。強く抱きしめ合って、まるで大きな一人になったかのようです。お日さまも気づいたのでしょう。いま二人の上に栄養を注いでくれています。ご婦人の顔はまだ見えませんが、男の人は両目をしっかりと閉じていて、いったいとても嬉しいのか、とても怒っているのか、わたしにはよくわかりません。

「あの二人、会えてとても嬉しそうですね」と店長さんが言いました。わたし同様、店長さんもじっと見ていたようです。

「はい、幸せそうです」とわたしは言いました。「でも、怒ってもいるようなのが気になります」

「クララ」と店長さんが静かに言いました。「あなたは何一つ見逃さないのね」

そして長いあいだ黙っていました。二人が見えなくなったあとも、広告を手にしたまま通りの向こうを見つめていて、やがてこう言いました。

「たぶん、長いあいだ会っていなかったのね。とっても長いあいだ。たぶん、まだ若いころ、最後にああやって抱き合って以来だったのかもしれない」

「生き別れになっていたということですか、店長さん」

またしばらく沈黙があり、そして「そうね。そうに違いないわ」と言いました。「生き別れになって、たぶん、たったいま、ほんの偶然で巡り合ったということかしら」

店長さんの声がいつもと違いました。目を外に向けながら、とくに何かを見ているというわけではなさそうです。わたしは、むしろ通行人にどう見られているかが気になりはじめました。店長さんがこんなに長くわたしたちとウィンドーにいるのを見たら、不思議がりはしないか、と。

やがて店長さんはガラスから離れ、わたしたちの横を通ってウィンドーから出ていきました。出ていきがてらわたしの肩に触れ、こう言いました。

「ときどきね、クララ、いまみたいな特別な瞬間には、人は幸せと同時に痛みを感じるものなの。すべてを見逃さずにいてくれて嬉しいわ」

店長さんが去ったあと、「変な店長さん」とローザが言いました。「あれどういう意味かしら」

「気にしなくていいのよ、ローザ。外のことを話していただけだから」

そのあと、ローザは何か別のことを話題にしはじめましたが、わたしはコーヒーカップのご婦人とレインコートのご老人のこと、そして店長さんが言ったことを考えつづけました。そして遠い将来、ローザとわたしがそれぞれのおうちを見つけてからずっとあと、通りで偶然出会ったらどう感じるだろうかと想像してみました。店長さんの言葉にあったように、わたしも幸せと同時に痛みを感じるのでしょうか。

＊

ショーウィンドーでの二週目に入って間もないある日の朝、ＲＰＯビル側に何かが見え、そのことをローザと話しているときでした。はっと口が止まりました。いつの間にか、歩道にジョジーが立っているではありませんか。しかも、わたしたちの正面にいて、横に母親もいます。前回と違って後ろにタクシーは見当たりませんでしたが、もちろん、二人がおりたあとすぐに走り去ったのかもしれません。ウィンドーと二人の立つ場所とのあいだには――いまはまた通行人がスムーズに流れていますが――観光客の一団がいましたから、気づかずにいたことは十分にありえます。ジョジーが嬉しそうに笑いかけてきました。笑うと、ほんとうに顔にやさしさがあふれる子です。あらためてそう思いました。ジョジーはまだこちらに来られません。母親が娘の肩に手を置いて、腰をかがめて話しかけていますから。その母親は、高級感のある薄手の黒っぽいコートを着ていて、それが風に吹かれてなびいたり、体にまとわりついたりしています。一瞬、黒っぽい鳥を想像しました――強い風に吹かれながら、高い交通信号機にとまっている鳥を。ジョジーと母親はまっすぐわたしを見ながら話しつづけています。ジョジーの気がはやっているのがわかります。早くこちらに来たいのに、母親が依然語りつづけ、なかなか手をどけてくれない、というところでしょうか。本来なら、わたしはローザがやっているようにＲＰＯビルを見ていなければならないのですが、二人がこのまま人ごみに消えてしまいそうで、ちらちらと盗み見ずにいられませんでした。

ようやく母親が上体を起こしました。依然、わたしから目をそらさず、前を通る誰かに視界をさえぎられると、そのたびに首を右に曲げ左に傾けて見つづけています。でも、肩にあった手はどけられ、ジョジーがあの用心深い歩き方で前へ出てきました。ジョジー一人だけなのはいいサイン、と思いました。でも、母親の視線は和《やわ》らぐこともなくわたしに向けられています。しかも立ち姿が、胸の前で腕を組みながら、両手の指でコートの布地をしっかりつかむという恰好です。見ているだけで、わたしにはまだ理解できないいろいろなサインが出ているのだと思わせます。そうこうしているうち、ジョジーがガラスの向こう側に立っていました。

「ハイ！　どうしてた？」

わたしはにこりとし、うなずいて親指を立てました。いろいろな雑誌でよく見るしぐさです。

「もっと早く来られなくてごめん」とジョジーが言いました。「えっと……あれから何日かしら」

わたしは指を三本立て、そこに反対の手の小さい指を添えました。

「長すぎ！　ごめんね。待ち遠しかった？」

わたしはうなずき、悲しい顔をつくりました。でも、本気ではなく、怒ってもいないと示すことも忘れませんでした。

「わたしもよ。もっと早く来られると思ったんだけどね。きっとすっかり忘れたと思ったでしょう？　ほんとにごめんなさい」そして笑顔をかげらせながら、「ほかの子が大勢あなたに会いにきたんでしょうね」と言いました。

わたしは首を振って否定しましたが、ジョジーは心が晴れない様子でした。後ろの母親を振り返り（元気づけのためというより、近づいていないことを確認する感じでした）、声を低くして、こう言いました。

「ママって、あんなふうに見張ってて、変だと思うでしょう？　わたしがね、あなたが気に入った、あなた以外じゃいやだって言ったもんだから。だから自分の目でたしかめにきたわけ。ごめんね」そのとき、前回と同様、一瞬の悲しさを見たように思いました。「うちに来てくれるよね、ママがOKなら。でしょ？」

わたしは元気づけるようにうなずきましたが、ジョジーの顔にはかげりが残っていました。

「だって、絶対に無理強いはしたくないの。それはフェアじゃないもの。わたしはあなたに来てほしい。でも、あなたが、いやだ、ジョジーのところに行きたくないって言えば、わたしもママにそう言って、あきらめる。でも、来てくれたいのよね？」

わたしはもう一度うなずき、今度はジョジーも安心したようでした。

「よかった」と、顔に笑いが戻りました。「きっと気に入るから。絶対気に入ってもらうから」そして誇らしげに振り返り、「ママ、わかったでしょ？　来てくれたいんですって」と言いました。

母親は軽くうなずきましたが、それ以外の反応はありません。変わらず、指でコートの布地をつかんだままわたしを見つめています。向き直ったときのジョジーの顔には、またかげりがありました。

「ね、聞いて」と言い、数秒間黙っていて、やがてこう言いました。「来たいと言ってくれて、ほんとよかった。でも、わたしたちのあいだは最初から全部オープンにしておきたいの。だから言うわね。大丈夫、ママには聞こえないから。わたしね、家はきっと気に入ってもらえると思う。わたしの部屋もね。わたしの部屋があなたのいるところ。どこかの物置とか、そんなんじゃない。そして、わたしが大きくなっていくあいだ、二人で一緒にいろんなすごいことをやるの。ただね、一つ……あの、ときどきね……」一度さっと振り返り、声をさらに低くして言いました。「たぶん、日によって気分がよくないときがあるからかな、よくわかんないけど、何かが起こってるんじゃないかと思うの。それが何だかはわからないし、悪いことかどうかもわからない。でも、ときどきね、なんだかぞっとするようなことがあるの。あの、変にとらないでね。だいたいは感じることなんてないんだけど、でも、あなたには何も隠し立てしたくないから。だって、全然問題ないって言っておきながら、それが嘘だってわかったら、とっても後味が悪いわよ。そうでしょ？　だから、いま話しておきたいの。それでも行くって言ってほしい。部屋は気に入ってもらえる。絶対よ。太陽が沈むところも見られる。それはこのまえ話したとおり。ね、行くって言ってくれるでしょ？」

わたしはガラス越しにできるかぎりの本気を込めてうなずきました。家で何か困ったこと、恐ろしいことに出会ったら、二人で一緒に立ち向かいましょうとも伝えたかったのですが、そんな複雑な内容を、言葉によらずどうやってガラスの向こうへ伝えたらよいか、方法がわかりませんでした。ですから、ただ両手を固くにぎり合わせ、高く掲げて、軽く振ってみせました。じつは、動いているタクシーに向かって誰かが歩道から手を振ったことがあって、そのとき、中のドライバーがハンドルから両手を放し、このしぐさで応えているのを見たことがあります。それをジョジーがどう理解してくれたかわかりません。でも、とても嬉しそうな様子でした。「ありがと。でも、大げさに考えないでね。別に悪いことじゃないかもしれない。わたしの頭の中だけのことで……」

そのとき母親が声をかけ、わたしたちに向かって動きはじめました。途中、観光客に邪魔されているあいだに、ジョジーが早口で、「すぐにまた来るから。約束する。できれば明日にでもね。いまはさよなら」と言いました。

＊

つぎの日、ジョジーは来ませんでした。そのつぎの日も。そして二週目の中ごろに、わたしたちがウィンドーで過ごす期間が終わりました。

その期間中、店長さんは温かく励ましつづけてくれました。毎朝、わたしたちが縞模様のソファにすわる準備をし、シャッターが上がるのを待っていると、「昨日は二人ともとてもいい出来でした。今日も同じ調子でできるかやってみましょう」と言い、そして一日の終わりには笑顔で、「よくできました。二人を誇りに思いますよ」と言ってくれました。ですから、自分たちが何かしくじったなど少しも思ったことはありません。最後の日のシャッターがおりたあとも、いつもどおり誉めてもらえるものと思っていましたから、店長さんがシャッターに鍵をかけ、そのままわたしたちを待たずに引っ込んでしまったときは驚きました。ローザも怪訝な表情でわたしを見て、二人はしばらく縞模様のソファにすわったままでした。でも、シャッターがおりれば、そこはほぼ暗闇です。しばらくしてわたしたちも立ち上がり、ウィンドーから出ました。

お店全体が目の前にあり、奥にあるガラスのテーブルまでずっと見通せます。でも、その空間がいま十個のボックスに分割されてしまっていて、わたしは目前の光景を一つのまとまった画像として見られなくなっていました。店頭のアルコーブがわたしから見て右端のボックスに含まれているのは当然として、そのアルコーブにいちばん近いはずの雑誌台がいくつものボックスに分散し、一部がいちばん左という離れたボックスにあるのはどうしたことでしょう。もう照明は暗く落とされています。店央に立つ壁の前には、背景をつくるボックスがずらりと並び、それらの中でＡＦたちが寝る支度をしています。でも、わたしがとくに注意を引かれたのは真ん中の三個です。この瞬間、わたしたちに向き直ろうとしている店長さんのあれこれが含まれています。端のボックスは、店長さんの腰から首の上部までです。すぐ隣のボックスには店長さんの両目があります。ここは目だけでほぼいっぱいで、わたしたちに近いほうの目が反対側よりずっと大きくなっていますが、ともにやさしさと悲しさに満ちています。でも、三番目のボックスはどうでしょう。そこにあるのは店長さんの顎の一部と口の大部分で、そこからわたしが感じたのは怒りと失望でした。店長さんが完全に向きを変え、わたしたちに近づいてくるにつれ、お店全体がまた一つの画像に戻りました。

「二人ともご苦労さま」店長さんはそう言って手を伸ばし、わたしたちにそっと触れました。

「ほんとうにありがとう」

でも、何かが変わった、とわたしは感じました。なぜか店長さんをがっかりさせてしまった、と。

＊

そのあと、わたしたちは店央に戻り、そこで二巡目に入りました。今回もローザとはよく一緒でしたが、店長さんが各人の配置に変化をつけるようになって、男子ＡＦのレックスや女子

ＡＦのキクと並ぶこともありました。でも、店央ならウィンドーの一部がよく見えますし、誰と一緒であれ、外の世界を学びつづけるのに支障はありません。あのクーティングズ・マシンが出現したときも、わたしは雑誌台側、店央アルコーブのすぐ前にいて、ウィンドーの中にいるときとほぼ変わらず、一部始終を見ることができました。

クーティングズ・マシンが普通と違う何かであることは最初からわかりました。何日もまえから工事の準備がはじまり、人がやってきて、通りの一部を木の柵で囲いだしましたから。タクシーのドライバーらがそれを快く思うはずはなく、みなクラクションを鳴らすなどして、大変な騒ぎになりました。囲いができると、今度はドリルの出番です。柵内の地面と歩道の一部の破壊がはじまり、ウィンドーにいた二人のＡＦがすっかりおびえてしまいました。一時、騒音がものすごくなって、ローザが――店内にお客様がいるにもかかわらず――両手を耳に当てて蓋をするほどでした。それに、外の騒音にお店はなんの責任もないはずなのに、お客様が入ってくるたび、店長さんが謝っていました。一人、汚染について熱弁をふるいだしたお客様がいたのを覚えています。工事の人たちを指差し、汚染が誰にとってもいかに危険であるかをとうとうと語っていました。そんなこんながあって、やがてクーティングズ・マシン本体が登場したとき、これはきっとそういう汚染と戦うための機械に違いない、とわたしは思いました。でもレックスが、違う、と言いました。逆に汚染を増やすための機械だ、と。信じられないと言うと、「なら、まあ見てなよ、クララ」とも言いました。

　クーティングズ・マシンとは、機械の横腹に大きな文字で「クーティングズ」と書いてあることから、わたしが勝手につけた名前です。そして、それはレックスの言うとおりのものでした。まず甲高いうなりからはじまります。音自体はドリルほどひどくなく、店長さんの電気掃除機といい勝負でしょうか。でも、こちらにはてっぺんから突き出す三本の短い煙突がありま す。そして煙を出します。最初は小さな白い煙がポッポッと出ているだけでしたが、やがてそれが黒くなり、最後には三つの煙が寄り集まって、一つの厚い黒雲の広がりになりました。

　そんなものを見たあと、つぎにまた外を見ると、通りがいくつもの垂直なパネルに分割されていました。わたしの位置からだと、とくに意識して身を乗り出さなくても、そのうちの三枚がはっきり見えます。黒煙の量がパネルごとに違い、なんだか濃さの違う灰色の色見本を並べられているようです。ただ、煙の色がいちばん濃いパネルでも、まだ細部を見分けることができます。たとえば、あるパネルには工事の人の巡らした木の柵が含まれていて、その柵に一台のタクシーの鼻面がぴったり貼りついています。すぐ隣のパネルでは、上隅を斜めに切りとるように一本の金属棒が走っています。この金属棒には見覚えがあります。きっと、あの背の高い交通信号機の一部でしょう。目をこらすと黒い縁取りのようなものが見えて、あれは信号機にとまっている鳥の輪郭でしょうか。不意にジョギングの人が一人、一枚のパネルからつぎのパネルへ走り抜けていきました。パネルからパネルへ移るとき、その人のサイズと運動方向がガクンと変化しました。その後、汚染はますますひどくなり、雑誌台側にいるわたしにさえ、もうビルの合間の空は見えなくなりました。ショーウィンドーのガラスにも汚れが点々とつきはじめています。店長さんのために働いてくれたガラス拭きの人たちの誇らしい成果が水の泡です。

待望のウィンドー入りがこんなときと重なってしまった二人の男子AFは、とても気の毒です。きちんとした姿勢ですわりつづけていますが、一度、一人が顔の前にさっと片腕を上げるのを見ました。汚染がガラスを通して侵入してくるような気がしたのでしょう。店長さんがすぐにウィンドーに入り、大丈夫だからという意味のことをささやきかけていました。やがてウィンドーから出てきた店長さんは、ガラスの陳列台でブレスレットの並べ替えをはじめましたが、心中が穏やかでないのは見ればわかります。工事の人に何か言いにお店から出ていくかも、と思いましたが、わたしたちの視線に気づくと、にこりと笑ってこう言いました。

「皆さん、どうか聞いて。とても残念な事態ですが、心配することはありませんよ。数日の辛抱です。それで終わりますからね」

でも、つぎの日もそのつぎの日も、クーティングズ・マシンは動きつづけ、昼はほとんど夜のようになりました。お日さまの光模様を探しても、床、アルコーブ、壁……もうどこにも見つかりません。でも、お日さまはできるだけのことをしてくれていたのだと思います。その証拠に、二日目、ひどい午後が終わろうとするころ、煙はこれまでで最悪と言っていいほどなのに、光模様がふたたび現れましたから。ただ、ほんのうっすらとです。こんなことで必要な栄養が全部とれるのか、心配になって店長さんに尋ねてみました。店長さんは笑い、こう言いました。「あのいやな機械はこれまでに何度も来ているんですよ。でも、お店の誰も病気になったりしていません。だから心配いりませんよ、クララ」

そうなのかもしれません。でも、汚染が四日間もつづくと、やはり体が弱ってきているように感じます。気取られないよう、お客様が店内にいるときはとくに気をつけていましたが、クーティングズ・マシンのせいでしょうか、お客様が一人もいない時間がけっこうつづくようになり、知らず知らず気持ちがゆるんでいったようです。レックスがわたしの腕をつつき、背を伸ばせと注意してくれました。

そして、ある朝シャッターが上がり、見ると、クーティングズ・マシンが――囲いの柵やその他すべてと一緒に――すっかり消えているではありませんか。汚染は去り、ビルの合間に空が戻って青色に輝いていました。お日さまがお店の中へ栄養を送ってくれています。タクシーはまたスムーズに走れて、ドライバーが嬉しそうです。ジョギングの人たちも笑顔で走り過ぎていきます。クーティングズ・マシンがあそこにあるあいだ、わたしはずっとジョジーのことが心配でした。お店に来ようとしているのに、汚染で邪魔されているのではないか、と。でも、いまそれが終わりました。お店の内にも外にも元気があふれているのを感じます。もしジョジーがまたお店に来ることがあるなら、それは絶対に今日だろうと思いました。でも、午後も半ばになるころ、わたしはその思いに疑問をもちはじめました。どう見ても理屈に合わない思い込みです。わたしはジョジーの姿を通りに探すことをやめ、ただ外の世界をもっと知ることに集中しました。

＊

クーティングズ・マシンがいなくなって二日後の朝、短い髪をつんつんと尖らせた少女がお店に入ってきました。わたしの推定では十二歳半です。ランナー風の装いと言いましょうか、袖なしの明るい緑色のベストを着て、細すぎる腕を肩まで剝き出しにしていました。父親との二人連れで、父親のほうはカジュアルなオフィスウェア姿ですが、地位はとても高そうです。最初、二人はあまり口もきかず、店内をぶらぶらと見てまわっていました。少女がわたしの方向をちらと見ました。そのまま店頭に戻っていきましたが、わたしに興味をもったらしいことはすぐわかりました。はたして一分後、戻ってくると、わたしのすぐ前に置かれたガラスの陳列台のわきに立って、そこに並んでいるブレスレットをながめるふりをしはじめました。あたりを見まわし、父親と店長さんの注意がこちらに向いていないのをたしかめてから、陳列台にそっと体重をかけ、キャスター付きのそれを前へ一、二インチほど移動させました。そのときわたしに向けたほくそ笑むような表情は、二人だけの秘密ができたという確認の笑みだったのでしょうか。少女はすぐに台をもとの位置に引き戻し、もう一度わたしに笑いかけてから、

「パパ！」と大きな声で呼びました。父親は聞こえなかったのか答えず（奥で、ガラスのテーブルにすわる二人のAFを熱心に見ていました）、少女はわたしをもう一度ちらと見あげると、自分から父親のもとへ行って、二人で何やらひそひそ話をはじめました。しきりにこちらを見ていますから、わたしのことを話しているのは間違いないでしょう。店長さんがそれに気づき、机の前から立ち上がって、わたしのすぐ近くまで来ました。体の前で両手をしっかり握り合わせています。

ひとしきり話し合ったあと、少女が戻ってきました。大股で店長さんの前を通り、わたしの真ん前まで来ました。わたしの右肘・左肘に交互に触れたあと、右手でわたしの左手をとり、握って、こちらの顔をのぞき込みました。なにやら厳しい表情を浮かべていますが、手の握り方はとても柔らかです。これもきっと、二人が小さな秘密を共有しているということのサインでしょう。わたしはそれを理解しました。でも、ほほ笑み返しませんでした。無表情を保ち、少女のつんつん髪の向こう、向かいの壁にある赤い棚を見つめていました。とくに、三段目の棚に上下さかさまに伏せてあるセラミックのコーヒーカップを。少女はわたしの手をさらに二回握ってきました。二回目は少し荒っぽかった気がします。でも、わたしは視線を下げることも、ほほ笑むこともしませんでした。

そのあいだに父親が近づいてきました。娘にとって特別な意味をもつかもしれないこの瞬間を邪魔しないよう、そっと。店長さんも近くに寄ってきて、いま父親の真後ろにいます。そのすべてに気づきながら、わたしは視線を赤い棚とセラミックのコーヒーカップに向けつづけました。少女に握られている手にはまったく力を込めず、仮にいま少女が放したら、手はそのままストンとわきに落ちるでしょう。

店長さんの視線がしだいに厳しくなっていき、やがてこう言うのが聞こえました。

「クララはとても優秀です。当店で最優秀の一人でしょう。でも、こちらのお嬢様は、最近登場したB3型にご興味がおありかもしれません」

「B3型がもうこの店に？」父親が興奮ぎみの口調で言いました。

「仕入先に特別なコネクションがありますので。仕入れたてのほやほやで、調整がまだなのですが、見ていただくだけなら、いつでもお見せできます」

つんつん髪の少女はまたわたしの手を握りました。「わたしはこれがいいな、パパ。ぴったりだもん」

「でも、新型のB3があるんだよ、おまえ。見るだけでも見てみないかい？　お友達は誰ももっていないだろ」

長い間があって、少女がわたしの手を放しました。わたしは腕を落ちるにまかせ、赤い棚を見つめつづけました。

「新しいB3型って、何がどういいの？」そう尋ねながら、少女はわたしから父親のほうへ歩いていきました。

少女がわたしの手を握っているあいだ、ローザのことはすっかり念頭から消えていました。でも、ふとわれに返ると、左手に立つローザが驚いた表情でわたしを見つめていました。そんなに見ないで、とよほど言おうかと思いましたが、何も言わず赤い棚を見つめつづけることにしました――少女と父親と店長さんの姿がお店の奥に消えるまでは。店長さんが何か言い、それに父親が笑い声をたてるのが聞こえました。ようやくちらりと目を向ける気になったとき、店長さんが奥のスタッフ専用ドアを開けるところでした。

「お見苦しくてすみません。整理が行き届かなくて」と店長さんが言っています。

「いやいや、入れていただけて光栄ですよ。なあ、おまえ？」と父親が答えています。

三人が中に入り、ドアが閉まりました。中でどんな言葉が交わされたかはわかりません。一度、つんつん髪の少女の笑い声が聞こえてきました。

その朝はその後も忙しい時間がつづきました。店長さんが父親とB３型AFの配達書類を作成しているあいだも、ひっきりなしにお客様の来店があり、ようやく一息つく時間ができたのは午後になってからです。店長さんがわたしのところにやってきました。

「今朝のあなたには驚きましたよ、クララ」と言いました。「よりによってあなたとは」

「すみません、店長さん」

「何があったの。まったくあなたらしくなかった」

「すみません、店長さん。面倒を起こすつもりはありませんでした。ただ、あの少女には、たぶん、わたしが最善の選択ではないと思いました」

店長さんはわたしをじっと見て、「あなたの言うとおりかもしれませんね」と言いました。

「あの子はＢ３型の男子に満足していたようですし。でも、クララ、わたしはとても驚きました」

「ほんとうにすみません、店長さん」

「今回はあなたの意思を尊重しました。でも、今後はそうはいきませんよ。お客様がＡＦを選ぶので、逆ではありませんからね」

「わかっています、店長さん」とわたしはそっと言いました。「今日はありがとうございました」

「いいですよ、クララ。でも、忘れないで。二度とありませんから」

店長さんは行きかけて、途中から引き返してきました。

「まさかとは思うけれど、クララ、もう誰かと約束したと思っていませんか」

店長さんに叱られると思いました。以前、ウィンドーから物乞いの人を笑った男子ＡＦがいて、その二人はずいぶん叱られていましたから。でも、店長さんはわたしの肩に手を置き、あのときよりずっと穏やかな声でこう言いました。

「一つ教えておきましょう、クララ。子供というのはよく約束をします。ウィンドーまで来て、いろんなことを言います。かならずまた来るからね、とか、だからほかの誰のところにも行かないでね、とか。そんなことがとてもよく起こるんです。でもね、十中八九、その子供はもう戻ってきません。もっと悪いケースもありますよ。戻ってきて、ずっと待っていた哀れなＡＦには見向きもせず、別のＡＦを選んだりします。子供というのはそういうものなんです。あなたはよく観察し、多くを学ぶＡＦです。だから、これも教訓になさい、クララ。わかりましたか？」

「はい、店長さん」

「では、この話はこれでおしまいね」そう言ってわたしの腕に触れ、歩み去りました。

*

男子ばかりの新しいＢ３型ＡＦが三人、やがて調整を終えて、店内に配置されました。二人は大きな新広告とともにウィンドーに直行し、もう一人は店頭のアルコーブに立つことになりました。四人目がいたはずですが、もちろん、あのつんつん髪の少女に買われ、わたしたちと顔を合わせることなく出荷されていきました。

Ｂ３型が登場してからも、ローザとわたしは店央にとどまりました。ただ、店央は店央でも、雑誌台側から赤い棚側へ移動となりました。ショーウィンドー入りの期間が終わってから、ローザには店長さんの口癖がうつったようです。お店のどの位置にも優劣はない、店央でもウィンドーでもアルコーブでも選ばれる可能性は同じ、と。そして、ローザの場合はたしかにそのとおりになりました。

その日がはじまったとき、物事が大きく変化することを予感させるものは何一つありませんでした――タクシーや通行人の動きにも、シャッターの上がり方にも、店長さんがわたしたちに一日の挨拶をする口調にも。なのにその日の夕方には、ローザがもう買われていて、出荷準備のためにスタッフ専用ドアの向こうに消えていきました。わたしたちのどちらが先に買われるにせよ、そのときはお店を離れるまえにいろいろと語り合おう、そのための時間は十分にある、と思っていました。でも、実際の慌ただしかったことはどうでしょう。少年と母親が来店し、ローザを選びました。どんな人たちか？　観察する暇もないのでは、何がわかるでしょう。二人が店を出ていき、すぐに店長さんが来て、ローザはたしかに買われたと教えてくれました。ローザは大興奮です。もうまともな会話をするどころではありません。わたしは、よいＡＦであるために忘れてはならないあれこれを、ローザと二人でおさらいするつもりでした。店長さんから教わったことを思い出してもらい、外の世界についてわたしが学んだすべてを話してあげたいとも思いました。でも、ローザはもう上《うわ》の空。心に浮かんでくるあれこれを追いかけることに夢中です。少年の部屋の天井は高いかしら、家の自動車は何色かしら、広い海を見にいけるかしら、ピクニックランチをバスケットに詰めるよう頼まれるかしら……。わたしはお日さまの栄養のことと、その大切さを思い出してもらおうとして、お日さまがのぞき込みやすい部屋だといいけれど、と心配を口にしてみました。でも、ローザはまったく関心を示しません。あっという間に奥の部屋に行く時間になって、ローザはドアの前で肩越しに振り返り、わたしに最後の笑顔を見せてから中に入っていきました。

*

ローザが去ってからも、わたしは店央に立ちつづけました。ウィンドーに直行したあのB3型二人は、ある日一人、つぎの日にもう一人と、すぐに買われていきました。同じころにレックスにも家が見つかり、そのあとすぐ、また男子ばかり三人、新型のAFがやってきました。この三人はわたしのほぼ真向かい、店央の雑誌台側に配置されました。そこには旧型の男子AFも二人立っています。わたしとのあいだにはガラスの陳列台があって、自由に会話できる位置関係ではありませんが、わたしのほうから観察するぶんには機会十分です。先輩AFの二人ははじめてお店に立つ新人を大歓迎し、何くれとなく世話をやいて、仲よくやっているように見えました。でも、わたしはやがて妙なことに気づきました。たとえば、朝です。時間がたつにつれ、B3型三人が旧型AF二人から少しずつ遠ざかっていくようなのです。ときには小刻みにわきへ移動していくこともありますし、誰かが外の何かに興味をもってウィンドーに近づいたときなど、戻るのに、店長さんに指示された位置ではなく、微妙に離れた場所に戻っていったりします。四日もたつと、もう疑いの余地はありませんでした。B3型三人は、意図的に旧型AFと距離を置こうとしています。自分たちは旧型とは違う——来店したお客様にそう見てほしいからでしょう。最初は信じたくありませんでした。AFが——それも、店長さんの眼鏡にかない、選ばれてきたAFが——そんな行動をとるなんて、と。わたしは旧型AF二人をとても気の毒に思い、同時に、あの二人は何も気づいていないのだ、とも思いました。わたしには見えていて、二人が気づいていないことはまだあります。たとえば、二人が親切から何かを説明してやっているとき、B3型たちが意味ありげな表情を見せ合い、目配せし合っていることです。B3型にはさまざまな改良が加えられていると聞きます。でも、ああいうことを思いつく心の持ち主が、子供たちのいいAFになれるのでしょうか。ローザがいれば、きっと二人で話し合っていたと思いますが、でも、もちろん、ローザはもういません。

＊

お日さまがお店の奥まで見通してくれているある日の午後、店長さんがわたしのところに来て、こう言いました。

「クララ、あなたにもう一度ウィンドー入りしてもらおうかと思います。今回は一人だけですが、それはかまわないでしょう？　あなたが知りたいのは、ずっと外の世界でしたものね」

あまりに意外な申し出に、わたしは言葉もなく店長さんを見つめました。

「ああ、クララ。わたしの気がかりは、いつもローザのほうだったのに。気落ちなどしていませんよね、クララ？　心配しないで。かならず家を見つけてあげますから」

「心配はしていません、店長さん」とわたしは答えました。思わずジョジーのことを言いそうになりましたが、あのつんつん髪の少女が来店したあとの会話を思い出し、危うく口をつぐみました。

「では、明日からね、クララ」と店長さんが言いました。「きっかり六日間。そしてあなたに特別価格をつけます。お店を代表していることを忘れずに、しっかりがんばって」

二回目のウィンドーは、最初のときと感じが違いました。ローザが横にいないというだけではありません。お店の前の通りは変わらずにぎやかなのに、前回のようにわくわくしないのです。やがて、あのわくわく感を取り戻すには、わたし自身に多少の努力が必要なのだと気がつきました。たとえば、タクシーが速度を落とし、通行人が腰をかがめてドライバーに話しかけたとします。そんなとき、この二人は友達なのか敵なのかを考えてみます。ＲＰＯビルの窓の向こうを小さな人影が横切ったときは、あの動きにどんな意味があるのだろうと考えてみます。あの人はあの四角い窓の向こうに現れる直前、何をしていたのだろうとか、このあと何をするのだろうとか。

そんな二回目のウィンドー入りでいちばん重要だったのは、物乞いの人とその犬の身の上に起こった出来事でしょう。四日目のことでした。灰色にくすんだ午後で、もう小さなライトをつけて走っているタクシーも見えました。ふと、通りの向かい側に物乞いの人とその犬の姿がないことに気づきました。いつもはRPOビルと非常階段付きビルのあいだの騙し戸口の前にいて、通行人に声をかけているのに、と。ただ、これまでもふらっといなくなり、しばらく戻ってこないことがありましたから、最初はとくにどうとも思いませんでした。そして、つぎに向かい側を見たとき、物乞いの人は結局そこにいたことがわかりました。連れの犬もです。最初に見えなかったのは、地面に横になっていたからでした。通行人の邪魔にならないよう、騙し戸口にぴったり体を押しつけるように横たわっていて、こちらから見ると、市の作業員が回収し忘れたゴミ袋のように見えます。人通りの隙間からそのゴミ袋のようなものを見ているうち、物乞いの人がまったく動かないことに気づきました。腕に抱かれている犬もです。ときどき、通りがかりの人が何か感じて立ち止まりますが、すぐにまた歩み去っていきます。お日さまがRPOビルの後ろに隠れる時間になっても、物乞いの人と犬はまったく動きません。一日中あのままだったのでしょう。通行人は気づかないようですが、あの人と犬はきっと死んでいると思います。人と犬が互いに抱き合い、助け合おうとしながら一緒に死んだのはよいことでしょう。でも、わたしは悲しくなりました。誰かに気づいてほしいとも、静かでもっといい場所に移してあげてほしいとも思いました。店長さんに言うことも考えましたが、いざお店が閉まり、ウィンドーから出る時間になると、店長さんはくたびれた様子で、何か考え込んでいるふうでもありました。わたしは何も言わないでおくことにしました。

つぎの朝、シャッターが上がると、外はすばらしい日和でした。通りにもビルの内部にもお日さまが射し込み、栄養を注ぎ込んでくれています。昨日、物乞いの人と連れの犬が死んでいた場所はどうなっているだろう、と目をやると、驚いたことにどちらも生き返っているではありませんか。きっと、お日さまが送ってくれている特別の栄養のせいです。それがあの人と犬を助けたのだと思います。物乞いの人はまだ立ち上がっていませんが、騙し戸口に背中を寄りかからせ、笑顔で歩道にすわっています。片方の脚を前に伸ばし、反対の脚を立ててその膝に腕をのせ、空いたほうの手を犬の首に伸ばして、しきりになでています。もちろん犬も無事生き返って、行き交う人をきょろきょろ見ています。どちらもお日さまの栄養を存分に吸収し、刻々と元気になっていくようです。そのうち——きっと午後までには——あの人もまた立ち上がれるようになっているでしょう。そして、いつもどおり、騙し戸口から通行人と軽口のやり取りをしているはずです。

そんなこんながあって六日間が終わり、店長さんから、クララはお店の誇りですと誉めてもらいました。この六日間、来店したお客様の数が平均以上だったとのことです。聞いて、わたしも嬉しく思いました。二回目のウィンドー入りを感謝すると、店長さんはほほ笑んで、もうさほど待たなくてもすむでしょう、と言いました。

＊

十日後、わたしは奥のアルコーブに移ることになりました。わたしがどれほど外の風景が好きか、店長さんはよく知っています。だから、移るのはほんの数日のことだから、と約束してくれました。そのあとはまた店央に戻れるから、と。同時に、それはそれとして奥のアルコーブもとてもいい場所なんですよ、とも言っていて、たしかに実際に立ってみると、別にいやな場所ではありません。奥の壁際にはガラスのテーブルが置かれ、そこに二人のＡＦがすわっています。わたしはこの二人に以前から好意をもっていましたから、今度は距離も近いし、お客様がいないときなど、いろいろなことを話し合えました。ただ、奥のアルコーブの難点は、アーチ構造より後ろにあることです。外が見えませんし、じつは店頭のあたりもよくは見えません。お店に入ってきたお客様を見ようとすれば、アーチ構造の支えの柱が邪魔になります。体を大きく前傾させ、その柱を回り込むようにして見なければなりませんが、そうやってさえ、雑誌台に置かれた銀の花瓶や、店央に立っているＢ３型たちで視界がさえぎられます。仮に数歩移動してみても、結果はたいして違わないでしょう。一方、表通りから離れているせいか、それともお店の奥に向かって天井が低くなっているせいなのか、音は以前よりよく聞こえるようになりました。ジョジーがお店に戻った、とすぐにわかったのはそのせいです。声を聞くまでもなく、足音で、もうわかりました。

「なんでみんなあんなに香水を使うの。息が詰まりそうだったわよ」

「石鹼よ、ジョジー」と母親の声がしました。「香水じゃありません。手造りの石鹼。とてもいいものよ」

「ともかく、あのお店じゃなかった。ここよ、ママ。言ったでしょ?」床を用心深く進む足音が聞こえます。さらに「絶対にここがあのお店なのに、でも、あの子はもうここにいない」と言うのが聞こえました。

わたしは前へ小さく三歩出ました。銀の花瓶とB3型AFのあいだに母親が見えました。いま、わたしの視界の外にある何かをじっと見ています。ここから見える母親は顔の片側だけですが、歩道に立っていたあのときよりいっそう疲れた感じがあります。風に吹かれながら高いところにとまっている鳥の雰囲気はそのままです。視線の先にはジョジーがいるのでしょう。そしてジョジーは、きっと、店頭のアルコーブに立つB3型、新しい女子AFを見ているはずです。

長いあいだ何も起こらず、やがて母親が「で、どうなの、ジョジー?」と言いました。ジョジーは何も答えません。床を歩く店長さんの足音が聞こえます。いま、あの特別な静けさが店内に満ちているのを感じます。AF全員が聞き耳を立て、この売買の成否に固唾《かたず》をのんでいます。

「スン・イは、もちろんB3型です」と店長さんが言っています。「これほど完璧な出来のB

3は、わたしもはじめてです」

店長さんの肩が見えます。ジョジーはまだ見えません。またジョジーの声が聞こえます。

「あなたって、とってもすばらしい。だからね、スン・イ、変にとらないでほしいんだけど、わたしね……」消え入るように聞こえなくなりました。また用心深い足音が聞こえ、はじめてジョジーの姿が見えました。いま店内全体を見渡しています。

「このB3型って、認知と想起にとてもすぐれているんですって?」と母親が言いました。

「反面、共感がいま一つだとも聞いているけど」

店長さんの声には溜息と笑いが混ざっているようでした。「ごく初期に、ちょっと頑固なのが一、二体作られたようなんです。でも、ご安心いただいてよろしいかと思います。このスン・イにはまったくそんな問題はありません」

「スン・イに直接話してみてもいいかしら」と母親が店長さんに言っています。「いくつか質問をしてみたいんだけど」

「でも、ママ」とジョジーが割って入り、姿がまたわたしの視界から消えました。「意味ないわよ。スン・イがすごいのはわかってるけど、ほしいのはこの子じゃないもの」

「いつまでも探しつづけるわけにはいかないのよ、ジョジー」

「でも、このお店だったのよ。言ってるでしょ、ママ。ここにいたの。きっと来るのが遅すぎただけ」

ジョジーの来店と、わたしがお店の奥にいるときが重なったのは不運でした。でも、ジョジーならきっとここまで見つけにきてくれるはず。わたしはそう信じました。その場から動かず、物音一つ立てなかったのは、それが理由です。でも……理由はほかにもあったのかもしれません。誰がお店に来たかに気づいた瞬間、わたしは喜ぶと同時に、恐れが心に忍び込むのも感じましたから。それは、あの日、店長さんが話してくれたことに由来する恐れです。子供というものは簡単に約束する。そのまま戻ってこなかったり、戻っても、約束した相手を忘れて別のAFを選んだりする。たぶん、その恐れもあって、わたしはその場で静かに待ちつづけたのかもしれません。

つぎに店長さんの声がしたとき、その声には新しい響きがありました。

「失礼ですが、お嬢さん、誰か決まったAFをお探しということですか。以前、ここで見かけたAFを?」

「はい、そうです。しばらくまえ、ショーウィンドーにいました。とてもかわいくて、とても頭のいいAFです。フランス人みたいなAF。ショートヘアで、浅黒くて、服装も黒っぽくて、でもとっても親切そうな目をして、とっても頭がいいの」

「誰だかわかったかもしれませんよ」と店長さんが言いました。「こちらへ、お嬢さん。探してみましょう」

わたしは即座に動きました。朝はずっとお日さまの光模様の外にいて、会うのもこのまま奥というのはいやです。明るい四角形が二つ交叉している場所に出たとき、同じタイミングで店長さんが、その後ろからジョジーが、アーチ構造にやってきました。ジョジーの顔に喜びがあふれ、歩調が速まりました。

「いてくれたんだ！」

ジョジーは以前よりもっと痩せていました。おぼつかない足取りで歩きつづけ、そのまま抱きつきそうにしましたが、最後の瞬間に立ち止まり、見あげるようにしてわたしの顔をのぞき込みました。

「いなくなっちゃったかと本気で思った」

「いなくなるなんて。約束しましたから」とそっと答えました。

「うん、たしかにしたよね。守らなかったのはわたしのほう。こんなに長くかかっちゃったんだもの」

わたしがほほ笑みかけると、ジョジーは肩越しに振り返り、「ママ、これがその子よ。わたしが探してたＡＦ！」と言いました。

母親がゆっくりとアーチ構造に近づき、止まりました。この瞬間、三人全員がわたしを見つめていました。ジョジーがいちばん前で、嬉しそうな笑顔です。そのすぐ後ろに店長さん。やはり笑顔ですが、警戒の表情も浮かんでいて、わたしはそれを店長さんからの重要なサインと受け止めました。そして母親です。目を細くして見ています。歩道に立って、通りかかるタクシーが空車かどうか見極めようとしている人の目です。そんな母親を見て、向けられる視線を感じているうちに、心に恐れがよみがえってきました。「いてくれたんだ！」と言うジョジーの声でほとんど消えていた恐れが。

「こんなに遅れるはずじゃなかったの」とジョジーが言っています。「でも、ちょっと病気しちゃって。いまはもう大丈夫」そして後ろに呼びかけました。「ママ、すぐに買っていける？ 誰かに先に買われちゃうまえに？」

沈黙があり、母親が静かな口調で言いました。「これはB3型ではないのよね？」

「クララはB2型です」と店長さんが答えました。「ただ、B2の第四世代で、この世代を超えるAFはいないと言う人もいます」

「でも、B3型ではないのね」

「はい。B3型は目覚ましい技術的進歩の結晶です。でも、一部のお子様にとって、最高級B2型とのペアにまさるものはないと感じているお客様もいらっしゃいます」

「なるほど」

「ママ、わたしはクララがほしいの。ほかのじゃいや」

「ちょっと待って、ジョジー。人工親友って、どれも独自の個性をもっているのよね？」

「そのとおりです、奥様。とくに、このレベルになりますと」

「じゃ、このAFの……クララだっけ？ 個性は何なの」

「クララには独自の美質が数多くありまして、朝中かけても全部は説明しきれません。ですが、特別な何か一つということになると、そうですね、観察と学習への意欲ということになるでしょうか。周囲に見るものを吸収し、取り込んでいく能力は、飛び抜けています。結果として、当店のどのＡＦより――これはＢ３型も含めてです――どのＡＦより精緻な理解力をもつまでになりました」

「そうなんだ」

母親はまた目を細くして、わたしを見ています。そして、わたしに三歩近づきました。

「いくつか質問していいかしら、直接に」

「どうぞ」

「ママ、お願いよ……」

「待ってて、ジョジー。わたしがクララと話すあいだ、そこに立っていなさい」

母親とわたしの一対一……なんとか笑顔を保とうとしましたが、やさしいことではありません。もしかしたら恐怖が表れていたでしょうか。

「では、クララ」と母親が言いました。「ジョジーのほうを見ないで答えてね。ジョジーの目は何色かしら」

「灰色です、奥様」

「当たり。ジョジー、しばらくしゃべっちゃだめよ。さて、クララ。娘の声のことをききます。

さっきしゃべるのを聞いたわよね。声の高さはどのくらいだと思う?」

「普通にしゃべるときの声域は、ミドルCの上のAフラットから一オクターブ上のCまでです」

「へえ、そうなんだ」またひとしきり沈黙があって、さらに、「じゃ、最後の質問ね。クララ、娘の歩き方で何か気づいたことはあるかしら」

「たぶん、左腰に弱さを抱えています。加えて、右肩に痛みの原因がひそんでいます。ですから、ジョジーは急な動きや不要な加重を警戒し、そこを保護しようとする歩き方をしています」

母親はしばらく考えていて、こう言いました。「では、クララ、娘のことはもうよくわかっているようだから、ジョジーの歩き方をまねして見せてくれる? どうかしら。いまここで、娘の歩き方を?」

母親の肩の向こうで、店長さんの口が何か言いたそうに開きかけましたが、結局、何も言いませんでした。でも、わたしと視線が合ったとき、ほんの少しうなずくのが見えました。

わたしは歩きはじめました。母親が見ています。ジョジーももちろん見ています。でも、それだけではありません。いま、お店全体がわたしを見て、聞き耳を立てているのがわかります。アーチ構造を抜け、床に広がるお日さまの光模様を歩きました。B3型AFが立っている店央と、そこにあるガラスの陳列台を目指しました。できるかぎりの努力をして、見たままのジョジーの歩き方を再現しました。ショーウィンドーのローザとわたしが見ている前で、ジョジーがタクシーからおりてきたときの歩き。その四日後、母親の手が肩からどけられて、ジョジーがウィンドーに向かってきたときの歩き。そして一瞬前、ほっとして喜びに目を輝かせ、わたしに近づいてきたときの歩き。ジョジーはこう歩いていました。

ガラスの陳列台に行き着き、それを一まわりしました。台の横に立っているB3型男子AFと体が触れ合わないよう注意しながら、それでもジョジーの歩き方の特徴をなくさないように、と歩きました。

まわり終えて奥に戻ろうとしたとき、ふと顔を上げると、母親の様子が目にとまり、瞬間、体がそれの何かに反応して止まりました。母親は依然じっとわたしを見ています。でも、その視線はなんだかわたしを素通りし、後ろのどこかを見ようとしているようです。いわばわたしがショーウィンドーのガラスで、見たいのはその背後にある遠い何か、といった感じでしょうか。わたしはガラスの陳列台の横で、片足を構え、床から踵を上げたまま停止しました。店内が不思議に静まり返るなかで、店長さんの声が聞こえました。

「ご覧のとおり、クララには驚くべき観察力があります。こういうAFはほかに見たことがありません」

「ママ」ジョジーが抑えた声で言いました。「ママ、お願い」

「いいでしょう。このAFにします」

ジョジーが急ぎ足で来て、両腕をわたしにまわし、しっかり抱きしめてくれました。ジョジーの頭の向こうに、店長さんの嬉しそうな笑顔が見えます。やつれて張りつめた顔の母親は、いまショルダーバッグをのぞき、中を探っています。

第二部

キッチンは、動きまわるのがとくに難しい場所でした。いろいろな物があって、その位置関係が瞬間瞬間に変わっていきます。お店でまったくそんなことがなかったのは、きっと店長さんの思いやりのおかげでしょう。いましみじみそう思います。お店では、ブレスレットやら銀のイヤリングを入れた小箱やら、そんな小さなものも含めてすべての物の置き場所がきちんときまり、いつも正しい場所にありました。ジョジーの家は違います。とくにキッチンでは、家政婦のメラニアさんが物の位置をつぎからつぎへ変えていって、そのたびにわたしは学習をやり直さねばなりませんでした。ある朝など、ミキサーの置き場所が四分間に四回も変わったほどです。それでも、アイランドというものの重要性がわかってからは、すべてがずっとやさしくなりました。

アイランドはキッチンの真ん中にあります。固定されて動かないことを強調するためでしょうか、ビル建設用のブロックを模した薄茶色のタイルがはってあります。中央にぴかぴかの流しがはめ込まれ、いちばん長い縁に沿ってハイスツールが三脚並んでいます。わたしが来た当初はジョジーがまだとても元気で、よくこのアイランドに向かってすわり、個人指導を受けながら勉強したり、鉛筆とスケッチブックを手にのんびり絵を描いたりしていました。アイランドわきのこのハイスツールというのが、わたしは最初苦手でした。すわると足が床につきません。といって、ぶらぶらさせていると、ハイスツールのフレームに渡されている横棒にぶつかります。でも、ジョジーのすわり方が大きなヒントになりました。要は、両腕の肘をアイランドの表面にしっかりつけることです。これで体勢も気持ちも安定します。ただ、家政婦のメラニアさんがいつも大きな不安要素でした。いきなり背後から手を伸ばしてきて蛇口をひねり、勢いよく水を流しはじめたりしますから。はじめてこれをやられたときは、驚いてバランスを失い、落ちそうになりました。でも、横にいたジョジーがほとんど身動きもしないのを見て、水滴が多少飛んできても怖がることはないのだ、と学びました。

お日さまにはとてものぞき込みやすいキッチンだったでしょう。大きな窓がいくつもあって、その向こうに大きな空と大きな自然が広がっています。一見、車や通行人とは永久に縁がなさそうな自然ですが、窓の前に立って見渡すと、遠くの木立の横を道路が通り、丘をのぼっているのが見えました。この窓があるだけでも、お日さまから最高の栄養をもらい、それでキッチンを満たすのに十分だったでしょうが、加えて高い天井には明かり取りまでありました。リモコンで開閉できます。でも、お日さまからせっかくもらう栄養です。ブラインドでさえぎるのはもったいないと思い、最初はメラニアさんがリモコンを使いすぎる、と心配したものです。ただ、ジョジーが暑さ負けしやすいことがわかってからは、お日さまの光模様が強すぎると思うとき、わたし自身でもリモコンを操作するようになりました。

車の行き来も人通りもないだけでなく、周囲に一人のAFもいないというのは、最初は不思議な感じでした。いえ、家にAFがいることを期待していたわけではありません。むしろ、わたし一人だけのほうが、すべての意識をジョジーに集中できますし、いろいろな意味で好ましいと思っていました。でも、一人だけになって気づいたことがあります。それは、わたしのこれまでの観察や判断が、いかに周囲のAFたちのそれに依存していたかということです。これからは、当然、それがない新しい状況に適応していかねばなりません。最初のうちは無意識にAFの姿を探していました。寝室の奥の窓の前に立ち、丘をのぼっていく道路や野原の広がりを見ながら、ふと、そこに誰かを探している自分に気づき、そのたびに否定したものです。街やビルから遠く離れたここで、そんなことはありそうにない、と。

最初の数日間、わたしは愚かな間違いをしていました。家政婦のメラニアさんを店長さんのような人と思い込んでいたことです。そこからいくつかの誤解が生まれました。たとえば、新しい生活で注意すべきことをメラニアさんが教えてくれるものと思い、なるべくそばにいるようにしていました。メラニアさんとすれば、なぜ付きまとわれるのかわからず、わずらわしく思ったでしょう。最後には怒りだし、いきなり振り向くと、「ついてくるな、ＡＦ。どっかいけ」と怒鳴りました。わたしは驚きました。でも、やがて、メラニアさんの役割が店長さんのそれとは違うこと、悪いのはわたしのほうだったことを理解するようになりました。

ただ、そういう誤解がいくつかあったとしても、わたしが家にいることにメラニアさんが最初から反対だったのは事実だと思います。わたしはメラニアさんにいつも礼儀正しく接していました。とくに来たばかりの日々は、なんとか喜んでもらおうと、あれこれ気を遣っていました。でも、メラニアさんがわたしに笑顔を返してくれたことはありませんし、口を開くときは、いつも命じるか叱るかのどちらかでした。いまこうしてあの日々のことを思い出していると、わたしに向けられたメラニアさんの敵意が、ジョジーの身に何か起ころうとしているという大きな不安から出ていたことがよくわかります。でも、当時のわたしには、それは知りえないことでした。メラニアさんの冷たさの理由など、どうしてわかったでしょう。メラニアさんは、わたしがジョジーと過ごす時間をなるべく短くしようとしました。それは、わたしに務めを果たすなと言っているのと同じことです。毎朝、母親がコーヒーを飲み、ジョジーが朝食をとる時間に、わたしをキッチンから締め出そうとさえしました。ジョジーが強く懇願し、母親が最終的に同意して、朝のこの貴重な時間にわたしもなんとかキッチン入りを許されましたが、そのときでさえ、メラニアさんはわたしを二人から引き離し、冷蔵庫の横に立たせておこうとしました。このときもジョジーが抗議してくれて、ようやくアイランドでのわたしの同席が許されました。

母親の朝のコーヒーは、言ったとおり毎朝の大切な習慣で、これに間に合うようジョジーを起こすのも、わたしの仕事の一つでした。ですが、何度声をかけてもなかなか起きてくれません。ぎりぎり最後の瞬間になって慌てふためき、寝室付属のバスルームに駆け込んで、中から大声で「急いで、クララ。遅れちゃう」と叫ぶことがよくありました。わたしのほうはもう部屋を出て、階段の下り口で気をもみながら待っていたのですが。

おりていくと、母親が一人アイランドに向かってすわり、手のオブロン端末をじっと見ながらコーヒーを飲んでいます。メラニアさんはいつでもコーヒーを注ぎ足せる態勢で近くにいます。ジョジーと母親が言葉を交わせる時間は、たいていほんの少しです。それでも、母親のコーヒータイムを共有することがジョジーにはどれほど大切だったか。それがよくわかる出来事がありました。ある夜、ジョジーは具合が悪く、あまり眠れないようでした。翌朝、いちおう起こしはしたものの、例によってまた眠りに戻るのを見て、もう少し休ませてあげようと思いました。やがて目覚めたジョジーは怒り、わたしに激しい言葉を浴びせると、体調の悪さにもかかわらず、大急ぎでキッチンへおりていく支度をはじめました。でも、バスルームから出たとき、母親の車が砂利道の上を動く音が聞こえ、慌てて前面の窓からのぞくと、ちょうど車が丘に向かって走り去るところでした。そのあと、ジョジーがわたしにとくに当たることはありませんでしたが、キッチンで朝食をとるあいだ、笑顔になることもありませんでした。コーヒータイムを母親と一緒に過ごせないと、その日はさびしい一日になりかねない。その日にどんな行事が詰まっていても、埋め合わせにはならない。そう思いました。

ときどき、母親がとくに急がなくてよい朝もあります。高級な服を着て、バッグも冷蔵庫に立てかけてあり、いつでも出かけられる用意ができていますが、コーヒーをゆっくり飲んでいます。ときにはハイスツールからもおりて、コーヒーカップと受け皿を手に歩きまわっていたりします。大きな窓の前に立ち、お日さまの朝の光模様を全身に浴びながら、こんなことを言います。

「ねえ、ジョジー。あなた、なんだか色鉛筆を使うのをやめちゃったような気がするんだけど？　いまやっている白黒も好きだけど、わたしはカラーもいいなと思うわよ」

「カラーはね、ママ、やってて、とっても恥ずかしいの」

「恥ずかしい？　何を言ってるのよ」

「わたしが色鉛筆で描くのは、ママがチェロを弾くのと同じよ。もっと悪いかも」

ジョジーがこう言うと、母親の顔がほころびました。母親はあまり笑わない人ですが、笑うときは、驚くほどジョジーにそっくりの笑顔になります。顔全体にやさしさがあふれます。いつもは厳しい表情をつくりだしている皺が、なんだか畳みなおされて、ユーモラスでやさしい皺に変わるかのようです。

「認める。わたしのチェロって、最高にうまく弾けたときでも、ドラキュラのお婆さんみたいな響きだものね。でも、あなたの色使いは、そうね、夏の夕方の池ってところかな。なんか、そんな感じ。あなたのカラーは美しいわよ、ジョジー。ほかの誰も思いつきそうにないものを描くもの」

「ママ、親っていうのはね、子供の絵をいつもそう思うものなの。人類の進化のプロセスのどっかに原因があるのよ」

「ママはね、あなたがつくったあの見事なビラが原因になってると思う。あのときの交流会にもっていったやつ。前々回の交流会だったかな。リチャーズさんとこの娘さんに何か嫌味っぽいことを言われたのよね。これ、まえにも言ったことはわかってるけど、もう一度言わせて。あの子はあなたの才能に焼餅を焼いたのよ。だからあんなことを言ったの」

「ママが本気でそう言うなら、いいわよ。またカラーをやってもいい。じゃ、その代わりに、ママもまたチェロをはじめるってのはどう？」

「だめよ、もうチェロは卒業。まあね、ゾンビ映画つくったからサウンドトラックにほしいって人でもいれば、別だけど」

もちろん、いつもこういくとはかぎりません。とくに急がない朝であっても、コーヒータイムの母親に笑顔がなく、緊張した面持ちのことがあります。そんな朝、仮にジョジーが場の雰囲気を和ませようとして何かすると、逆効果になることもありえます。たとえば、個人指導の話題をもちだしたとしたら、母親は真剣な表情で聞いていて、こんなふうにさえぎるかもしれません。

「取り替えましょう、その先生。嫌いなら、別の先生にしましょう」

「違うのよ、ママ。ただ言ってみただけ。いまの先生は、まえの先生よりずっといいわよ。おもしろいし」

「そう。なら、よかった」母親はにこりともせずにうなずきます。「あなたは、いつも人に公平に接しようとする。とてもいいことだと思う」

健康状態がまだとてもよかったその当時、ジョジーは夕食も、母親が仕事から帰宅したあと一緒に食べることにしていました。ですから、その時間まで二人でジョジーの寝室に行き、母親の帰りを待ちながら、お日さまが休息の場所へ帰るところを見るのが日課になっていました。

ジョジーが約束してくれたとおり、寝室の奥の窓からは地平線までつづく一面の野原が見渡せます。お日さまが一日の終わりに野原のどこに沈んでいくかがわかります。ジョジーはいつも「野原」と言うだけでしたが、この「野原」というのは、じつは隣り合う三つの草原からなっていて、よく目をこらすと、それぞれの境界を定めている杭が見えます。どの草原でも草が丈高く茂り、風が吹くたびにそよいで、まるで目に見えない通行人が急ぎ足で通り抜けていっているようです。

寝室の奥の窓から見える空は、お店にいるときビルの合間に見えた空よりずっと大きく、驚くような色彩の変化を見せてくれました。フルーツボウルの中のレモンのような色かと思うと、組板《まないた》に使う石板の灰色に変わっていったりします。ジョジーの具合が悪いときには、嘔吐の色とか、薄められた感じの大便の色、極端なときは血の筋を刷《は》いたような空になることさえあります。空全体が一連なりの四角形に分割され、その一つ一つが隣とは濃淡の違う紫色になることもありました。

寝室の奥の窓のわきには柔らかなクリーム色の長椅子があります。クッションのきいた背もたれにボタンをずらっと埋め込んだような外見に、わたしは心の中でこれを「ボタンソファ」と呼んでいました。ソファ自体は部屋の内側を向いていますが、ジョジーとわたしは後ろ向きになって座部に両膝をつき、背もたれを抱えるようにして空と野原をながめるのが好きでした。お日さまの一日の旅の終わりを見るのが楽しく、ジョジーもそれをよくわかってくれていて、時間が許せば毎日、二人してボタンソファから夕日をながめたものです。一度、母親がいつもより早く帰宅し、ジョジーと二人、アイランドわきのハイスツールにすわって、話し込んでいたことがあります。わたしは二人の邪魔にならないよう、冷蔵庫の横に立っていました。その日の母親はとても上機嫌で、早口でした。オフィスの人々のあれやこれやを、笑いを交えながらおもしろおかしく語り、ときには息が苦しくなるほどの大笑いをしていました。そんな会話の途中、母親がまた笑いだしそうにした瞬間、ジョジーが突然話をさえぎって、こう言いました。

「ママ、とってもおもしろい。でも、ちょっとだけクララと部屋に行っていい？　クララは夕日が大好きなの。いま行かないと、今日は見そこなっちゃうから」

ジョジーのこの言葉で、わたしはあたりを見まわしました。たしかにお日さまの夕方の光がキッチンにあふれています。母親がまじまじとジョジーを見つめました。きっと怒りだす……わたしはそう恐れました。でも、やがて母親は表情をゆるめ、やさしそうな笑顔になると、こう言いました。

「もちろんよ、ジョジーちゃん。行って見てきなさい。それから夕食にしましょう」

寝室の奥の窓からはいつもの野原と空が見えましたが、その日は、ふとあるものが目にとまり、それがとても気になりました。いちばん遠くの草原の端にある黒い箱のような何かです。周囲の草がなびいても、その何かは動きません。お日さまが草に触れるほどにおりてきているのに、その黒い何かはお日さまの輝きの前からどこうとしません。ジョジーがわたしのために母親の怒りをかう危険までおかしてくれたあの夕方、わたしが「あれは何でしょうか」と尋ねると、ジョジーはボタンソファの上で伸び上がるようにし、額に両手をかざして、わたしが指差した方向を見ました。

「ああ、マクベインさんの納屋のことね」

「ナヤ?」

「横腹が両方とも開きっぱなしじゃ、納屋とも言えないか。雨宿りの場所ってとこかな。マクベインさんの物置。リックと一度行ったことがある」

「お日さまはなぜそんな場所を休息所に？」

「まったくよ。太陽なんだから最低でも宮殿でしょ、って思うわよね。たぶん、あのあとマクベインさんが大改造してるのかも」

「ジョジーはいつ行ったのですか」

「うーん、ずいぶん昔。リックもわたしもまだ小さかった。わたしが病気になるまえよ」

「近くに何か見慣れないものがありませんでしたか。門とか、地中におりていく階段とか？」

「ううん、そんなのはなんにも。ただの納屋。でも、あそこにあってくれてよかったわよ。だって二人とも小さいのに、あんなとこまで歩いて疲れてたもの。日没まではまだまだの時間だったから、宮殿の入り口があったとしても、隠されてたんじゃないかな。太陽が到着する直前にドアが開くとか。昔、そういう映画を見たことがある。悪いやつらの秘密基地が火山の中にあってね、溶岩でできた湖にヘリコプターがおりてくると、湖がゴゴゴッて開くのよ。太陽の宮殿もそうなってるのかもしれない。それにね、わたしとリックは宮殿探しに行ったわけじゃなくて、ただ、あのあたりに行ってみるかって行っただけだから。行ったら、もう暑くて、物陰がほしくて。マクベインさんの納屋に忍び込んで、しばらく休んで帰ってきたの」ジョジーはわたしの腕にそっと触れ、「もっと見とけばよかったけど、それだけ」と言いました。

お日さまが、草叢《くさむら》を通して見える一本の短い線になりました。

「ほら、沈んでく」とジョジーが言いました。「おやすみなさい、よね」

「一緒に行った少年は誰ですか。リックって」

「リック？　わたしのいちばんの友達よ」

「あっ、そうですか」

「あら、クララ。わたし何か悪いこと言ったかしら」

「いえ。ただ……いまいちばんの友達になるのはわたしの務めなので」

「あなたはわたしのＡＦ。全然別よ。リックはね、わたしと人生を一緒に過ごすことになる友達」

お日さまはいま草叢の中のピンク色の点にすぎません。

「リックはわたしのためになんでもしてくれる」とジョジーは言いました。「でも心配しすぎるの。きっと邪魔が入るって心配ばっかり」

「邪魔とは？」

「あれよ、恋愛には……って、きまりきったやつ。まあ、きっとほかにあのこともあるんだろうけど」

「あのこと？」

「でも、根拠がない心配なのよ。だって、リックとわたしはもう昔々に決めてるんだから。これから変わるなんてことはないの」

「そのリックはいまどこに？　近くですか？」

「お隣さんよ。今度紹介するね。二人を引き合わせるのが楽しみ」

＊

リックとはつぎの週に会いました。ジョジーの家を外から見たのも、その日がはじめてでした。

ジョジーとわたしは、家のどの部分がほかとどうつながっているかで、よく仲良しの言い合いをしました。たとえば、掃除機用のクローゼットは大きなバスルームの真下にあるのに、ジョジーはそれを認めようとしません。ある朝、別のことで同様の言い合いをしたあと、ジョジーがこう言いました。

「クララの言うこと聞いてると、おかしくなりそう。いいわ、ヘルム先生の授業が終わったら、外へ連れてってあげる。ほんとにそうか、家の外から見てみましょう」

外へ？　わたしは興奮しました。でも、まずはジョジーの授業です。ジョジーがアイランドの上に教材を広げ、オブロン端末のスイッチを入れるのを見ていました。

授業の邪魔にならないよう、わたしはジョジーの横に空のハイスツールを一つ置いて、その向こうにすわりました。授業がうまく進んでいないのはすぐわかりました。ヘッドセットから漏れてくる先生の声は叱る口調のことが多く、ジョジーはワークシートに何やら書き散らして、ときにはシートそのものを危険なほど流しの近くに押しやっていました。一度、大きな窓の外に気を取られ、先生の言うことが耳に入っていないときもありました。そのあと、怒ったように画面に向かい、「はい、できました。嘘じゃありません。なぜ信じてくれないんですか。もちろんです、先生が言ったとおりにやりました」と言っていました。

授業はいつもより長くつづき、最後にジョジーが「では、これで、ヘルム先生」とそっと言って終わりました。「今日の授業、ありがとうございました。はい、もちろんです。かならず。さようなら」

ジョジーは溜息をついてオブロン端末のスイッチを切り、ヘッドセットをはずすと、わたしを見てたちまち笑顔になりました。

「忘れてないわよ、クララ。外に行こう。でも、そのまえに正気を取り戻しておかなくちゃ。あのヘルム先生、もういや。これが最後でほんと嬉しい。きっと、どこか暑いところに住んでるのよ。間違いない。だって、大汗かいてたもの」そう言ってハイスツールからおり、大きく腕を伸ばしました。「外に出るときはメラニアに言え、ってのがママの言いつけなの。コート着るから、そのあいだに伝えておいてくれる?」

ジョジーもわくわくしているのがわかります。ただ、ジョジーのわくわくの原因は、授業中に窓の外に見えた何かだったような気もします。ともかく、わたしは家政婦のメラニアさんを探しに、オープンプランの部屋に行きました。

オープンプランは家でいちばん大きな部屋です。間仕切りがありません。あるのはソファ二脚のほか、人がすわれる柔らかな四角台がいくつかと、あとはクッション、フロアスタンド、観葉植物などです。コーナーデスクも一つあります。その日、わたしが引き戸を開けると、中では部屋の家具類が絡み合って、複雑な格子模様をつくりだしていました。メラニアさんも模様に取り込まれていましたが、四角台の端に背を伸ばしてすわり、オブロン端末を操作している姿がなんとか見分けられました。何をしに来たという目をわたしに向けてきましたが、ジョジーの外出の望みを伝えると、端末をさっと放り出し、わたしのわきを通って大股で出ていきました。

ジョジーは玄関ホールで待っていました。着ている茶色のダウンジャケットはお気に入りで、体調があまりよくないときは屋内でも着ることがあります。

「あのさ、クララ、ここに来てかなりになるのに、外に出たことがないなんて信じられないんだけど」

「はい、外に出たことはありません」

ジョジーはしばらくわたしを見ていて、「それって、ここだけじゃなくて、外というものに出たことがないってこと?」と言いました。

「そのとおりです。お店にずっといて、ここに来ましたから」

「ワーオ。じゃ、これは一大イベントじゃない。いい? 怖いことなんて何もないからね。野生の獣がいるわけじゃないんだから。さっ、行きましょう」

メラニアさんが玄関のドアを開けたとき、ホールに新鮮な空気が流れ込んでくるのを感じました。お日さまの栄養も一緒です。ジョジーがやさしさいっぱいの顔でわたしに笑いかけてきたとき、メラニアさんがそこに割り込んできました。いきなりジョジーの腕をとり、自分の腕に抱え込んだのです。これにはジョジーも驚いたようですが、とくに抵抗はしませんでした。メラニアさんは、たぶん、わたしが外に不慣れであるのを知って、任せておけないと思ったのでしょう。その配慮を、わたしはありがたく思いました。二人が並んで先に出て、わたしもつづきました。

すぐに砂利で覆われた場所に出ました。ここは、車のためにわざと粗い表面にしてあるのだと思います。穏やかで心地よい風が吹いていました。丘に立つ高い木々が波打っていて、こんな風でも木は曲がったり波打ったりするのかと驚きました。でも、すぐに足元に気をとられ、周囲を気にする余裕がなくなりました。砂利の下に隠れている地面の窪みは、タイヤでえぐられた跡なのでしょうか。

目の前に、寝室の前面の窓から見慣れている風景が広がっています。ジョジーとメラニアさんの後ろについて、やがて道路に出ました。道路の表面は、床のように固くて滑らかです。左右の草地にもところどころ草を刈り取った場所がありましたが、わたしたちはいましばらく道路を進みました。わたしとしてはどこかで家を振り返り、予想した間取りを一人の通行人として確認したかったのですが、ジョジーとメラニアさんが腕を組んだままどんどん先に行ってしまうのでは、それができません。

やがて、足元への注意はさほど必要なくなりました。目を上げて左手を見ると、草で覆われ、こんもりと盛り上がった丘があって、そのてっぺん近くに一人の少年の姿が見えました。わたしの推定では十五歳ですが、淡い空を背景にしたシルエットですから、あまり自信はもてません。ジョジーがその丘に向かおうとし、メラニアさんが何か言いました。家の中なら聞きとれたと思いますが、屋外では音波の伝わり方が違います。いずれにせよ、意見の不一致があることが見てとれました。ジョジーがこう言うのが聞こえました。

「でも、クララに会わせたいの」

わたしには聞きとれないやり取りがさらにあって、メラニアさんが「いいです。じゃ、ちょっとだけ」と言って、ジョジーの腕を放しました。

ジョジーが振り返り、「クララ、こっち」と言いました。「リックに会いにいくわよ」

緑の丘をのぼりはじめると、ジョジーはすぐに息切れがして、わたしにしっかりしがみついてきました。これでは、後ろを向くことができません。それでも、肩越しにちらと振り返ることはできて、わたしたちの背後にジョジーの家のほかにもう一軒、野原を少し行ったところに別の家があるのが見てとれました。ジョジーの部屋のどの窓からも見たことがない家です。これがお隣さんでしょうか。ぜひ二つの家をゆっくり見比べたいところですが、ここはジョジーの身の安全が最優先です。やっと丘の頂上にたどり着きました。ジョジーは荒い息をし、苦しそうです。でも、少年は声をかけてくるどころか、わたしたちのほうを見ようともしません。円形の装置を手にして、二軒の家のあいだの空を見つめています。そこには隊列を組んで飛ぶ数羽の鳥が見えますが、これは本物の鳥ではない、とすぐわかりました。少年は視線をそらさず、ときどき手のリモコンに触れます。そのたびに鳥が反応して隊列を組み替えます。

「ワーオ、きれい」とジョジーが言いました。まだ息が切れています。「新しい鳥？」

リックは視線を鳥に向けたまま、「最後尾の二羽が新しいやつ。ほかのとちょっと違うだろ？」と言いました。

鳥が急降下してきて、わたしたちの真上でホバリングをはじめました。

「うん、でも本物の鳥だって見かけが違ったりするわよ」とジョジーが言いました。

「まあな。やれやれ、やっと全隊に一斉命令が出せるようになったぞ。よし、ジョジー、見てな」

機械仕掛けの鳥がおりてきて、わたしたちの目の前の草に一羽ずつ着地しはじめました。でも、二羽が空中に残っています。リックはしかめ面をし、再度リモコンを押しました。

「くそ、まだだめか」

「でも、すごいわよ、リック」

ジョジーは驚くほどリックの近くに立っています。実際に触れてはいませんが、両手をもちあげて、背中側から左肩に触れそうになっています。

「この二羽は最初から調整のやり直しだな」

「大丈夫、リックならできる。ところで、火曜日のこと、覚えててくれるわよね」

「覚えてはいるよ、ジョジー。でも、行くとは言ってないぞ」

「何よ、いまさら。約束したじゃない」

「してない！　それに、ぼくが行っても、お客さんは喜ばないと思うぞ」

「今回はわたしが主催者なんだから、誰を呼ぶのもわたししだいよ。ママも大賛成。いまさら蒸し返さないでよ、リック。二人の計画について真剣なら、こういうことから一緒にやっていかなくちゃ。わたしがやるんだから、あなただってできるはず。それに、わたし一人にあの連中の相手をさせるつもり？」

「一人じゃないだろ？　ＡＦだっているんだし」

最後の二羽もおりてきました。リックがリモコンに触れると、すべての鳥が草の上でスリープモードになりました。

「やだ、紹介がまだだったか。リック、これがクララね」

リックはリモコンに目を向けつづけ、わたしのほうを見ません。「ＡＦなんていらない――君はそう言ってた」

「大昔のことじゃない」

「ＡＦなんていらないって言ってた」

「じゃ、気が変わったのよ。これでいい？　それに、クララはただのＡＦじゃない。クララ、リックに何か言ってやって」

「ＡＦなんていらないって言ってた」

「やめてよ、リック。小さいころの約束なんて、全部守れるわけじゃないでしょ？　ＡＦのどこがいけないのよ」

ジョジーの両手はいまリックの左肩にあります。体重をかけ、まるで相手の身長を押さえ込んで、自分と同じ高さにしようとしているかのようです。でも、リックはジョジーの近さをまったく気にせず、むしろ当然のこととととらえています。この少年はジョジーにとって、ある意味、母親と同等に大切な人なのではないか……わたしはふとそう思いました。この少年とわたしの目的には、重なり合う部分がいくつもあるかもしれません。そうなら、この少年がジョジーの人生模様にどう位置づけられるのか、これからよく観察し、理解していかねばなりません。

「リックに会えて嬉しいです」と、わたしは言いました。「リックはあそこの家の人ですか。不思議です。わたしはこれまであの家に気づきませんでした」

「ああ」とリックは言いましたが、まだわたしを見ようとしません。「母さんとぼくとであそこに住んでる」

三人とも二軒の家の方角を向きました。ジョジーの家の外観をじっくり見ることができたのは、このときがはじめてです。家は予想よりやや小さく、屋根の縁が予想よりやや尖った感じがしましたが、それ以外は、ほぼ家の中で想像していたとおりでした。板を丁寧に重ね合わせて壁をつくり、白に近い色に塗っています。構造的に見ると、三個の独立した箱をつなぎ合わせた複雑な形状になっています。リックの家は少し小さめです。遠いから小さく見えるというだけではなく、実際に小さいと思います。やはり木の板で造られていますが、構造的には箱が一個だけの単純な造りです。幅より高さが目につく家で、草地の中に立っています。

「リックとジョジーは互いを見ながら育ったのですね」とわたしはリックに言いました。「あの二軒の家のように」

リックは肩をすくめ、「まさに見ながらだな」と言いました。

「リックにはイギリス訛りがありますね」

「かも。ちょびっとな」

「ジョジーにいいお友達がいて嬉しいです。わたしの存在が、いいお友達関係の邪魔にならないといいのですが」

「そう願うよ。けど、友情には多くの邪魔が入るものでさ」

「もういいか。さあ」と丘の下からメラニアさんの大きな声が聞こえてきました。

「いま行きます」とジョジーが叫び返し、リックに「いいこと、リック、わたしだってこんな集まり、楽しくないのよ。あなたにいてほしい。だから来て」と言いました。

リックはまた手のリモコンに注意を向けていて、鳥がいっせいに空中に舞い上がりました。ジョジーも両手をリックの肩に置いたまま、それを見あげています。空を背景にして、二人が一つの絵になりました。

「何してる。まだか」とメラニアさんの声がします。「風、強すぎる。そこで死にたいか」

「いま行くところ！」ジョジーは大声を出し、リックには「火曜のお昼よ」と、そっと言いました。

「ああ」

「それでこそリック。いまのは約束よ。クララが証人だからね」

ジョジーはリックの肩から手をおろし、離れると、わたしの腕をつかんで、先に立って丘をおりはじめました。

のぼってきた道を引き返せば、ジョジーの家のすぐ前におりられます。でも、ジョジーは別の道をおりていきます。こちらのほうが傾斜が急で、下ではメラニアさんが不賛成の声をあげていますが、すぐにあきらめ、新しい道の上り口に向かって、丘の裾《すそ》を急ぎ足で移動していきました。刈られた草地の中をおりていきながら振り返ると、また空を背景にしたリックのシルエットが見えました。こちらには見向きもせず、灰色の空に飛ぶ鳥を見あげていました。

家に帰り着き、ジョジーがダウンジャケットをぬいでいるあいだに、メラニアさんがヨーグルトドリンクをつくりました。ジョジーはいまアイランドでそれをストローですすっています。

わたしもその横にすわりました。

「あれがはじめての外出だったなんてね、まだ信じられない。で、はじめての外はどうだった」

「とてもよかったです。風も、周囲の物音も、全部がとても興味深くて。もちろん、リックに会えたこともよかったです」

ジョジーはドリンクの液面のすぐ上でストローをつまみ、こう言いました。

「圧倒的好印象なんて望むほうが無理か。ときどき不愛想なのよ。それでもリックは特別な人。わたしね、具合が悪くて何かにすがりたいときは、将来リックと一緒にやるあれこれを考えることにしてるの。今度の交流会だって、リックは絶対に来てくれると思う」

＊

その夜のキッチンでは、アイランドを直接照らすライトだけを普通にして、それ以外の照明をすべて暗くしていました。この家ではときどきそうやって夕食をします。ジョジーの希望でわたしもキッチンにはいましたが、親子水入らずがよかろうと思い、影の中にとどまって冷蔵庫のほうを向いていました。ジョジーと母親はしばらく屈託のないおしゃべりをしながら食べていました。やがて、ジョジーがのんびりした口調のままこんなことを言いました。

「ママ、わたしの成績がそんなに優秀なら、この交流会ってほんとにやる必要あるの?」

「もちろんよ、ジョジーちゃん。頭がいいだけじゃだめ。他人とやっていくこともできなくちゃ」

「他人とやっていくことはできるわよ、ママ。ただ、あの連中とだめなだけ」

「『あの連中』がたまたまあなたの同輩。ピアグループってやつね。大学に行ったらいろんな人がいる。わたしたちのころは、大学に行くまでだって毎日いろんな子と一緒だったけど、あなたたちの世代はそうじゃない。だから、いまのうちに慣れておかないと、大学に行ってからきついことになるの。大学でうまくいかない子って、かならずと言っていいくらい、交流経験が不足している子なのよ」

「大学なんてまだ先のことじゃない、ママ」

「思うほど先のことじゃありません」そして口調を和らげ、「それにね、ジョジーちゃん、クララをお友達に紹介できるじゃないの。みんなびっくりするわよ」と言いました。

「友達じゃないもん。それに、わたしが主催者やるなら、リックにも来てほしい」

わたしの背後でしばらく沈黙があり、やがて、「いいわよ。かまわないと思う」と母親が言いました。

「でも、いい考えだとは思わないんでしょ?」

「ううん、とんでもない。リックはいい子だし、お隣さんだしね」

「じゃ、リックは来るのね？」

「来たければ、よ。来る来ないはリックしだい」

「ほかの子が彼に意地悪する、ってママは思ってる？」

母親が口を開くまでに、また間がありました。「そうなる理由がわからない。誰かが無礼な態度をとったら、それはその子が遅れてるって白状するようなものだもの」

「つまり、リックが来られないとしたら、リックが来たくないときだけよ」

その夜、寝室で二人だけになったとき、ジョジーは寝る支度をしてベッドに横になりながら、そっとこう言いました。

「ひどいパーティだけど、リックには来てほしいな」

もう遅い時刻でしたが、ジョジーが交流会を話題にしてくれてほっとしました。この会については、わたしにも不安なことがいろいろありましたから。

「来てくれるといいですね。あの、ほかの方々もAF同伴なのでしょうか」

「それはない。連れてこないのが慣例よ。ただ、主催者の家のAFは普通出るわね、とくにクララみたいに新しいAFは。みんないろいろ知りたがるの」

「ジョジーはわたしに出てほしいですか？」

「もちろん、出てほしい。でも、あなたには嬉しくないことかもね。こういう集まりってくだらないの。ほんとにそう思う」

＊

交流会の朝、ジョジーはとても不安そうでした。朝食のあと寝室に戻り、着るものを何度もとっかえひっかえしていました。そのあとは髪の心配です。お客様の到着する物音と、到着を知らせるメラニアさんの声がします。メラニアさんから三度目の声がかかっても、ジョジーはまだ髪の毛にブラシをかけていました。階下に大勢の声があふれはじめ、「そろそろお客様のところに行く時間では？」とわたしからも促しました。

ようやく、ジョジーはブラシを化粧台に置いて立ち上がりました。「そうね。試練に立ち向かうときか」

階段をおりていくと、廊下は見知らぬ人でいっぱいでした。みな愉快そうな声で話していました。この人々はお客様の付き添いで来た大人たちで、全員がご婦人です。一方、オープンプランからは若い人たちの声が聞こえてきます。でも、いまは引き戸が閉じられていて、わたしたちからはまだジョジーのお客様が見えません。

ジョジーは階段をおりていきましたが、あと四段を残して足が止まりました。そのとき誰かが「ジョジー、元気？」と声をかけてくれなかったら、引き返しはじめていたかもしれません。

ジョジーは手を上げて声に応えました。廊下の大人たちに挨拶していた母親が見て、身振りでオープンプランを指し示し、「行きなさい。お友達がみな待ってますよ」と言いました。

母親はもっといろいろなことを言って元気づけたかったでしょうが、何人ものご婦人に囲まれ、話しかけられたり笑いかけられたりしていては、わたしたちだけにかまってもいられません。でも、ジョジーはなんだか新しく勇気を奮い起こしたようです。残る四段をおりて、人ごみに足を踏み入れました。わたしもつづきました。そのままオープンプランに行くものと思っていましたが、そうはせず、大人たちのあいだを縫って、玄関に向かって歩きだしました。外の空気を吸いにいくのか、と一瞬思いました。それほど、その足取りには明確な目的が感じられましたから。傍からは、お客様の大切な用事でお使いに行くところ、などと見えたかもしれません。邪魔する人はなく、わたしもジョジーの後ろから周囲の話し声の中を進みました。

「クワン先生って、そりゃ子供に数理物理学を教えるのは上手よ。でも、だからって、わたしたちに無礼であっていいことにはならないわよね」という声、「ヨーロッパよ。やっぱり家政婦はヨーロッパ人にかぎります」という声、通りかかるジョジーへの挨拶の声……。ようやく玄関にたどり着くと、開いたドアから流れ込んでくる外気が肌にさわやかでした。

ジョジーは敷居に片足をのせて外をのぞき、「さっさとしなさいよ。何してるの」と大声で呼びました。それからドア枠をつかみ、斜めに身を乗り出して、「急いで。もうみんな来てるんだから」と言いました。

戸口に現れたのはリックです。ジョジーはその腕をつかみ、玄関に引っ張りこみました。丘で見たとき同様、リックはジーンズとセーターというごく普通の服装です。でも、大人たちはすぐにリックだと気づいたようで、話し声がぴたりとやむ……とまではいきませんが、小さくなりました。母親が人ごみから出てきました。

「リック、こんにちは。よく来たわね。どうぞ入って」そして背中に手を置き、付き添いの大人たちのほうを向かせると、「皆さん、リックです。わが家のお友達であり、お隣さん。もうご存じの方々もいらっしゃるわね」と言いました。

「リック、元気?」と近くのご婦人が言いました。「来てくれて嬉しいわ」

それを皮切りに、大人たちからいっせいに挨拶の言葉がかけられました。親切な言葉なのですが、どの声にも不思議な慎重さが感じられます。さらに母親がこう尋ねました。

「で、リック、このところお母さんはどう。久しくお見えになってないけど」

「おかげさまで元気です、ミセス・アーサー」

リックが口を開くと、部屋中が静まりました。わたしの背後にいた背の高いご婦人が「家は近くなの、リック?」と尋ねました。

リックは視線を巡らしてご婦人をとらえ、「はい、奥様。この家から一歩出れば、すぐに見えます」と答えました。そしてちょっと笑って、「なにしろ、この家のほかには、うち一軒しかありませんから」と付け加えました。

その説明に全員が大きな声で笑いました。ジョジーはリックの横にいて、言ったのが自分であるかのような、照れくさそうな笑いを浮かべました。別の声がしました。

「ここは空気がきれいだもの。育つにはいい場所ね、きっと」

「ありがとうございます」とリックが応じました。「でも、ピザの配達を頼むには不便で……」とも。

さらに大きな笑い声が起こり、今回はジョジーも加わって幸せそうな笑顔を見せました。

「ジョジー、行きなさい」と母親が言いました。「リックを案内して。主催者なんだからお客様全員に気を配るのよ。さ、行って」

大人たちが一歩下がり、ジョジーはリックの腕をつかんだままオープンプランの方向へ連れていきます。わたしにとくに指示はなく、ついていくべきかどうか迷っているうちに二人は去って、廊下はまた大人たちでいっぱいになりました。玄関のドア付近に取り残されたわたしの近くで、また別の声がしました。

「いい子ね。よく聞こえなかったけど、お隣に住んでるの？」

「ええ、リックはお隣さんよ。大昔からジョジーの友達なの」と母親が答えました。

「まあ、すてきな話」

「頭だってとってもよさそう」と言ったのは、体形がミキサーに似た大柄なご婦人です。「そんないい子がチャンスを逃したなんて残念な話だわ」

「事情を知らなければ、そうとはわからないわよね」と別の声が言いました。「周囲にとてもきちんと対応できてる。ちょっとイギリス訛りがある？」

「この子らの世代は、どんな種類の人とも気楽に付き合えるよう学ぶことが重要なのよ。ピーターがいつもそう言ってる」とミキサー体形のご婦人が言いました。あちこちから同意をつぶやく声があがるなかで、ミキサーのご婦人はさらに母親にこう尋ねました。「で、親は……やらないと決めたの？　最後の瞬間にひるんだとか？」

母親の顔からふっと笑いが消え、周囲のおしゃべりが止まりました。ミキサーのご婦人自身も恐怖に凍りついたようでした。慌てて母親に手を差し伸べ、「ああ、クリシー。わたし、なんてことを。そんなつもりじゃないの……」と言いました。

「いいから、どうぞ忘れて」と母親が言いました。

「ああ、クリシー、ごめんなさい。わたしはなんてばかなの。言いたかったのはね……」

「最悪の恐怖よね。ここにいる誰にとっても」と近くで落ち着いた声がしました。

「もういいの。忘れて」と母親が言いました。

「あの、クリシー。わたしはただ、あんないい子が……」とミキサーのご婦人が言いかけましたが、肌の黒い別のご婦人が前に出てきて、「運の善し悪しもありますものね」と言い、言いながら母親の肩にやさしく触れました。

「ジョジーはもう大丈夫じゃないの？　ずいぶんよくなった様子だもの」と別の声が言いまし

た。

「いい日もあれば悪い日もあって」と母親が応じます。

「ずいぶんよくなったように見えるのに」

「きっと元気になりますよ」とミキサーのご婦人が言いました。「絶対よ。あんなことがあってもひるまなかったあなたに、ジョジーはいつかきっと感謝すると思いますよ」

「パム、もう……」肌の黒いご婦人が前に手を伸ばし、ミキサーのご婦人をこの場から引き離そうとしました。でも、母親がミキサーのご婦人を見据え、静かな口調でこう言いました。

「サリーは？　サリーもわたしに感謝してくれるかしら？」

ミキサーのご婦人がわっと泣きだしました。「ごめんなさい。ごめんなさい。わたしってなんて愚かなの。口を開けばこれだもの」すすり泣き、大きな声でつづけます。「もう皆さんおわかりね、わたしは世界一の大ばか者。あの子のことだけ言うつもりだったの。あんないい子なのに不公平だなって……クリシー、ごめんなさい」

「ね、どうか忘れて」母親は腕を前に伸ばし、ミキサーのご婦人をその腕に軽く抱きましたが、自然な動作というより多少の無理を感じさせました。ミキサーのご婦人はすぐにハグを返し、母親の肩に顎を埋めるようにして泣きつづけました。

居心地の悪い静けさがつづくなかで、肌の黒いご婦人が陽気な声をあげました。「中は、なんとかうまくやっているのかしら。大立回りは聞こえてきませんね」

全員が大きな声で笑い、母親の口調も変わりました。

「こんなところに突っ立ってないで、キッチンへ行きましょうか。このペストリー、おいしいでしょう？　メラニアのお国の名物ですよ。もっとつくってくれているはず」

ひそひそ話をよそおった声がしました。「いるべきは絶対に廊下よね。キッチンじゃ盗み聞きができないもの」

もう一度大きな笑い声が起こり、母親もまた笑顔になりました。

「中で何かあれば聞こえてきますよ。どうぞ、皆さん、キッチンへ」

大人たちがキッチンに移動しはじめると、オープンプラン内部の物音がよく聞こえるようになりました。でも、まだ言葉は聞き分けられません。一人のご婦人が「うちのジェニー、前回の集まりのあと大変だったのよ」と言いながら近くを通っていきました。「何をどう誤解していたのか、解きほぐしてやるのに週末いっぱいかかったの」

「クララ、あなた、まだここにいたの」

母親が目の前に立っていました。

「はい」

「なぜ、ジョジーと一緒に中ではないの」

「あの……来いと言われなかったので」

「行きなさい。あなたの助けがいるだろうし、ほかの子もあなたに会いたがるはずよ」

「はい。では、失礼します」

　お日さまは、この場所に大勢の子供が集まっていることに気づいたに違いありません。オープンプランの広い窓から惜しみなく栄養を注ぎ込んでくれていました。この部屋の家具は――ソファや、柔らかな四角台や、低いテーブル、観葉植物、写真集など――もともと複雑につながり合っていて、そのつくる格子模様をマスターするのに、わたしは長い時間がかかりました。それがいままた大きく変容して、まったく新しい部屋のようになっています。いたるところに若者がいます。その持ち物とおぼしきバッグ、ジャケット、オブロン端末が、床や家具表面のあちこちに散らばっています。加えて、部屋の空間全体が二十四個のボックスに分割され、上下二段の列をなして奥の壁までつづいています。目の前がこんなに区切られてしまっていては、全景を把握することは困難です。でも、徐々に整理がついてきました。ジョジーが部屋の中央近くにいて、三人の女子と話しているのがわかります。立ち位置の関係で四人の頭がほとんど触れ合い、四つの顔は、目を含む上半分が上段のボックスにあって、口と顎は下段のボックスに詰め込まれ、窮屈そうです。部屋にいる子らの大半は立ち、何人かはボックス間を移動しています。奥の壁際にレイアウト自由なモジュール式のソファが置かれ、そこに三人の男子がすわっているのが見えます。互いに離れてすわっているのに、三つの頭は一つのボックスに収まっています。窓の近くにすわる一人が片脚を長々と伸ばしていて、それは隣のボックスにも届いているどころか、そこを突き抜けて、さらにそのつぎのボックスにまで入り込んでいます。

このソファの三少年を含んでいる三個のボックスは、薄汚れた黄色のような不快な色合いを帯びていて、見ているわたしの心に不安がよぎりました。でも、三人はすぐにほかの子らの動きの向こうに押しやられ、わたしの注意は周囲で交わされている話し声に向かいました。

部屋に入ったとき、一度「あっ、新しいAFだ。かわいいじゃん」という声が聞こえましたが、いま聞こえてくる声のほとんどはリックのことを話題にしています。リックの横には、たったいまそこに来たばかりらしいジョジーがいますが、ジョジーはお客様の女子との会話が弾んでいて、リックに背を向けています。いまリックは独りで、話し相手がいません。

「ジョジーの友達なんだって。近くに住んでるみたい」と、わたしの背後の女子が言っています。

「親切にしてやらないとね」と別の女子が言いました。「わたしたちと一緒は気持ちよくないでしょう」

「ジョジーはなぜ呼んだの？　彼、居心地悪いわよ」

「何かあげるのはどう？　歓迎されてる気分になるんじゃない？」

言ったのは、痩せて腕が異常なほど長い女子でした。チョコレートを山盛りにした金属皿を手にとり、リックに向かって歩いていきます。わたしも部屋の中へ移動し、こんなやり取りを聞きました。

「すみません。ボンボンはお好き？」

リックは、お客様三人と話すジョジーを見ていましたが、声をかけられて声の主に向き直りました。

「どうぞ」と腕の長い女子は言い、皿を差し出しました。「おいしいですよ」と。

「ありがとう」リックはそう言って皿をのぞき、光沢のある緑色の紙に包んだチョコレートをつまみました。

周囲の会話は途切れなくつづいています。でも、ふと気づくと、部屋の全員がリックをじっと見ていました。ジョジーも、話し相手の三人のお客様もです。

「来てくれてみな喜んでいますよ」と腕の長い女子が言いました。「ジョジーのお隣さんでしょう?」

「そう。すぐ隣に住んでます」

「すぐ隣って、なんかおもしろい。周囲何マイル行っても、あなたの家とこの家だけなのに?」

ジョジーと話していた三人の女子が、腕の長い子の横に移動してきました。みな笑顔でリックを見ています。ジョジーはいる場所を動かず、とても気がもめる様子で見ています。

「そのとおり」とリックは笑いながら言いました。「でも、隣は隣でしょう?」

「たしかに。きっとこういう何もないところがお好きなのね、平和で」

「何もなくて平和? ええ、文句なしですよ……映画を見にいきたくなるまではね」

リックは、聞いている全員が笑ってくれるものと期待していたでしょう。ピザの配達のジョークで大人たちが笑ってくれましたから。でも、四人の女子はじっとリックを見つめるばかりでした。

「じゃ、映画はDSで見ないわけ？」と、ようやく一人が尋ねました。

「いや、ときどきはDSでも見るけど、やっぱり本物の映画館に行くのがいいな。大画面にアイスクリーム。母もぼくもそれが楽しい。問題は、じつに遠いことで」

「うちのブロックにも映画館があるけど、めったに行かないわね」と腕の長い女子が言いました。

「聞いた？　映画見るんだ」

「ミシー、やめなさい。ごめんなさいね、妹を許して。じゃ、映画が好きなのね。リラックスできるものね。でしょ？」

「きっとアクション映画ね」と、ミシーと呼ばれた子が言いました。

リックはその子を見て、にこりとして言いました。「それもおもしろいけど、母もぼくも古い映画が好きですよ。昔はいまと全然違う。昔の映画を見てると、たとえばレストランはこうだったんだとか、人はこんなものを着ていたんだとかね」

「でも、アクションも好きでしょ？　カーチェイスとか。違う？」と腕の長い女子が言いました。

「ちょっと」と、わたしの背後で別の女子が言いました。「お母さんと映画に行くって、かわいくない？」

「お友達と行ったら、お母さん、いやがるのかしら」

「そういう問題じゃなくて……つまり、母とぼくが一緒にすることの一つってこと」

「『ゴールドスタンダード』は見た？」

「お母さんの趣味じゃなさそう」

ジョジーが数歩出て、リックの前に立ちました。

「教えてあげなさいよ、リック」その声には怒りがありました。「どんな映画が好きか聞いてるだけなんだから。何が見たいか教えてやればどう？」

リックの周りに集まるお客様の数が増え、わたしからリックが見えにくくなっていました。でも、この瞬間、リックの中で何かが変わるのがわかりました。

「じゃ、教えましょう」ジョジーにではなく、全員に向かって話していました。「恐ろしいことが起こる映画が好きなんですよ。人の口から虫がぞろぞろ這いでてくる映画とか、そんなやつ」

「ほんとに？」

「ぼくにも教えてほしいな」と逆にリックが尋ねました。「ぼくの映画の好みなんて、なぜそんなに知りたいんです」

「それが会話ってもんでしょ?」と腕の長い女子が言いました。

「彼、なぜチョコを食べないの」とミシーが言いました。「手にもってるだけよ」

リックはミシーに向き直り、包み紙のままチョコレートを差し出しました。「どうぞ。君が食べたいのかな?」

ミシーは笑って、後ずさりしました。

「ねえ」と腕の長い女子が言いました。「これは友好的な集まりなの。心得てよ」

リックはちらりとジョジーを見ました。リックを見つめるジョジーの目は怒っています。リックは、またお客様の少女らに向き直りました。

「友好的? もちろん。で、ぼくが昆虫映画が好きだと言ったら、みんな喜んでくれるんですか」

「昆虫映画?」と誰かが言いました。「それってジャンルなの?」

「彼をからかっちゃだめ」と腕の長い女子が言いました。「やさしく。彼も一所懸命なんだから」

「そうよ、一所懸命なのよ」と誰かが言い、くすくす笑うお客様が何人かいました。リックが笑い声のほうを向いたとき、ジョジーが手を伸ばして、リックの手からチョコをひったくりました。

「皆さん、聞いて」とジョジーが大きな声で言いました。「わたしのクララを紹介します。これがクララです」

近くに寄るよう、ジョジーが合図していますいます。近づいていくわたしに、部屋中の視線が注がれました。リックもわたしを見ていましたが、それは一瞬で、すぐにコーナーデスクわきの小さな空きスペースに引っ込んでいきました。もうリックを気にしている人はなく、誰も彼もがわたしを見ています。腕の長い女子でさえ、リックなど忘れたようにわたしを見ています。

そして「うん、かっこいいAFじゃない」と言いました。内緒話でもするようにジョジーに上体を寄せましたから、わたしのことをまだ何か言うのかと思いましたが、言ったのはこんなことです。

「あそこにダニーがいるでしょ？　来たとき、最初に何と言ったと思う？　警察につかまった、ですって。挨拶も何もなしよ。最初にちゃんと挨拶するのが礼儀でしょ、と言ってもだめ。警察につかまったって、それぱっかり。吹聴しまくってるの」

「ワーオ」と、ジョジーはモジュール式ソファにすわる三人を見やりました。「犯罪者がかっこいいってこと？」

腕の長い女子が笑い、ジョジーは五人の女子がつくる形状の一部になりました。

「そしたらね、あそこにいるダニーの弟、あれがね、ただのビールの飲みすぎだって暴露したの」

「しっ、噂してるのわかったみたいよ」と誰かが言いました。

「わかって結構。ベンチでのびてるところをお巡りさんが見つけて、家に連れ戻したんですって。それを、まるで逮捕されたみたいに言ってるの」

「挨拶も何もなしでね」

「あら、ミシー、そういうあんたはジョジーにいま挨拶したんだっけ？　あんたもダニーと同罪じゃないの」

「したわよ。ハローって言いました」

「ジョジー、部屋に入ってきたとき、妹に挨拶された？」

ミシーは明らかに慌てていました。「ハローって言ったわよ。ジョジーに聞こえなかったかもだけど」

「おーい、ジョジー」ダニーという男子が部屋の奥から呼びかけました。ソファにすわり、脚を思い切りクッションの上に伸ばしていたあの男子です。「おい、ジョジー。それが新しいAFか？　ここに来させなよ」

「クララ、行って」とジョジーが言いました。「あの子たちに挨拶してきて」

わたしはジョジーの声の調子にとても驚き、すぐには動けませんでした。家政婦のメラニアさん相手にはときどき聞いたことがありましたが、わたし自身はそんな口調で話しかけられたことがありませんでしたから。

「どうした」ダニーがソファから立ち上がりました。「命令を聞かないってか」

ジョジーに厳しい表情で見つめられ、わたしは歩きはじめました。同時にダニーも歩きだしました。部屋の誰よりも背の高いダニーがお客様のあいだを縫うようにやってきて、ソファまでまだ半分以上を残しているわたしの前に立ちはだかりました。わたしの両肘をつかみ、自由に動けなくして、ためつすがめつしたあと、こう言いました。

「この家にはもう慣れたかい」

「はい。おかげさまで」

「おお、話せるぞ。喜べ」と、奥のソファにすわる男子の一人が叫びました。

「黙れよ、スクラブ」とダニーが怒鳴り返しました。そして「で、何と呼ばれてるって？」とわたしに尋ねました。

「名前はクララよ」と背後からジョジーが言いました。「ダニー、放してあげて。そんなふうにつかまれるのには慣れてないの」

「おい、ダニー」と、またスクラブが呼びました。「こっちに放れよ」

「見たかったらソファから尻あげて、ここまで来な」とダニーが言いました。

「黙って放ってよこせよ。運動機能をテストしてみようぜ」

「おまえのAFじゃないんだ、スクラブ」ダニーの手はまだわたしの肘をつかんでいます。

「まずジョジーに頼むのが礼儀だろう」

「おい、ジョジー」とスクラブが呼びました。「いいよな？　おれのB3なんて、振りまわして空中に投げ上げたって、毎回、両足で着地するぜ。やれ、ダニー。このソファに放ってよこせ。故障しやしないよ」

「野蛮なやつ」と腕の長い女子がそっと言い、何人かが笑いました。ジョジーもその一人です。

「おれのB3はな、宙返りして、きちんと着地できる」とスクラブがしゃべりつづけています。

「背を伸ばして、姿勢も完璧。だから、そいつがどうか見てみようぜ」

「おまえはB3じゃないよな」とダニーがわたしに尋ねました。

わたしは答えませんでしたが、ジョジーが後ろから「違うけど、最高のAFよ」と言いました。

「へえ。じゃ、スクラブが言うようなこともできるのか?」

「わたしのも、いまB3よ」と誰かの声がしました。「つぎの会で見せてあげる」

さらに別の声が「なぜB3にしなかったの、ジョジー?」と言いました。

「だって……クララが好きだから」ジョジーは心もとなげな口調でしたが、すぐに力強く、

「B3にできて、クララにできないことなんてない」と言いました。

背後で人の動く気配があり、腕の長い女子が出てきて、ダニーの横に立ちました。この女子の近くにいることは、ダニーにとって嬉しいと同時に怖くもあったのでしょうか、わたしの肘から手を離しました。でも、今度は腕の長い女子がすぐにわたしの左手首を——ダニーほど強くではありませんが——つかみました。

「こんにちは、クララ」と言い、わたしを探るように見ています。「さてと、クララ、わたしに和声的短音階を歌ってみてくれない？」

ジョジーはわたしにどう応じてほしいでしょうか。それがわかりません。わたしはジョジーが何か言ってくれるのを待ちました。でも、ジョジーは黙ったままです。

「おや、歌わないの？」

「おい」と、スクラブという男子が言いました。「放れよ。立てそうになかったら、受けとってやるからさ」

「あまりしゃべらないのね」腕の長い女子がさらに近づき、わたしの目をのぞき込みました。

「電池切れかな」

「クララはどこもおかしくない」ジョジーの声はとても小さく、聞こえたのはわたしだけだったかもしれません。

「クララ」と腕の長い女子が言いました。「わたしへの挨拶は？」

わたしは何も言わず、ジョジーの言葉を待ちました。

「あら、挨拶なし？」

「ねえ、ジョジー」と背後の声が言っています。「B3も買えたんでしょう？　なぜ買わなかったの」

ジョジーは笑い、「買うべきだったかなって、いま思いはじめたとこ」と言いました。

どっと笑い声がし、はじめて聞く声が「B3はすごいわよ」と言いました。

「さあ、クララ、せめて挨拶くらいしてよ」と腕の長い女子が言っています。

こんな場合の対処法は知っています。表情を穏やかに保ち、相手より遠くのどこかをじっと見つめること——お店で、店長さんにそう教えられました。

「挨拶を拒否するAFか。ジョジー、クララに何か言えって言ってくれない？」

「こっちに放ってみなよ。それで復活するかも」

「クララは記憶力がすごいの」とジョジーが背後で言っています。「どんなAFにも負けない」

「ほんとに？」と腕の長い女子が言いました。

「ただの記憶力じゃないのよ。誰も気づかないことに気づいて、それも一緒に記憶するの」

「へえ、そうなんだ」腕の長い女子はまだわたしの手首をにぎりつづけています。「じゃ、これはどう。振り向かずに、妹が何を着てるか当ててみて」

わたしは、腕の長い女子の向こうに立つ壁を見つめつづけました。

「フリーズしちゃったか。でも、かわいいのは認めてあげる」

「もう一度聞いてみて」とジョジーが言いました。「やって、マーシャ。もう一回」

「いいわよ。クララ、ほんとはできるんでしょう？　ミシーが着てるものを当てて」

「すみません」と、わたしは遠くを見つめながら言いました。

「すまないって……どういう意味かしら」と、腕の長い女子は部屋中に向かって言い、みなが笑いました。女子はわたしをにらみつけ、「どういう意味なの、クララ。よくわからないんだけど」と尋ねてきました。

「お役に立てず、申し訳ありません」

「これじゃ、どうしようもない」腕の長い女子は表情をやわらげ、やっとわたしの手首を放してくれました。「じゃ、クララ、見ていいわ。振り向いて、ミシーの着てるものを見て」

無礼と思われたかもしれません。でも、わたしは振り向きませんでした。ミシーの服装なら、見るまでもなくわかっています。紫色のリストバンドも、小さな熊のペンダントも。それに、もし振り向けば、ミシーだけでなくジョジーまで見えて、きっと顔が合い、目が合ってしまうでしょう。

「お手上げね」と腕の長い女子は言いました。

「出番だな」とダニーが言いました。「スクラブのご機嫌とりに、テストをやってやろう。フィル、来て、手伝え。スクラブはそこから動くなよ。受けとる準備をしておけ。やっていいよな、ジョジー?」

わたしの背後でジョジーは黙っています。でも、誰か女子の声が「AFを放り投げるなんてひどい」と言いました。

「どこがひどいんだよ。そういうのにも対応できるように設計されてるんだぞ」

「そういう問題じゃないわよ」と女子の声は言いました。「やること自体がひどいのよ」

「甘ったれの言い分だな」とダニーが言いました。「フィル、腕をもて。おれは脚だ」

「君はポケットに何を入れてるのかな」突然、リックの声がして、部屋が静まりました。

「何か言ったか、君?」

　リックはお客様のあいだを移動し、わたしのすぐ右隣に来て、ダニーのシャツの胸ポケットを指差しました。まったく恐れるふうはありません。胸ポケットのものには、わたしも気づいていました。小さくて柔らかなおもちゃの犬です。お店でも、七、八歳の子がそういうおもちゃをポケットに入れているのを見たことがあります。

　リックが指差しているものを見ようと、全員が姿勢や位置を変えはじめました。でも、ダニーが両手を上げてポケットを覆いました。

「お守り代わりってとこですか」とリックが言いました。

「別にお守りなんかじゃない」とダニーが言いました。

「ぼくにはお守りのように見えますよ。こういう集まりで落ち着けるようにって、おまじない」

「ばかを言え。そんなでたらめ、誰が……」

「別に特別のものじゃないんなら、ちょっと見せてもらってかまいませんか」リックはそう言って手を差し出しました。「大丈夫。大切に扱いますから」

「特別なものだろうと、なかろうと、おまえには関係ない」

「そう言わずに、ちょっとだけ見せてくださいよ」

「何でもないもんだけど、おまえには見せない」

「だめですか。一目見るだけでも？」

「おまえには見せない。見せる理由がない。おまえは本来ここにいる人間じゃないんだ」

リックの手は差し出されたままです。部屋は静まり返っています。

「ひょっとして、君自身が甘ったれってことはないのかな、ダニー君」とリックが言いました。

「少なくとも、そんなかわいいものをポケットに忍ばせているわけだし」

「いい加減にして！　ダニーから離れなさい」

いきなり大人の声がしました。一人のご婦人が部屋に踏み込んできて、若い人々が気圧《けお》されて後ずさりしています。「ダニーの言うとおりです。ここはあなたには場違いよ」

そのご婦人の後ろから、ジョジーの母親が急ぎ足で入ってきました。オープンプランの入り口からは、何人もの大人たちがのぞき込んでいます。

「忘れたの、サラ？」と母親が言いました。「大人は口出ししない――でしょ？」

サラというご婦人はリックをにらみつづけています。母親がその肩に腕をまわしました。

「さあ、サラ。規則破りはだめよ。解決は子供らに任せましょう」

サラさんは怒りが収まらないようでしたが、促されて部屋を出て、廊下で見守る大人たちのつぶやきの中に戻っていきました。つぶやきの一つが「そうやって学んでいくしかないのよ」と言うのが聞こえました。やがて大人たちの声が退き、オープンプランに沈黙が戻りました。ダニーとしては、小さなおもちゃなどより、大人の介入を招いたことのほうを恥ずかしく思ったかもしれません。両手で胸のポケットを隠したままソファに戻っていきました。そして、部屋全体に背を向け、その背中をやや丸めてソファに沈み込みました。

「じゃあ、さ」と腕の長い女子が明るい声で言いました。「ちょっと外に行かない？　外はなかなかいい感じよ。ほら！」

賛成の声があがり、その中には「いい考え！　行きましょう」と言うジョジーの声も含まれていました。

ジョジーと腕の長い女子が先頭に立ち、みながぞろぞろと出ていきます。ダニーとスクラブも従い、オープンプランに残るのはリックとわたしだけになりました。

皿、ソーダ缶、ポテトチップの袋、雑誌が散乱し、ぬぎ捨てられたジャケットや放られたクッションがあります。リックはそれらを見ていて、わたしのほうを見ようとはしません。子供がいなくなれば大人たちが片づけに来るのかと思いましたが、誰も姿を現しません。キッチンからざわめきが聞こえてきます。

「リックはわたしのために あの少年を止めてくれました。ありがとうございます」

リックは肩をすくめ、「ひどいことになりそうだったからね。彼だけじゃなく全員がさ」と言いました。さらに「君にも決して愉快じゃなかったろう」と、そっぽを向いたまま付け加えました。

「愉快ではありません。リックに助けてもらって感謝しています。でも、とても有意義な経験でもありました」

「有意義？」

「わたしには、いろいろな状況でジョジーを観察することが大切です。たとえば、子供たちがグループ間を移動すると、そのたびにグループの形状が変わります。それを観察することはとても勉強になります」リックは何も言わず、そっぽを向きつづけています。わたしは「リックも外へ出て、みなに合流すれば、和解できるのではありませんか」と言ってみました。

リックは首を横に振り、お日さまの光模様の中をモジュール式ソファまで歩くと、すわり、両脚を大きく伸ばして床の上に投げ出しました。ふと気づくと、オープンプラン空間の分割はもう解消されています。

「ま、彼らの言い分もわかる」とリックは言いました。「これは向上処置を受けた子供たちの会だからね、たしかに場違いなんだ」

「リックは、ジョジーに強く望まれて来たのでしょう？」

「そう、絶対来てと言われて。でもジョジー自身は忙しくて、どうやらもう戻ってこないようだ。こんなパーティなら、ぼくも楽しめるかな」そう言って、ソファに背をもたれさせました。

お日さまの光模様が顔に当たります。まぶしそうに目を閉じ、「問題はジョジーの人が変わることなんだ」と言いました。「今日ぼくが来れば変わらずにいてくれる、いつものジョジーのままでいてくれる、なんて思ったが、ばかだったな」

リックのそんな言葉を聞きながら、わたしはジョジーの手を――交流会がはじまってからの歓迎する手、差し伸べる手、緊張している手を――思い出していました。B3にしなかった理由を尋ねられたときの表情が見え、声が聞こえました。笑いながら言った「買うべきだったかなって、いま思いはじめたとこ」という言葉が聞こえてきます。店長さんの教えもよみがえってきます。ショーウィンドー越しにいくら約束していても、子供はまず戻ってきません、仮に戻ってきても、まったく別のAFを選んだりします、と言っています。ゆっくり走る二台のタクシーの合間に見えた男子AFは、親友であるべき少女から三歩遅れ、うつむいてRPOビル側の歩道を歩いていました。ジョジーとわたしもあやって歩くことになるのでしょうか。

「もう君にもわかるんじゃないか」と、光模様のまぶしさにもかまわず目を開けて、リックが言いました。「連中からジョジーを守ってやらなくちゃ、ってさ?」

「リックは、ジョジーがほかの子のようにならないか心配しています。ジョジーの振る舞いは、いま、たしかに変です。でも、ほんとうのジョジーは親切だと信じます。あの子らは乱暴ですが、それも見かけほどではないかもしれません。独りぼっちが怖くて、だからあんなふうに振る舞うのかもしれません。たぶん、ジョジーもです」

「これ以上あいつらと付き合ってたら、ジョジーはやがてジョジーじゃなくなってしまう。どこかでジョジーにもわかってるんだと思う。だから、二人の計画のことばかり言うんだ。そんなもの長いあいだ忘れてたのに、いまはそのことばかり言ってる」

「先日、その計画のことをわたしも聞きました。リックとジョジーが将来を分かち合うという計画のことですね？」

リックはわたしから目をそらし、オープンプランの窓の外を見ています。わたしへの敵意が戻ったのかと思いましたが、すぐこう言いました。

「小さいころに意味もなくはじめたことなんだ。どうなるかなんて考えもしなかった。こういう邪魔なことが起こることも知らなかったし。でも、ジョジーはまだあれを大切に思ってる」

「リックもまだ大切に思っていますか？」

リックは真正面からわたしを見て言いました。「だからさ、あの計画がないと、ジョジーは他の連中と同じになってしまうと思う」そして立ち上がりました。「もう行くよ。あいつらや、あの無茶苦茶な親が戻らないうちにね」

「この問題でまたすぐに相談できるといいですね。リックとわたしの目標は、いろいろな点で似ていますから」

「なあ、このあいだジョジーにAFをもってほしくないようなことを言ったけど、別に君のことを言ったんじゃないんだ。ただ……まあ、二人のあいだに何か邪魔が入りそうな気がしてね」

「そうならないよう願っています。事情がだんだんわかってきました。リックとジョジーの計画の実現にわたしも全力を尽くします。その邪魔を取り除きましょう」

「じゃ、行くよ。母さんの様子も心配だから」

「はい」

リックはわたしのわきを通り、オープンプランから出ていきました。わたしは数歩前へ進み、リックが玄関からお日さまの明るさの中へ出ていくのを見送りました。

*

あの日リックに言ったとおり、交流会は新しい視点から物事を見るための機会として有意義でした。「人が変わる」というリックの心配を聞き、以後、わたしはジョジーから出る変化のサインをいっそう注意深く見守るようになりましたし、B3にしておけばよかったという発言についても、その真意は？　と、いろいろ考えました。あの言葉は、交流会がぎすぎすしそうになるのをユーモアでかわすための方便だったとは思います。それでも、B3がわたしにない能力をそなえているのは事実です。発言のような考えがジョジーの脳裏をかすめなかったとは言えないでしょう。その可能性を忘れずにいる必要がありそうです。

それに、腕の長い少女の質問に答えなかったという問題もあります。あとになって、あれをジョジーがどう思ったかが気になりはじめました。あの状況ですし、ジョジーから明確な指示はありませんでしたし、わたしとしては最良と思う行動をとったつもりですが、ジョジーがどう思ったかはまた別です。あのあと、ジョジーは交流会の出来事を思い出し、わたしに腹を立てたりしなかったでしょうか。

交流会で二人の友情にひびが入ったのか……わたしはそれを恐れました。でも、何日たってもジョジーは以前と変わらず、ほがらかで、親切でした。交流会のことが蒸し返された場合にそなえ、わたしは身構えていましたが、結局、そういうことは起こりませんでした。

何度も言うようですが、すべては貴重な教訓でした。「人が変わる」こともジョジーの一部なら、わたしはそれを受け入れ、対応する用意をしておかねばなりません。それに、これはジョジーにかぎった問題ではないでしょう。わたしたち自身、お店のウィンドーでは通行人にだけ見せる顔がありました。人も、何かのとき他人に見せる顔をもっているのかもしれません。ただ、その顔が使われるのは一瞬で、周囲がいつまでも目くじらを立てるほどのことではないのだと思います。

こうして、二人のあいだで交流会のために何かが変わったということはなく、わたしは一安心しました。でも、それもつかの間、すぐに、今度こそ二人の友情に水を差しかねない別のことが起こりました。それがモーガンの滝へのお出かけです。あれがどうして二人のあいだを―

——一時的とは言え——冷ややかにすることになったのか、どうすれば避けられたのか、わたしには長いあいだわかりませんでした。

*

交流会から三週間後の早朝、ジョジーに異変がありました。寝姿も呼吸も、いつもの眠りとは違います。わたしはアラームボタンを押しました。すぐに母親がやってきて、ライアン先生に電話をしました。しばらくして、家政婦のメラニアさんがまた先生に電話をし、急いでくれるよう頼んでいるのが聞こえました。やってきた先生はジョジーを念入りに診察して、心配はいらない、と言いました。母親はとてもほっとしたようで、先生が帰ったあと、見違えるように態度が明るくなりました。ジョジーのベッドの端にすわり、こう言いました。「あなたのエナジードリンク、あれはやめないとね。あなたの体にはよくないって、前々から言ってきたでしょう?」

ジョジーは頭を枕にあずけたまま、「最初からどこも悪くなんかないのよ」と言いました。「ただ、とてもくたびれたってだけ。心配しなくて大丈夫よ、ママ。もう仕事に遅れるんじゃないの?」

「あなたの心配がわたしの仕事よ、ジョジー」と母親は言い、「クララの仕事でもある。今回はよく知らせてくれました」と付け加えました。

「もうちょっと眠るね、ママ。そしたら、もう大丈夫」

「聞いて、ジョジーちゃん」母親はジョジーに体をかぶせるようにして、耳元で話しかけました。「わたしのために元気になるのよ。いい？ 聞いてる？」

「聞いてるわよ、ママ」

「ならいい。聞いてくれてるかどうかわからなくて」

「聞いてます。目を閉じてたって聞けるのよ、ママ」

「わかった。じゃ、約束しましょう。週末までによくなったら、モーガンの滝に行くってのはどう？ あそこ、好きでしょう？」

「もちろんよ、ママ。大好き」

「よかった。じゃ、約束ね。日曜日にモーガンの滝。あなたが元気になったら」

長い沈黙があり、まるで枕に向かって言うような、ジョジーのこんな声が聞こえました。

「ね、ママ、元気になったらクララも一緒にいい？ モーガンの滝を見せてあげるの。まだ一度しか外に出たことがなくて、その一度も近所だけだもの」

「もちろん、いいわよ。でも、とにかくあなたが元気になること。そうでないと、全部おじゃん。わかってるわね、ジョジー？」

「わかってる、ママ。もうちょっと眠るね」

＊

ジョジーはお昼の少しまえに目を覚ましました。目覚めたらメラニアさんに言うことになっています。伝えにいこうとすると、ジョジーが疲れた口調でこう言いました。

「クララ、寝ているあいだずっとここにいてくれたの？」

「はい」

「モーガンの滝に行くって、ママが言うの聞いてた？」

「はい。ほんとうにみなで行けるといいですね。でも、ジョジーが元気になったら、という条件つきです」

「わたしは大丈夫。今日の午後にだって行けそうよ。ちょっとくたびれただけだもの」

「モーガンノタキとは何でしょうか」

「とってもきれいな場所。絶対驚くわよ。あとで写真を見せてあげる」

ジョジーは半日ほど疲れたままでした。でも、午後も半ばを過ぎるころ、わたしが寝室のブラインドを上げると、お日さまが射し込んでジョジーの全身に光模様を描き、そのせいか元気が目に見えて回復していきました。メラニアさんもそんなジョジーを見て、起き上がって服を着る許可をくれました。ただ、一日静かに過ごせという条件がついたため、寝室からは出られません。夕方近く、ジョジーは思い出したようにベッドの下から段ボールの箱を引っ張りだしました。

「見せてあげる」そう言って、箱の中身を床にあけました。たくさんの写真が絨毯の上に転がりでてきました。大小さまざま、表裏ばらばらの写真は、ジョジーが過去に撮ったお気に入りの写真なのでしょう。見たいときにいつでも見て、自分を元気づけられるよう、ベッド近くに置いてあるのだと思います。重なり合っていて被写体がよくわからない写真も多くありますが、ざっと見て、幼かったころのジョジーがほとんどという印象です。母親と一緒の写真やメラニアさんとの写真があり、わたしの知らない人と撮ったものもあります。ジョジーは絨毯に写真を広げながら、笑顔で一枚を取り上げました。

「モーガンの滝よ。これが日曜日に行くところ。どう?」

そう言って、横で膝を突いているわたしに写真を手渡してくれました。いまより幼いジョジーがいます。場所は戸外。粗削りの木の板でつくったテーブルを前にして、やはり木の板でつくったベンチにすわっています。すぐ横に母親もすわっています。いまほど痩せておらず、髪も長めです。テーブルには三番目の人物がいて、わたしは大いに興味を引かれました。推定十一歳の少女で、軽量コットンのショートジャケットを着ています。その少女は撮影者に背中を向けてすわっていて、顔が見えません。三人全員の上にお日さまの光が当たり、テーブルトップ全体に光模様ができています。ジョジーと母親の背後に白黒のぼんやりした模様のような何かが見えます。わたしはじっくり見て、こう言いました。

「これは滝ですね」

「そう。滝って、クララは見たことがある?」

「はい。お店にいるとき雑誌で見ました。そして、これは……食事中ですね。滝のすぐ前で食事をしています」

「モーガンの滝ならできるのよ。水しぶきを浴びながらお昼を食べられるの。おいしいおいしいって食べ終わって、気づくとシャツの背中がびっしょり、とか」

「ジョジーの体によくありません」

「暖かければ大丈夫。でも肌寒い日だと、そう、もうちょっと離れてすわらないとね。あんまり知られてなくて、テーブルはいつもがら空きだから、どこでもすわれるし」ジョジーが手を伸ばしてきて、わたしはその手に写真を返しました。もう一度その写真をながめながら、ジョジーはこう言いました。「ここを特別な場所なんて考えてるの、たぶんママとわたしだけよ。だから、いつもすいてて、とっても楽しい一日が過ごせるの」

「週末までにジョジーが元気を回復するよう願っています」

「モーガンの滝って日曜日に行くのが最高なのよ。滝の雰囲気がいかにも日曜日って感じで。日曜日がお休みの日だって、滝が知ってるみたい」

「ジョジー、その写真にいるお友達は誰ですか。ジョジーとお母さんと一緒の女子は?」

「ああ……」ジョジーの表情が曇り、「サリー、わたしの姉さん」と言いました。

そして、その写真をポトリとほかの写真の上に落とし、そのたくさんの写真を両手で絨毯全体に広げはじめました。野原や遊び場、建物の外にいる子供の写真が見えます。

「そう、わたしの姉さん」と、長い間を置いて言いました。

「そのサリーさんはいまどこにいますか？」

「サリーは死んだの」

「それは悲しいことです」

ジョジーは肩をすくめました。「あんまり覚えてないのよ。まだ小さかったから。いまもさびしいとか懐かしいとか、ないし」

「悲しいことです。何があったのですか」

「病気になって。わたしと同じじゃなくて、もっと悪い何か。それで死んじゃったの」

ジョジーは姉が写っている別の写真を探していたのだと思いますが、突然、すべての写真を掻き集めると、一つの束にして段ボール箱にしまい込みました。

＊

「クララもきっと気に入ると思うわよ。まだ一度しか外に出たことのないクララが、週末にはいきなりモーガンの滝かぁ」

　ジョジーは日々元気になっていって、週末に近くなるころには、モーガンの滝に行けない理由など何もないように思われました。金曜日の夜、母親は遅い時刻に帰宅しました。ジョジーはとうに夕食を終えて、自分の部屋に上がっています。わたしは母親からキッチンに呼ばれました。キッチンの電気はほぼ消えて、部屋の中を照らしているのは廊下からの明かりだけです。でも、母親にはその暗さがよいようで、大きな窓の前に立ち、夜の闇をながめながらワインをすすっていました。わたしは冷蔵庫の近くで待ちました。冷蔵庫のうなりが聞こえます。

「クララ」と、しばらくして声がかかりました。「日曜日、ジョジーはあなたをモーガンの滝へ連れていきたいんですって」

「お邪魔でないなら、わたしも行ってみたいです。ジョジーも、わたしが行くことを望んでいると思います」

「それはたしかね。ジョジーはあなたが大好き。あえて言わせてもらうと、じつはわたしもよ」

「ありがとうございます」

「ほんと言うとね、最初はどう思っていいかわからなかったの。あなたに一日中家の中を歩きまわられることをね。でも、あなたが来てから、ジョジーはとても落ち着いて、ずっと元気になった」

「よくやってくれています、クララ。まずはそれを知ってほしくて」

「嬉しいです」

「ありがとうございます」

「あなたならモーガンの滝でも大丈夫でしょう。大勢の子供がAF連れで行く場所だから。それでもね、言うまでもないことだけれど、十分に注意して。自分のこともジョジーのこともよ。地面は起伏があるし、ああいう場所に行くとジョジーは興奮しすぎるきらいがあるから」

「わかりました。気をつけます」

「クララ、あなたはここで幸せ?」

「はい、もちろんです」

「こんなことをAFに聞くのは変よね。そもそも意味のある質問なのかしら。クララはお店が懐かしくならない?」

母親はワインをもう一口含み、わたしに近づいてきました。廊下の光で顔の片側は見えますが、鼻の大部分を含めた反対側は影の中です。光の当たっているほうの目は、とても疲れているように見えました。

「ときどき考えます」とわたしは答えました。「ショーウィンドーから見た光景とか、他のAFのこととか。でも、多くはありません。ここでとても幸せです」

母親はしばらくわたしを見ていて、こう言いました。「懐かしがらなくてすむって、きっとすばらしいことだと思う。何かに戻りたいなんて思わず、いつも振り返ってばかりいずにすむなら、万事がもっとずっと、ずっと……」言葉を切り、またつづけました。「じゃ、日曜日はクララも一緒、と。でも、よく覚えておいてね。あそこで事故はごめんよ」

*

ずっとサインは出ていたに違いありません。あの日曜日の朝に起きたことは、後々《あとあと》わたしを悲しくさせ、学ぶことがまだどれほどあるのかという思いにはさせましたが、ほんとうの意味の驚きではありませんでしたから。

金曜日までに、ジョジーはもう自信満々でした。お出かけは問題ない、あとは何を着ていくかだ、と洋服簞笥の長い鏡の前で、あの服、この服をさまざまに試していました。ときどき、わたしも意見を聞かれましたから、笑顔を返し、前向きな意見を言いつづけました。そうしながらも、出ていたサインにはきっと気づいていたに違いない、といま思います。ジョジーの装いを誉めるときも、過度の強調は避けるよう気をつけていましたから。

日曜日の朝食が緊張をはらむものになることはわかっていました。ほかの曜日の朝でしたら、仮に母親のコーヒータイムがいつもより長びいても、このやり取りが最後で、あとは夜まで顔を合わせないという雰囲気がつねに漂っています。ジョジーの側も母親の側も、そのためにときに必要以上に語調が鋭くなることはあっても、朝食がサイン満載の、一触即発の席になるようなことはまずありません。一方、日曜日には、母親がでんと腰をすえています。何を話し合っていても、一つの質問がいつ不愉快な会話に発展するかわからないという緊張感があります。わたしがこの家に来たばかりのときは、ジョジーにとって危険領域と思われる話題がいくつかありました。そして、その話題につながりそうな方向に母親の顔を向けさせずにすめば、日曜日の朝食は安泰という感じでした。ただ、さらに観察を深めていくうちに、危険な話題（たとえば、授業の宿題、ジョジーの社会性スコアなど）が避けられたとしても、不穏な空気の一掃とはならない場合もあることがわかってきました。それは、その不穏な空気の原因が話題そのものでなく、話題の背後にある何かにひそんでいるときです。こういうときの話題は、それ自体が手段です。ジョジーの心に特定の感情を呼び起こそうとして、母親が利用する手段です。

ですから、モーガンの滝へ出かける日曜日の朝、母親がゲームのことを根掘り葉掘り尋ねはじめたときは、不安になりました。オブロン端末でよくやるゲームに、登場する人物が自動車事故で死につづける内容のものがあります。最初は、ジョジーも気軽に答えていました。「そういう作りのゲームなのよ、ママ。できるだけ多くの乗客を大型バスに詰め込むの。でも、ルートをちゃんと計算しておかないと、事故が起こってみんな死んじゃう、ってゲーム」

「なぜそんなゲームをやるの、ジョジー？　そんなひどいことが起こるゲームなんて、なぜ？」

ジョジーは、しばらく辛抱強く母親の問いに答えていましたが、やがて声から笑いが消えていきました。最後には、ただやってておもしろいゲームなの、と繰り返すばかりになり、一方、母親のほうはゲームについての質問をさらに重ね、そのうち怒りだしました。

突然、母親の怒りが一気に収まったように見えました。がらりと明るくなったわけではありませんが、ジョジーを見る視線が穏やかになり、やさしい笑みが浮かんで、表情全体が変わりました。

「ごめんね、ジョジーちゃん。こんなこと、いま言うことじゃないわね。フェアじゃなかった」

そしてハイスツールからおり、娘のところへ行ってしっかり抱きしめました。抱擁は長く長くつづきました。終わるとき、母親が体を前後に揺すっていたのは、長さをごまかすためだったのでしょうか。でも、ジョジーには長さなど少しも気にならなかったようです。むしろ、いつまでもつづけてほしかったのかもしれません。抱擁が終わったとき（確実に終わったと思えるまで、わたしは冷蔵庫に向きつづけました）親子間の溝は消えていました。

こうして、モーガンの滝へ行くための最後の障害、恐れていた朝食が平和のうちに終わり、わたしの心は期待でいっぱいになりました。母親とメラニアさんはもう外に出て、車に向かっています。そんな最後の最後の瞬間、わたしはジョジーにまた異変を見ました。ダウンジャケットの袖に腕を通したとき、ジョジーの動きが一瞬止まり、体中にだるさが現れたのです。ジョジーはそのままダウンジャケットを着終わり、廊下の端にいたわたしに明るい笑顔を見せました。外で車のエンジンがかかり、タイヤが砂利を噛む音が聞こえてきます。メラニアさんが鍵を手にして家に戻り、わたしたちに外に出るよう合図しました。でも、先ほど異変に気づいたわたしは、そこでもまた一つ、小さな異変のサインが出たのを見逃しませんでした。わたしの前に立ち、砂利道に出ようと急ぐジョジーの足取りに、それは現れました。

母親は運転席にいて、フロントガラス越しにわたしたちを見ています。わたしの心に恐れが生じました。でも、ジョジーはもうサインを出していません。幸せそうにスキップまでして、砂利道を横切り、自分で助手席のドアを開けました。

わたしは一度も車に乗ったことがありませんでした。でも、ローザと二人、大勢の人が車に乗り降りするのを見てきました。乗り込むときの体勢、身のこなし、車が動きはじめてからのすわり方など、どれもよく知っています。ですから、後部座席にすわるまでの手順でまごつくことはありませんでした。クッションが思っていたより柔らかく、また、ジョジーがすわっている前の座席がずいぶん顔に近くて、前方がほとんど見えないのは予想外でしたが、乗り込む動作に遅滞はありません。いつもなら、早速、車内を詳しく観察するところですが、あのときはそんな余裕がありませんでした。というのも、乗ってすぐ、車中にあの不穏な空気が戻っていることを感じましたから。ジョジーはいま無言で、横にいる母親の反対側、家の方向を見ています。その家からメラニアさんが出てきて、砂利の上を歩いてきます。手に提げている型崩れしたバッグにはジョジーの救急薬など、遠出には欠かせない品々が入っているはずです。母親はいつでも出発できる体勢でハンドルに両手を置き、ジョジーと同じ方向を向いていますが、見ているのがメラニアさんでも家でもないことは明らかです。その視線は、まっすぐジョジーに向けられています。大きく見開いた目は、顔がひどく痩せて骨ばっていることもあって、実際よりいっそう大きく見えました。メラニアさんがバッグを車のトランクに入れ、バタンと蓋を閉じました。わたしの席の反対側の後部ドアを開け、隣に乗り込んできて、こう言いました。

「AF、シートベルトは？　壊れたいのか」

車に乗る人がシートベルトをするのは幾度となく見ています。ガチャガチャやっているとき、母親の声がしました。

「わたしをだませると思っているのかしら、この子は？」

一瞬、沈黙があって、「何のこと、ママ？」とジョジーが尋ねました。

「隠したってだめ。また具合が悪いんでしょ」

「悪くなんかないよ、ママ。大丈夫」

「なぜそうなの、ジョジー？　いつもいつも、なぜそんなことをするの？」

「言ってることがわかんないわよ、ママ」

「こういうお出かけ、わたしが楽しみにしてないと思ってる？　たまの休みに娘と一緒のお出かけよ。なのに、わたしが愛してやまない娘は、ほんとは具合が悪いのに、なんともないと嘘を言う」

「そうじゃない、ママ。わたしはほんとに大丈夫よ」

でも、ジョジーの声が明らかに変化していました。ここまで必死で隠してきたものの、その努力をいま放棄した、という感じでしょうか。突然、ジョジーは疲れきっていました。

「なぜそんな嘘を、ジョジー？　それでわたしが傷つかないとでも思うの？」

「ママ、誓う。わたしは元気よ。車を出して。クララは滝に行ったことがないの。楽しみにしてるんだから」

「クララが楽しみにしてる？」

「ママ、お願い」

「メラニア」と母親が呼びました。「ジョジーに手を貸してやって。車から出て、こっち側にまわって、おりるのを手伝ってやって。独りだと、転ぶといけない」

沈黙がありました。

「後ろ、どうなってるの？　メラニア、あなたも病気なの？」

「たぶん、ジョジーさん、行けます」

「何ですって？」

「わたしとAF、助けます。ジョジーさん、大丈夫。たぶん」

「さて、困った。それがあなたの判断なの？　娘は外で一日を過ごせるほど元気だと？　滝もへっちゃらだと？　わたし、あなたの心配までしないといけないみたいね、メラニア」

メラニアさんは無言のまま、まだ動こうとしません。

「メラニア、ジョジーが車からおりる手伝いを断ると、そう理解していいのね？」

メラニアさんは困りきった表情で、運転席と助手席のあいだから前方の道路を見つめていま
す。前方の丘の上に見えるあれがいったい何なのか、見極めがつかないという感じでしょうか。

唐突にドアを開け、外に出ていきました。

「ママ」とジョジーが言いました。「お願い、車を出して。こんなことしないで」

「こんなこと、好きでやってると思う？　あなたが病気なのはしかたがない。あなたのせいじ
ゃない。でも、誰にも言わずにいて、みんながさあ楽しい一日が待ってるって、車に乗り込ん
だ途端これよ。これはいいことなの、ジョジー？」

「ちゃんと行けるのに、病気だって決めつけるのはいいことなの、ママ？」

メラニアさんがジョジーの横のドアを外から開けました。ジョジーは黙り込み、つぎに悲し
みいっぱいの顔で後ろを向いて、座席の端を回り込むようにしてわたしを見ました。

「ごめんね、クララ。また今度行こう。約束する。ほんとにごめんなさい」

「かまいません」とわたしは言いました。「ジョジーのためがいちばんです」

わたしも外に出ようとしたとき、母親の声がかかりました。

「ちょっと待って、クララ。ジョジーが言うとおり、このお出かけを楽しみにしてたんでしょ

う？　じゃ、そのまますわってなさい」

「すみません。よくわかりません」

「簡単なことよ。ジョジーは病気で行けない。もっと早く言ってくれればよかったのに、そうしなかった。家に残るのはしかたない。メラニアもね。でも、クララ、だからって、あなたやわたしまで行けないことにはならない」

背の高い座席が邪魔で、母親の顔は見えません。でも、ジョジーは座席の端からのぞくようにして、光の鈍い、なげやりな目でわたしを見ています。

「じゃ、メラニア」と母親が大きな声で言いました。「ジョジーがおりるの手伝って。気をつけるのよ。病人なんですからね」

「クララ？」とジョジーが言いました。「ほんとにママと滝へ行くの？」

「奥様から親切なお言葉をいただきました」とわたしは言いました。「でも、おそらく今回は……」

「待ちなさい、クララ」と母親がさえぎり、こうつづけました。「どういうことなの、ジョジー？　滝を見たことがないクララがかわいそうじゃなかったの？　なのに、そのクララを家に足止めさせるつもり？」

ジョジーはわたしを見つづけ、メラニアさんは車の外に立ったまま、ジョジーに手を差し伸べつづけています。しばらくしてジョジーが言いました。

「そうね。クララは行くのがいいかも。あなたとママと。一日を無駄にするなんて意味ないもの。わたしの……ごめんね。年中病気でごめん。どうしてこうなのかわからないけど……」涙が流れるかと思いましたが、ジョジーはぐっとこらえ、静かにつづけました。「ママ、ごめんなさい。ほんとにごめんなさい。わたしって、いつも水を差すばっかり。クララ、行きなさい。きっと気に入るから」そして、顔が座席の端から引っ込みました。

一瞬、わたしはどうしていいかわかりませんでした。母親もジョジーも、このまま車にとどまって、お出かけしろと言っています。それに、もし行けば、ジョジーを取り巻く状況について、新しい――もしかしたら決定的に重要な――理解が得られて、わたしにできることが増えるかもしれません。その可能性は大きいはずです。砂利の上を戻っていくジョジーは、悲しみの塊のようでした。何も隠す必要がなくなったいま、その足取りはいまにも崩れそうにおぼつかなく、いつもはメラニアさんの手助けをいやがるのに、すなおに受け入れています。

母親とわたしは、メラニアさんが正面玄関のドアを開け、中に入っていくのを見ていました。母親が車を発進させ、わたしたちは走りはじめました。

＊

車に乗るのははじめてでしたから、どれほどの速度なのか数字ではわかりません。でも、母親の運転は異常なほど速いように思われ、一瞬、恐怖にとらわれました。が、この母親は毎日この丘を通勤に使っていることを思い出し、ならば危険は少ないはずだと思いなおしました。そして、車の横を高速で飛び去る木々や、左右交互に突然現れてくる木立の大きな切れ目に、意識を集中することにしました。そんな切れ目では、低いところの木々の樹冠が見おろせます。やがて、上り道が終わり、車は大きな野原を突っ切っていく道に出ました。この野原にも、ジョジーの窓から見えるのに似た納屋が遠くにありますが、ほかには何もありません。

母親がはじめて口を開きました。もちろん運転中ですから、振り向いて話しかけてきたわけではありません。もし車にいるのがわたし一人だけでなかったら、自分が話しかけられているとは気づかなかったかもしれません。

「みんないつもこうやるのよ、こっちの感情をおもちゃにして」さらに、「わたしが厳しすぎるように見えたかもしれない。でもね、ほかにどうやったらわかってくれるのよ。こっちにも感情ってものがあるんだから」さらにまた、「毎日毎日こんなこと、好きでやってると思っているのかしら」と。

路上でほかの車と出会うようになりました。この道路はお店の前の通りと違い、車が一本の道を両方向に走ります。はるか前方に一台の車が現れ、あっという間に近づいてきます。でも、ドライバーは決して運転を誤ることがなく、いつもこちらにぶつからずに走り去っていきます。やがて、周囲の風景がどんどん変わりはじめて、変化の速さに整理が追いつかなくなりました。

ある段階では、一つのボックスに車だけが何台も収まり、すぐ隣のボックスに道路と周辺の野原の断片が詰め込まれるようなことも起こりました。ボックスからボックスへの移行では、なんとか道路がスムーズな線状に保たれるよう努力しましたが、光景がこれほど絶え間なく変化していっては不可能です。ですから、もう道路はボックス単位、一つのボックスで途切れ、つぎのボックスでまたはじまるもの、と割り切りました。そんな問題はありながら、風景の広がりと空の大きさにはとても感動しました。お日さまは雲に隠れがちでしたが、ときどき、谷の端から端に、地表の全体に、光模様を描いてみせてくれました。

母親がまた口を開いたとき、今度は、わたしに話しかけているとすぐわかりました。

「感情がないって、ときにはすばらしいことだと思う。あなたがうらやましいわ」

わたしはしばらく考え、「わたしにも感情があると思います」と言いました。「多くを観察するほど、感情も多くなります」

母親がいきなり笑いだして、わたしを驚かせました。「それなら、観察なんて一所懸命やらないほうがいいんじゃない?」と言い、「ごめんなさい。これは失礼だったわね。そう、あなたにもいろんな感情があるんだ」と付け加えました。

「さっきも、ジョジーが一緒に来られず、悲しみを感じました」

「悲しみを感じた、か。なるほどね」そう言って黙り込んだのは、運転と対向車に注意を集中していたからでしょうか。やがて、こう言いました。「しばらくのあいだね——そんなにまえのことじゃない——しばらく、なんだか感情がだんだん乏しくなってるな、って感じたことがあったの。毎日、少しずつね。それでよかった、と思ったんだったかどうだったか。でも、最近は逆なのよ。何事にも敏感になりすぎていると思う。あっ、クララ、ちょっと左を見て。あなた、大丈夫？　左を見て、何が見えるか教えて」

わたしたちは上りもせず、下りもしない平坦地を走っていました。空はまだとても大きく、平らな野原が見えます。納屋や農耕用の車などはなく、ひたすら遠くまで広がる野原です。でも、地平線の近くに、金属製の箱だけでできているような町とおぼしきものがありました。

「見える？」母親が道路から目を離さずに尋ねました。

「とても遠くに、村のようなものが見えます」とわたしは答えました。「自動車とか、いろんなものをつくるような場所が」

「当たらずといえど、か。あれはね、化学プラントなの。それも、けっこう最先端のやつ。キンボール冷凍産業なんて名乗って、ここ何十年、冷凍関係のものは何もつくらずよ。わたしたちが最初にここに来たのはあの会社が理由でね、ジョジーの父親があそこに勤めてたの」

金属箱の村ははるか遠いままですが、目をこらすうち、建物と建物をつなぐ管や、空に向かって突き立つ管が見えてきました。どことなく、あの恐ろしいクーティングズ・マシンを思い出させるものがあり、心に汚染への心配が湧きあがってきましたが、タイミングを合わせるように、母親がこう言いました。

「いい会社よ。入力も出力もクリーンエネルギー。ジョジーの父親はあの会社のスター研究員だったのよ」

金属箱の村はもう見えません。わたしはまた座席で正面に向き直りました。

「あの人との関係は、いまは良好」と母親は言いました。「友達関係ってとこかな。もちろん、ジョジーにはいいことだと思う」

「父親は、まだあの冷凍の村で働いているのですか?」

「えっ、どこで? ああ、違う。彼はね……置き換えられちゃったの、みんなと同じで。すごい才能があったのよ。もちろん、いまもだけど。まあ、いまは二人の関係がいいってのが、ジョジーには大切なのね」

しばらく無言のまま進みました。道路はいま急な上りになっています。やがて、母親は速度を落とし、ハンドルを切って狭い道に乗りいれました。運転席と助手席のあいだから前方をのぞくと、新しい道は、車がようやく通れるほどの幅しかないように見えます。道の表面に二本の泥の平行線が伸びていて、これは先に通った車がつけたものでしょう。道の両側から木々が覆いかぶさってくるようで、わたしは街の通りに立つビル群を思い出しました。車は狭い道を先へ先へと進んでいきます。速度こそいくらか緩くなっていますが、ここに対向車が現れたらどうなるだろうと心配になります。でも、角をもう一つ曲がったところで、車が止まりました。

「ここまでよ、クララ。ここからは歩きだけど、行けそう?」

外に出ると、途端に冷たい風を感じました。鳥の声がする小道は泥だらけで、岩も突き出しています。上に行くほど、野生の木々が増えていきます。慎重に足場を選びながら、なんとか母親についていきました。しばらく行くと二本の木の柱が立っていて、これは門の代わりでしょうか。その門を通って別の小道に入りました。そこはひたすら上りです。わたしは遅れぎみになり、母親はときおり立ち止まって、待ってくれました。ジョジーにはたしかに難しい、とそのとき思いました。結局、母親が正しかったのかもしれません。

道沿いに柵が設けられています。歩きながら、ふと左側に目をやると、柵の向こう、野原の真ん中に一頭の雄牛がいて、わたしたちをじっとにらんでいました。雄牛なら、雑誌の写真で見たことがありますが、本物はもちろんはじめてです。この雄牛はわたしたちからかなり離れたところにいましたし、柵を越えられないこともわかっていました。でも、わたしはその姿に震えあがり、思わず叫び声をあげて、立ち止まりました。これほど多くの怒りと破壊のサインを一度に出しているものなど、見たことがありませんでしたから。その顔、その角《つの》、わたしを見つめる冷たい目……すべてがこちらの心に恐怖を吹き込んできます。それだけではありません。その雄牛にはもっと奇妙で深い何かがありました。あの瞬間に感じたのは、この雄牛は重大な過ちだ、ということです。この動物がお日さまの光模様の中に立つことを許されたのは過ちであり、いるべき場所は地中の奥深く、泥と闇の中であり、地表の草のあいだに置くことは恐ろしい結果をもたらす、と感じました。

「近寄れないから大丈夫よ」と母親が言いました。「いらっしゃい。早くコーヒーが飲みたいわ」

わたしは無理やり雄牛から視線を引きはがし、母親の後を追いました。上りはすぐに終わって、ジョジーの写真で見た粗削りの木のテーブルが周囲に現れました。かぞえたところ、この場所全体で十四卓あります。どのテーブルにも、木の板でつくったベンチが二つずつ、向かい合うように置かれています。大人と子供とAFがいて、そこに犬なども加わり、すわっている者、走る者、歩く者、ただ立っている者など、じつにさまざまです。テーブル群の向こうに滝が落ちています。この滝は、わたしが雑誌で見たものより大きく、水勢も激しくて、滝だけで八個のボックスを占めるほどでした。お日さまを探しましたが、灰色の空にお日さまはいませんでした。

「ここにしましょう」と母親が言いました。「そこにすわって待ってて。コーヒー買ってくる」

二十歩ほど向こうに、同じ粗削りの板でつくった小屋があります。母親はそこへ歩いていきました。小屋の正面にカウンターが設けられ、お店の体裁をなしていて、何人かがその前で列をつくっています。

わたしはすわる時間ができたことで、少しほっとしました。これで知覚の調整ができます。テーブルで母親が戻るのを待っているうち、周囲がしだいに整理されていくのがわかります。

滝はもう八個ものボックスを占めていません。子供とそのＡＦがボックス間を移動しても、その動きが途切れることは、もうほとんどありません。

わたしに興味をもって視線を向けてくるＡＦはいません。みな、それぞれの子供に全神経を集中しているように見えます。何人ものＡＦが近くにいるという久しぶりの感覚が嬉しくて、しばらくのあいだ、わたしはその一人一人を視線で追いかけました。やがて母親が戻って、わたしの真向かいにすわり、わたしも母親の正面に向き直りました。母親の背後で、滝が激しく落ちています。母親はコーヒーの入った紙コップをもちあげ、口に運んでいます。滝のすぐ近くにいると、知らぬ間にシャツの背中がびっしょりになる──ジョジーはそう言っていました。母親に一言注意すべきかとも思いましたが、目の前の母親には、いま話しかけてほしくないという雰囲気がありました。

母親が正面からわたしの顔を見つめています。ローザとウィンドーに立っているとき、歩道からわたしを見つめていたあの視線と同じです。コーヒーを飲みながらそうやって見つめる母親の顔で、やがて六個のボックスがいっぱいになりました。細められた目が、角度を変えながらそのうちの三個に含まれています。母親がようやく口を開きました。

「で、ここは気に入ったかしら」

「すてきな場所です」

「これで本物の滝を見たわけだ」

「連れてきていただいてありがとうございます」

「妙ね。なんだか嬉しそうじゃないな、っていま思ってたの。いつもの笑顔がないもの」

「申し訳ありません。感謝していないわけではなくて、滝を見られてとても嬉しいです。ただ、ジョジーが一緒でなくて残念な気持ちがあるせいかもしれません」

「わたしもよ。とても残念」そしてこう言いました。「でも、あなたがいるから、残念さも半分ですんでる」

「ありがとうございます」

「メラニアの言うとおりだったかもしれないわね。ジョジーは来られたかも」

わたしは何も言いませんでした。母親はコーヒーをすすりながら、まだわたしを見つめています。

「この場所のことはジョジーから何か聞いてる?」

「とってもきれいな場所、とだけ。奥様とここへ来るのが、いつもとても楽しかったそうです」

「そう言ってたの?　いつもサリーと一緒に来ていたことも話したかしら。サリーの大のお気に入りの場所だったことも?」

「はい、お姉さんのことを言っていました。わたしも写真でジョジーのお姉さんを見ました」

母親があまりに強くわたしを見つめていて、わたしは何か間違いをしたのかと思いました。

でも、すぐに母親が「どの写真かわかる気がする」と言いました。「わたしたち三人がすわっている写真ね。たしかメラニアが撮ったやつ。あそこのベンチにすわってた。わたし、サリー、ジョジー。どうしたの、クララ?」

「サリーさんが亡くなったと聞いて、とても悲しかったです」

「悲しい、か。まあ、そうね」

「申し訳ありません。言うべきではなかったかと……」

「いいのよ。亡くなってから、もうだいぶたつしね。クララもサリーに会えるとよかったのにね。ジョジーとは性格が違う子でね、ジョジーは何でも思ったことを言うし、間違ってたって平気。ときどきイライラさせられるけど、あれがあの子のいいところでもある。サリーは違ったわ。サリーは何でも最後までとことん考えてからものを言う、そういう子。ずっと繊細だった。だからかな、ジョジーほどうまく病気と付き合えなかった」

「あの……サリーさんはなぜ亡くなったのですか」

母親の目つきが変わり、口の周りに残酷な気配が現れました。

「なんて質問よ?」

「申し訳ありません。ただ、なぜかなと思いまして」

「妙なところで好奇心なんか湧かすんじゃないの」

「すみません」

「あなたにどんな関係があるのよ。そういうことが起こった。それだけよ」

でも、長い沈黙のあと、母親の表情が柔和になりました。

「今日ジョジーを連れてこなくて正解だったと思う」と言いました。「元気じゃなかった。でも、こうやってすわってると、やっぱりいなくてさびしいわね」そして周囲を見まわし、後ろを振り返って滝を見ました。また前を向き、わたしの後ろを通りかかる人や犬やＡＦを見ていました。「さてと、クララ、ジョジーはここにいないわけだし、あなたがジョジーになってくれない？　ちょっとだけ。どうせここにいるんだし」

「すみません。よくわかりません」

「まえにやってくれたでしょう？　あなたをお店で買ったときよ。忘れていないわよね？」

「もちろん、覚えています」

「何をやったかも覚えているわよね？　ジョジーの歩き方とか」

「ジョジーの歩き方ならいまもできます。というより、いまは知識も増えましたし、多くの場面でジョジーを見ていますから、以前より精度の高いまねができます。でも……」

「でも、何？」

「すみません。何でもありません」

母親はわたしを見て、「よかった」と言いました。「でも、どのみち歩き方のまねを頼むつもりはないわよ。いまは二人ともすわってるんだから。場所はいい、日もいい。わたしはジョジーを連れてくるのを楽しみにしてた。そこでクララに頼みたいの。あなたは賢いわ。もしあなたがジョジーで、そこにすわっているとしたら、どうすわっているかしら。いまみたいにはすわっていないはずよね」

「はい。ジョジーならもっと……こうです」

母親は目を細め、テーブルに身を乗り出してきました。滝が周辺に追いやられ、顔が八個のボックスを埋めるまでに強調され、一瞬、ボックスごとに母親の表情が異なっているようにも感じられました。たとえば、あるボックスでは目が残酷そうに笑い、隣のボックスでは悲しみをいっぱいに湛《たた》えています。滝の流れ落ちる音も、子供たちや犬の立てる騒音も、すべてが背景に退いて、母親の言葉だけが聞こえてきます。

「すごい。とっても上手よ。じゃ、今度は動いて。何かしてみて。ジョジーのままで、ちょっと動くところを見せて」

わたしはジョジーのように笑い、少し前かがみのぞんざいな姿勢になりました。

「すばらしい。じゃ、何か言って。何か言って聞かせて」

「すみません。おっしゃることが……」

「だめ。それじゃクララよ。ジョジーでいて」

「ハイ、ママ。ジョジーよ」

「それよ。さあ、もっと」

「ハイ、ママ。ね、心配することなかったでしょ？　無事たどり着いて、わたしは元気」

母親はテーブル上にさらに身を乗り出し、ボックスには喜び、恐れ、悲しみ、笑いが現れました。すべての物音が沈黙するなかで、母親がささやくように繰り返す声だけが聞こえます。

「そうよ、そうよ、そうよ」と。

「言ったでしょ、大丈夫だって」とわたしは言いました。「メラニアの言うとおりよ。ちょっとくたびれただけで、悪いとこなんてないんだから」

「ごめんなさいね、ジョジー」と母親が言いました。「今日連れてこられなくて、ほんとにごめんなさい」

「いいのよ。わたしを心配してくれたんだもの。わたしは大丈夫」

「あなたにいてほしかった。でも、いないのね。病気を止められればいいのに」

「心配しないで、ママ。すぐ元気になるから」

「なぜそんなことが言えるの？　あなたに何がわかるの。まだ、ほんの子供、生きることを楽しみ、なんでも大丈夫になると信じてるだけの子供、そんなあなたに何がわかるの？」

「大丈夫、ママ。心配しないで。すぐ元気になるし、どう元気になるかもわかってるんだから」

「何のこと？　何を言っているの？　お医者さんよりよくわかってるつもり？　わたしより？　姉さんも約束したのよ。でも、守れなかった。あなたも同じことをしないで」

「でも、ママ、サリーは別の病気だったんでしょ？　わたしは元気になる」

「いいわ、ジョジー。じゃ、どう元気になるか教えて」

「特別な助けが来るのよ、まだ誰も知らない助けが。それで、また元気になれる」

「何のことよ？　いましゃべってるのは誰？」

その直後、すべてのボックスで、母親の顔の頬骨が皮膚の下から盛り上がってくるように見えました。

「ほんとよ、ママ。絶対元気になるって」

「もういい。やめなさい！」

母親がいきなり立ち上がり、歩み去りました。ふたたび滝が見えるようになり、轟音が戻ってきました。背後にいる人々の物音も、いままで以上に大きく響きます。

母親は、滝の手前に巡らされた手すりの近くで立ち止まりました。滝から飛沫が立ちのぼり、霧のように漂っているのが見えます。あのままではすぐに濡れてしまうと思いましたが、母親はわたしに背を向け、じっとたたずんでいます。ようやく振り向くと、わたしに手招きをしました。

「クララ、こちらへいらっしゃい。のぞいてごらん」

わたしはベンチから立ち上がり、母親のところへ行きました。いま「クララ」と呼ばれましたから、もうジョジーではありません。もっと近くに来るよう、母親が促しています。

「ほら、見てごらん。滝を見たことがなかったんだわね。どう、感想は？」

「圧倒されます。雑誌の滝とは比較になりません」

「ね、めったにない見ものよね。見せてやれてよかったわ。さ、帰りましょうか。ジョジーが心配だから」

車に戻るまで、母親はずっと黙ったままでした。かなりの速足で先へ行き、いつもわたしより四歩は前にいて、ついていくのが大変です。おまけに急な下り道ですから、躓つまずいたりしないよう、よけいに注意が必要でした。来るときに雄牛を見たあたりを通りました。柵の向こうの野原を遠くまで見渡しましたが、あの恐ろしい動物はどこにも見当たりません。もう地下に連れ戻されたのでしょうか。

＊

車に帰り着き、来るときと同じ後部座席に乗り込もうとすると、母親が言いました。

「前に乗りなさい。そのほうがよく見えるから」

言われるままに母親の横の席にすわりました。たしかに違います。お店の店央から見るか、ショーウィンドーから見るか、ほどの違いがあるでしょうか。車は野原を横切るように下っていきます。雲の合間にお日さまが見え、高い木々が七、八本ずつの塊になって、地平線に立っています。そんな木々の塊の周辺は、対照的に空っぽの空間です。地表に伸びる細くて長い一本の線――その上を車が進んでいきます。遠くの野原に模様らしきものが見えてきて、やがて、それは羊の群れであることがわかりました。いま通り過ぎようとしている野原には、四十頭を超える羊の群れがいるでしょう。高速で移動する車の中にいても、羊の一頭一頭が親切心と思いやりで満たされていることがわかります。羊は、さっき見たあの恐ろしい雄牛とは正反対の生き物なのでしょうか。四十頭のなかに、とりわけ目立つ四頭がいました。とても穏やかな四頭に見えます。草地の上で前後一直線に並び、まるでどこかへ向かう旅の途中にあるかのようです。でも、そうでないことは、通り過ぎる一瞬のあいだに見てとれました。四頭は草を食《は》むときに小さく口を動かすだけで、まったく移動する気配を見せていませんでした。

「今日はありがとう、クララ。あなたと一緒で、救われたわ」

「よかったです」

「また、やりましょう。ジョジーの具合が悪くて外出できないようなときは」

わたしが何も言わないのを見て、母親はこう言いました。「いやじゃないでしょ、クララ、またこういうお出かけをするの?」

「いいえ、いやではありません。ジョジーが来られないときは」

「ね、今日のことはジョジーに黙っていたほうがいいと思うの。滝のところでやったことね。ジョジーのまねをしたこと。変なふうにとるといけないから」そして、しばらくしてさらに、

「いいわね？　お互い、ジョジーには何も言わないこと」と念を押しました。

「はい、そのように」

また、遠くに金属箱の村が見えてきました。今度は、車の右手に見えます。またあの村のことや父親のことを話してくれるかと思いましたが、母親は黙ったまま運転をつづけています。やがて、金属箱の村は遠ざかり、消えていきました。突然、母親がこんなことを言いました。

「子供って、ときどき残酷よね。大人相手なら、何をやったって相手は傷つかないと思ってる。それでも、あなたが来てくれてから少しは成長したわ。昔より他人を思いやれるようになってる」

「よかったです」

「目に見えて、そう。最近のジョジーは、間違いなく他人への配慮がある」

前方におもしろい木が見えました。一本の木のようですが、じつは三本の細い幹が絡み合って一本の幹のようになっています。通り過ぎるとき、すわったまま振り返りながらよく観察しました。

「あなたがさっき言っていたこと」と母親が言いました。「ジョジーが元気になるって話、特別な助けが来るって話、あれはただのおしゃべりよね？」

「お許しください。奥様もお医者様もメラニアさんも、ジョジーの状態を見守っておられることを知っています。とても心配な状態です。それでも、いずれジョジーの状態がよくなるという希望をもっています」

「それはただの希望？　それとも、ちゃんとした根拠のある考え？　わたしたちがまだ見たことがない何かなの？」

「いまは……たぶん、ただの希望です。でも、現実的な希望です。ジョジーはやがてよくなると信じます」

そのあと、母親はしばらく何も言いませんでした。フロントガラス越しにはるか遠くを見つめる目をしていて、前方の道路が見えているかしら、とふと心配になりました。やがて、母親は静かな口調でこう言いました。

「あなたはとても知的なＡＦだから、わたしたちに見えない何かが見えるのかしら。根拠のある希望かもしれないわね。正しいことを願うわ」

＊

家に帰り着いたとき、ジョジーはキッチンにもオープンプランにもいませんでした。母親とメラニアさんはキッチンの入り口に立ち、低い声で何やら話しています。きっと、留守中、ジョジーがいい子にしていたかどうか、メラニアさんが報告しているのでしょう。母親は軽くうなずきつづけ、報告が終わると、廊下を階段の上り口へ行って、そこから二階のジョジーに声をかけました。ジョジーからはそっけない「お帰り」の一言が返ってきただけで、母親はしばらく上り口でじっと動かずにいましたが、一度肩をすくめ、オープンプランの方向に去っていきました。わたしは廊下で一人になり、階段をのぼってジョジーのところに行きました。

ジョジーは絨毯にすわって背中をベッドに寄りかからせ、両膝を引き寄せて、そこにスケッチブックをのせていました。鉛筆で何かを描くことに集中していて、わたしが挨拶しても顔を上げませんでした。スケッチブックから引きちぎられたページが何枚も周りに散らばっています。線を何本か引いただけで放棄されたページも、かなり入念に描かれたページもあります。

「ジョジーが元気そうで嬉しいです」とわたしは言いました。

「うん、元気」と、ジョジーは顔をスケッチブックに向けたまま言い、「で、どうだったの？」と付け加えました。

「すばらしかったです。ジョジーが来られなくて、とても残念でした」

「うん、そうよね。滝をよく見てきた？」

「はい、迫力満点でした」

「ママは楽しんでたふう？」

「そう思います。もちろん、ジョジーがいないことを残念がっていましたけれど」

ようやく、ジョジーはわたしのほうを見てくれました――スケッチブックの向こうから、上目遣いにちらっと。でも、その目にはこれまで見たこともない表情があって、わたしは交流会でのあの誰かの声を思い出しました。なぜB3を買わなかったのかと尋ねるその声に、ジョジーは笑いながら、「買うべきだったかなって、いま思いはじめたとこ」と答えたのでした。いま、ジョジーはまたわたしから視線をそらし、スケッチに戻っています。わたしは部屋に入ってきたときのまま、同じ場所に長く立ちつづけましたが、最後にこう言いました。

「ジョジーを怒らせるようなこと、何かしたとしたら、すみません」

「そんなことないわよ。なぜそう思うの?」

「では、わたしたち、まだいい友達ですか?」

「あなたはわたしのAF。ってことは、いい友達ってことでしょ?」

でも、そう言うジョジーの声に笑いはありません。独りで描きつづけたいと思っていることは明らかです。わたしは部屋を出て階段の下り口に行き、そこに立っていました。

第三部

モーガンの滝への遠出で、家の中に暗い影が差しました。翌朝には消えてくれていることを願いましたが、それはならず、ジョジーの冷たい態度はその後も長くつづきました。

もっと不思議だったのは、モーガンの滝のあと母親に起こった変化です。あのお出かけは結果的によかったはず、これで母親との関係はもっとよくなるはず、とわたしは思っていました。でも、違いました。ジョジー同様、母親もよそよそしくなり、廊下や階段でわたしと顔を合わせても、以前のようには挨拶を返してくれなくなりました。

あの交流会がこれといった後遺症を残さなかったのに、モーガンの滝へのお出かけがこんな結果になったのはなぜでしょうか。わたしの行動は、ジョジーの望みにも母親の望みにも沿ったものだったのに、なぜ……。あれから何度も考えました。そして、あらためて思ったことがありました。わたしの能力がB3型に比べて限られたものであることが、今回、どこかで露呈したという可能性はないでしょうか。ジョジーも母親もそれを身近に見て、お店での選択を誤ったと後悔したということは？　もしそれが理由なら、わたしにできることは一つです。二人の心からその後悔が消えるまで、いっそう努力して、よいAFになること以外にありません。そして今回もう一つわかったことがあります。それは、人間はさびしさや孤独を嫌い、それを逃れるためなら、思いもよらない複雑な行動をとるということです。モーガンの滝で起きたことは、結局、わたしが何をしようと、どうにもならないことだったのかもしれません。

やがて、モーガンの滝の影響がどうのこうのと言っていられない事態が起こりました。お出かけの数日後、ジョジーの健康状態が急激に悪化したのです。

＊

ジョジーはすっかり弱り、朝、母親のコーヒータイムにもおりていけなくなりました。代わりに母親がジョジーの寝室まで上がってきて、ベッドわきに立ち、眠るジョジーを見ていきます。背をまっすぐ伸ばし、コーヒーをすすりながら、ベッドを見おろしていきます。

母親が仕事に出かけたあとは、家政婦のメラニアさんが見守りを引き継ぎます。肘掛け椅子をベッドの近くにもってきて、オブロン端末を膝にのせ、眠っているジョジーと画面とのあいだで視線を行ったり来たりさせています。わたしは、必要になったときいつでも手助けができるよう、寝室のドアのすぐ内側で待機しています。でも、ある朝、メラニアさんが振り返ってこう言いました。

「AF、いつも後ろにいて、気味悪い。外行け」

「外」とメラニアさんは言いました。わたしはドアに行きかけ、そっと尋ねました。「すみません、家政婦さん。家の外ということでしょうか」

「部屋の外、家の外、どうでもいい。合図する、すぐ戻る」

わたしはこれまで一人だけで外に出たことがありません。でも、メラニアさんの言葉からすると、わたしが外に出ても、メラニアさん自身は何とも思わないようです。ジョジーの容体は心配でしたが、ゆっくり階段をおりていくうち、心がわくわくしてくるのを覚えました。

砂利に覆われた地面におりたとき、お日さまは高く昇っていました。でも、くたびれているようにも見えました。玄関のドアをどうしようか迷いましたが、この辺を通る人などいませんし、閉じると、帰ってきたときにチャイムを鳴らさねばならず、ジョジーの眠りを妨げる心配があります。ここは鍵がかかりきらないよう、ほぼ閉じておくだけにして、わたしは戸外へ単独の一歩を踏み出しました。

左手に草の生えた丘が見えます。鳥を飛ばしているリックと出会ったところです。この丘の向こうを、母親が毎朝の出勤に使う道路が通っています。モーガンの滝に出かけたときも、その道路を使いました。でも、わたしは丘にも道路にも向かわず、反対方向に歩きました。敷かれた砂利の上を歩き、家の裏手にまわって、そちらに広がる野原がよく見える場所に行きました。

　空は青白く、大きく、野原はせり上がりながら遠くへつづいています。上り勾配のため、二階の寝室より低いここからでもマクベインさんの納屋が見えますし、草原に近いぶん、寝室にいるより草の葉の一枚一枚がはっきり見分けられます。でも、寝室から見る風景とのいちばんの違いは、草の中からにょっきりと立つリックの家が見えることでしょう。二軒の家の位置関係からすると、ジョジーの寝室の奥の窓がもう少し左に寄っていれば、あの部屋からでもリックの家が見えていたはずです。

　でも、いまはリックの家どころではありません。ジョジーの容体が心配です。お日さまは、あの物乞いの人と犬に送った特別の助けを、なぜまだジョジーに送ってくれないのでしょうか。最初はモーガンの滝に行くまえ、ジョジーの具合が悪くなったときに、すぐにも助けが来るものと思っていました。でも、お日さまは待つという判断をしました。あのときはその判断が正しかったのかもしれませんが、いまのジョジーはあのときよりずっと悪く、いろいろな点で将来が不確かになっています。お日さまがぐずぐずしている理由がわかりません。不思議です。

　この問題については、以前からいろいろと考えてきました。いま一人で戸外にいて、すぐ前に野原があり、頭上高くにお日さまがいます。ここでなら、いろいろな考えを突き合わせてみることができるかもしれません。まず、お日さまは親切な方です。でも、同時にとても忙しい方であるのは、わたしにもわかります。助けを求める人はジョジーのほかにも大勢いるでしょうから、いくらお日さまでも見逃すことがあるかもしれません。とくにジョジーのように、母親に家政婦にAFと、三人もの見守り手がいる子の場合は、うっかりしても責められないでしょう。それなら、ここにジョジーという子がいることを、何か目につきやすい方法でお日さまに知ってもらえば、特別の助けが得やすくなるのではないでしょうか。

わたしは柔らかな地面をもう少し歩き、最初の草原を囲っている柵のところまで行きました。この柵には写真の額縁のような木の門がついています。輪の形に結んだ紐で固定してあるだけの門なので、その輪をもちあげて門柱からはずせば、簡単に開いて、そのまま草原に入っていくことができます。草はとても高く伸びているように見えます。でも、まだ幼い子供だったジョジーとリックでさえ、その中を歩いてマクベインさんの納屋まで行けたわけですし、実際、小道らしきもののはじまりが見え、草のあいだに消えていっています。人が通ることで自然にできた道でしょう。あの道をたどっていけば、わたしでもジョジーたちのように納屋に行き着けるでしょうか。お日さまが物乞いの人とその犬に特別の栄養を送ってきたときのことを考えました。あの物乞いの人といまのジョジーのあいだに、何か重要な違いがあったでしょうか。一つ考えられるのは、物乞いの人が多くの通行人と顔見知りだったことです。具合が悪くなったのも、人通りの多い路上でのことで、タクシーのドライバーやジョギングの人たちから見えていました。見た人は誰でも、ここに具合の悪くなった人がいる、とお日さまの注意を促すことができたでしょう。もっと重要なことがあります。お日さまが物乞いの人に特別の栄養を送る少しまえ、とんでもないことが起こっていました。そう、クーティングズ・マシンです。あれがひどい汚染を発生させ、お日さまがしばらく身を隠したことがありました。特別の栄養を送ってきたのは、あの恐ろしい機械が去り、新しい時代がはじまってからです。お日さまがほっとし、ふたたび幸せになったあとでした。

わたしはしばらく額縁のような門の前にたたずんでいました。草が風に吹かれるまま左右になびくのを見ながら、この中にあとどれだけの小道が隠されているだろうと思い、どうすればジョジーを病気から救えるだろうと考えました。でも、まだ一人だけで戸外にいることに慣れていないせいでしょうか。ふと方向感覚に揺らぎの兆候を感じ、やむを得ず野原に背を向けて、ゆっくりと家に戻りました。

＊

この時期、ライアン先生が頻繁に診察に訪れ、ジョジーは一日の大半を眠って過ごしました。お日さまは毎日いつもの栄養を送りつづけ、眠っているジョジーをたびたび光模様で覆ってくれました。でも、特別の助けが来る兆しはありません。それでもジョジーは徐々に体力を回復し、やがてベッドの上で起き直れるまでになりました。とすれば、今回も、待つというお日さまの判断は正しかったのかもしれません。

　オブロン端末での授業はまだ早いというライアン先生の意見で、ジョジーは毎日ベッド上に起き直り、背中を枕で支えて、シャープ鉛筆とスケッチブックで絵を描くようになりました。一枚完成するごとに――あるいは途中で気に入らなくなるごとに――それをスケッチブックから破りとり、空中に投げ上げて、ひらひらと絨毯に舞い落ちるのをながめます。それを拾い集めて、きちんとした束にするのがわたしの日課になりました。

　ライアン先生の往診が減るにつれ、リックのお見舞いが増えました。メラニアさんは以前からリックにいい顔をしませんが、それでも、ジョジーが元気になるとあれば、お見舞いを許可しないわけにいきません。ただし、一度に三十分までという制限をつけました。リックをはじめて寝室に通した午後、わたしは二人だけにしてやろうと思い、部屋を出ました。でも、メラニアさんが階段の下り口でわたしを止め、「だめ、ＡＦ」と言いました。「部屋にいる。いちゃいちゃさせない」と。

　こうして、わたしも同席することが習慣になりました。リックはときどき「いなくなれ」と目で言ってくる以外、話しかけてきません。「こんにちは」も「さよなら」も言いません。仮にジョジーからも同様のサインが出ていたら、いくらメラニアさんの指示があっても、わたしは部屋にいなかったでしょう。でも、ジョジーは――わたしを会話に加えることはありませんでしたが――いること自体は気にせず、むしろいるとほっとするような気配さえありました。

二人の邪魔をしないよう、わたしはボタンソファにすわり、ずっと野原に視線を向けつづけました。でも、背後で話されていることは耳に入ってきます。ときおり、聞くべきではないと思うこともありましたが、思えば、ジョジーについてできるだけ多くを学ぶことはわたしの義務でもあります。聞くことで、ほかの方法ではできない新しい観察ができるのだから、と思いなおしました。

お見舞いからはじまったリックの訪問は、三期に分けられるように思います。第一期は、寝室に通されたリックがきょろきょろとあたりを見まわし、ちょっとでも不用意な動きをしたら家具を壊しかねないという、神経質な態度で三十分間終始した時期です。寝室にある現代風の洋服簞笥の前で床に腰をおろし、その洋服簞笥の扉に背中をもたせかけるのが、リックの第一期定番のすわり方でした。ボタンソファにいるわたしには、窓に映る二人の姿が見えます。リックが定番の位置にいて、ジョジーがベッドに起き直っていると、ジョジーのほうが一段高くなることを度外視すれば、二人が横に並んですわっているように見えました。

第一期全体を振り返ると、雰囲気はあくまで穏やかで、とくに実のあることが何も話されないまま、三十分が過ぎ去ることが多かった印象です。やっていたのは、幼かったころの思い出を語り合い、それをもとに冗談を言い合うことでした。そんな思い出を引きだすには、ほんの一つのこと、一つの言葉で足ります。それが出れば、もう二人はどっぷり思い出の中。そこで交わされる言葉はまるで暗号のようでした。わたしがいるから暗号で話し合っているのかとさえ思いましたが、そうではありません。互いに相手のこれまでを知りつくしているからこその会話だったでしょう。わたしの理解を妨げようという意図から出た話し方ではありませんでした。

リックがお見舞いに来はじめた当初、ジョジーは絵など描いたりしませんでした。でも、だんだん緊張がほぐれてくると、三十分間ずっと絵を描きつづけることも珍しくなくなりました。例によってページを破りとり、投げて、リックのすわるあたりに降らせます。そんなことから、ごく自然に吹き出しゲームがはじまりました。

吹き出しゲームのはじまりが、リックの訪問第二期のはじまりでもありました。もともとはずっと昔、もっと幼かったころに二人で発明したゲームなのかもしれません。その証拠に、今回はじめるにあたって、やり方を話し合って決めるなどの必要もなかったようでした。とりとめのない会話をつづけながら、不意にジョジーがリックに向かってスケッチを放ったのです。何枚かそんなことがあったあと、リックが一枚の絵をしげしげとながめながら、こう言いました。

「よし。じゃ、吹き出しゲームやるか」

「リックがやりたければね。あなたしだいよ」

「こっちは鉛筆がないから、黒いのを一本放って」

「黒いのは全部わたしが使うわよ。だって、絵を描くのは誰よ」

「鉛筆貸してくれないんじゃ、どうやって吹き出しを書くんだよ」

背を向けていても、どんなゲームかは容易に想像できました。それに三十分後、リックが帰ったあとに床から絵を拾い集めるのはわたしでしたから、一枚一枚を観察することもできました。わたしはそれをやりながら、このゲームが二人にとってどんどん重要なものになっていくことを感じていました。

ジョジーのスケッチは巧みに描かれています。通常は一人か二人、ときには三人が登場します。顔や頭が体に比べて不釣合いに大きいのは、わざとそう描いているのでしょう。リックの訪問がはじまったころの絵を見ると、人物はだいたい親切そうな表情に描かれ、黒のシャープ鉛筆だけが使われています。一方、肩・胴・脚と人物の周辺には、カラーが使われています。どの絵でも、一方の人物の頭上に吹き出し――と言いますか、空っぽの泡の形――が置かれています。ときには二人の頭上に一個ずつ置かれていることもあって、そこにリックが何らかの言葉を書き込んでいきます。人物の顔がリックやジョジーに似ているとはかぎりませんが、このゲームの世界では、女の子はジョジー、男の子はリックを表すことになっているようだ、とすぐにわかりました。ほかの人物も、これまでの人生でジョジーとかかわりがあった人々なのだと思います。たとえば母親とか、交流会で出会った子供たちでしょう。わたしがまだ会ったことのない人々もいると思います。わたしには特定できない顔がたくさんありますが、リックにはまったく問題がないようで、頭上に降ってくるどの絵でも、いったいこれは誰だ、などの質問をすることはありません。ためらうことなく、どんどん言葉で吹き出しを埋めていました。

リックが吹き出しの中に書く言葉は、絵に登場する人物の考えや、ときには実際の発言です。当然、つねに多少の危険をはらんだものにならざるをえません。ジョジーが何かを描き、そこにリックが何かを書きくわえるのですから、下手をしたら、そこに妙な緊張が生まれてくることが予想されます。わたしは最初から心配でした。でも、第二期を通じて、二人は昔を思い出し、それをひたすら楽しむためだけに吹き出しゲームを使っていたように思えます。ガラスに映る二人は、笑い合い、互いに相手を指差し合い、とても楽しそうでした。二人がこの遊び方をずっとつづけ、いつも絵を会話の中心にすえていてくれたら、緊張関係の入り込む余地などなかったかもしれません。でも、ジョジーがスケッチを描きつづけ、リックが吹き出しを埋めつづけるうち、絵と無関係の話題が会話に忍び込むことは避けられませんでした。

ある晴れた午後、リックが洋服簞笥を背にしてすわり、その足先をお日さまが光模様で包んでいるとき、ジョジーがこう言いました。

「ねえ、リック。あなた、焼餅焼いてるんじゃない？　だって、肖像画についての質問がしつこすぎるもの」

「何のこと？　そこでぼくの肖像画を描いてくれてるってこと？」

「違うわよ。わたしの肖像画にあなたがいちゃもんをつけてくるってこと。ほら、街まで行ってわたしが描いてもらってる肖像画」

「ああ、あれ。たしかに一度何か言ったな。でも、一度じゃ、しつこいってことにはならんだろう」

「いつも文句言ってるじゃない。昨日だって二度よ」

リックの手が止まりましたが、顔は伏せたままです。「まあ、知りたいとは思ってる。けど、肖像画を描いてもらってることにどう焼餅を焼くんだ？」

「ばかげてるわよね。でも、焼餅に聞こえるのよ」

それからしばらくはどちらも何も言わず、せっせと手を動かしていました。その後、リックがこう言いました。

「焼餅なんか焼いてないけど、心配はしてるよ。その男――画家だっけ？――そいつのことは何から何まで気味が悪い」

「わたしの肖像画を描くだけなのよ？　いつも紳士で、わたしが疲れないように気遣ってくれるし」

「何から何までおかしいんだよな。何度も聞いてしつこいって言うけど、君の答えのどっかに、おい、ちょっとそれは、ってとこがあるんだ。なんだか気味が悪いぞって思わせるとこが」

「どこが気味悪いのよ」

「まず、そいつのアトリエに……何度？……四度も行ったんだろ？　なのに、何も見せてくれないって？　ラフスケッチも何にも？　やってることは、間近から写真を撮ることだけ。こっちから見た君、あっちから見た君。画家って、そんなことをするか？」

「昔ながらのやり方じゃ、何時間もじっとすわってなきゃならないでしょ？　だから、疲れさせないために写真を撮るのよ。それなら、毎回せいぜい二十分ですむもの。制作の段階ごとに写真を撮るの。それに、いつもママが一緒よ？　ね、わたしの肖像画を描くのに、ママが変態を雇うと思う？」

リックは答えず、ジョジーがつづけました。

「だから、あなたのは一種の焼餅。でもね、リック、わたし、いやじゃないわよ。だって、リックとしたら当然の心配だもの。わたしを守ろうとしてくれてる。二人の計画に本気だって証拠だと思う。ただ、もう心配しないで」

「心配はしてないし、焼餅だなんて非難は見当はずれもいいとこだ」

「非難じゃないわよ。性的な意味での焼餅だって言ってるわけじゃないもの。言ってるのは、これはただの肖像画、大きな外の世界のほんの一部だってこと。リックは、それが二人の邪魔にならないか心配してる。焼餅焼いてるって言ったのは、そのことを言いたかっただけ」

「そうか、わかった」

二人の会話には「計画」がよく登場しましたが、詳細が話し合われたことはめったにありません。それでも、訪問がまだ穏やかに行われていたこの時期、交わされた言葉をあれこれつなぎ合わせることで、なんとなく全体像が見えたように思います。それは、何かを目的に練った計画というより、二人が将来にたいして漠然と抱いていた願望にすぎなかったでしょう。ですが、わたしにとっては、自身の使命にかかわる重大な問題に思えました。今後、ジョジーにどんな将来が待っているにせよ、いくら母親とメラニアさんとわたしがずっとそばで見守っていても、この「計画」なしでは、ジョジーはさびしさや孤独から逃れられないのかもしれません。

＊

そして、吹き出しゲームから笑いが消え、恐れと不確かさが取って代わる日が来ます。心の中であの時期のリックの訪問を振り返るとき、あの日こそが第三期のはじまりの日だった、とわたしには思えます。

雰囲気を変えるきっかけをつくったのがどちらだったか、いまとなってはもうわかりません。第一期と第二期のジョジーは、スケッチを描くとき、過去にリックと共有した楽しい経験、幸せな出来事を心によみがえらせようとしていたと思います。だからこそ、リックもほとんど迷うことなく、さっさと吹き出しを埋めていくことができたのでしょう。でも、そのリックの反応に変化が生じました。頭上に舞い落ちてきたスケッチをとったあと、じっと見つめる時間が長くなっていきました。途中で溜息をついたり、しかめ面をしたりもします。いざ言葉を書き込むときは、雑念をはらうようにゆっくり書くようになり、ジョジーが何か口をはさんでも、書き終わるまで返事をしないことが多くなりました。書き終えてジョジーに返したとき、ジョジーがそれを見てどう反応するかも、予測が難しくなっていきました。無表情で見て、無言でベッドの上に置くこともありますし、再度床に放ることもあります。それも、今度はリックの手の届かないあたりに放ります。

それでも、ときおり、以前のように二人で笑い合い、言い争いさえも楽しむことがないではありませんでしたが、しだいにまれになっていきました。ジョジーの絵とリックの言葉――どちらかがきっかけになって、ケンカ腰のやり取りがはじまります。ただ、メラニアさんが階下から三十分間の終了を告げるころには、また穏やかな雰囲気に戻っていることが普通でした。

*

一度、こんなことがありました。リックが手を伸ばして絵を一枚拾い、しげしげとながめたあと、手にしていたシャーピ鉛筆を下に置いたのです。そして絵をながめつづけました。ジョジーがベッドから気づいて、描く手を止めました。

「何か問題、リック?」

「ウーン、これはいったい何だろうと思って」

「何に見えるのよ」

「女の子を取り囲むこの連中——エイリアンとみなすべきなのか？　頭の代わりに巨大な目ん玉があるように見えるよ。こんな解釈でいいのか？　間違ってたらごめん」

「完全に間違ってはいないわよ」ジョジーの声には冷たさと、わずかながら恐れがありました。

「少なくとも滅茶苦茶ってほどじゃない。それはね、エイリアンじゃなくて、そういうものよ」

「よし、じゃ、目ん玉族なんだな。けど、こいつらが女の子を見ている様子がとっても気になる」

「どこがよ」

わたしの背後で沈黙が生じ、窓には、リックがその絵をにらみつづける様子が映っていました。

「だから、どこが気になるのよ」とジョジーがまた尋ねました。

「それがよくわからない。この子の吹き出しは特大だよな。そんなにたくさん何を書いたらいいかわからない」

「その子の考えていると思うことを書けばいいのよ。ほかの子と変わらないじゃない」

ふたたび沈黙がありました。お日さまの光がガラスに当たる加減で背後の様子が見えにくく、わたしはよほど——プライバシーを侵すのを承知で——振り返ろうかと思いましたが、そのまえにリックがこう言いました。

「連中の目はほんとに気味悪いよな。でももっと気味悪いのは、この子、そうやって見つめてもらいたがってるんじゃないか」

「それじゃ病気よ、リック。なぜ見つめてもらいたがるのよ」

「わからないから教えてくれ」

「わたしにわかるわけないでしょ」声がいらついています。「吹き出しは誰の仕事なのよ」

「半分笑ってるから、内心、喜んでるみたいに見える」

「違うわよ、リック。それは違う。それじゃ病気だもの」

「すまない。じゃ、ぼくの誤解か」

「誤解もいいとこ。だから急いでやっちゃって。つぎのもほぼ出来上がるとこだから。リック、聞いてる?」

「こいつは、ちょっとパスかな」

「何よ、リック」

お日さまの光の加減が変わり、リックが絵を床にそっと投げるところが窓に映りました。絵は、ジョジーのベッド近くに雑然とできつつあった山のてっぺんに落ちました。

「がっかりだわ、リック」

「だったら、あんなよくわからん絵を描くなよ」

また沈黙がありました。窓に映るジョジーは、ベッドの上でせっせとつぎの絵を描くふりをしています。リックの様子はもう窓ではよく見えません。でも、いつもの洋服簞笥に背をもたれさせた姿勢で、じっとしているのはわかっています。きっとわたしの頭越しに窓の外を見ているでしょう。

*

リックが帰ったあと、ジョジーはたいてい疲れて、シャーピ鉛筆とスケッチブックと破りとったページを床に放り、ドタンとうつ伏せに倒れ込んで、ひと休みします。ジョジーが休んでいるあいだ、わたしはボタンソファからおりて、床に散らばっているあれこれを拾い集めます。そのとき、リックが来ているとき二人が何でもめていたのかを見ることができます。

ジョジーは枕に頰を押しつけていますが、眠っているわけではありません。実際、目を閉じたまま何かしゃべりつづけることもよくありました。絵を拾い集めながら、わたしが一枚残らず見ていることも完全に承知しながら、まったく気にしていませんでした。というより、わたしが全部見ておくことを望んでいたのではないかとも思います。

ある日、リックの訪問の後片づけをしているとき、手にとった絵の中にとても印象深い一枚がありました。見たのはほんの一瞬ですが、描かれているのが誰かはすぐわかりました。画中のおもな登場人物は、交流会に来ていた腕の長い女子とミシーの二人です。もちろん、あちこちに不正確な描写はありますが、ジョジーが誰を描こうとしたかは一目瞭然でした。姉妹二人は絵の前面にいて、その表情はいかにも意地悪そうです。周囲の人々の顔は、この二人ほど念入りには描かれていません。家具の詳細な描写もありませんが、ここは明らかにオープンプランの部屋でしょう。注目すべきは、姉妹二人のあいだの隙間です。そこに押し込められるようにして、小さく、姿かたちも定かでない生き物が描かれていて、上に吹き出しがあります。吹き出しがなかったら、その存在に気づくことさえ難しかったかもしれません。腕の長い女子の絵やミシーの絵と比べたとき、この生き物には顔・肩・腕など通常の人間にあるべき特徴が欠けていて、たとえるなら、アイランド表面の流し近くに溜まりがちな水滴に似ています。頭上の吹き出しがなければ、一瞥をくれるだけの人には、人間を表しているとわからないかもしれません。姉妹はすぐ横にいながら、水滴人間を完全に無視しています。吹き出しの中にリックはこう書いていました。

「利口な子には形がないように見えたって、形はある。ただ隠してるだけ。ふん、誰が見せてやるもんか」

ほんの一瞬見ただけですが、ジョジーには、わたしが見たことがわかったようです。ベッドから眠そうな声でこう言いました。

「リックが書いたこと、なんか変ちくりんだと思わない？」

わたしはくすりと笑って、片づけをつづけました。ジョジーはさらにこう言いました。

「それ、リックのつもりで描いたと思ってるかしら――二人の意地悪にはさまれた小さな自分？　そう思ったから、そんな吹き出しを書いたのかしら」

「ありえますね」

「でも、クララはそうは思わないのね？」そして、こうつづけました。「クララ、聞いてくれてる？　ねえ、なんか感想はないの？」

「たぶん、リックはこの小さな人をジョジーだと思ったのかもしれません」

わたしは絵を拾い集めて整理し、束にして、化粧台の下に置かれている以前の束の横に並べました。わたしがそれをしているあいだ、ジョジーは何も言いませんでした。もう眠ったのかと思っていたところ、突然、こう言いました。

「どうしてそう思うの」

「ただの推測です。リックは、その小さな人がジョジーだと思いました。そして、思いやりを示そうとしたのでしょう」

「思いやる？　どうして、あれが思いやることになるのよ」

「ジョジーが心配なんです。状況によって人が変わったように見えることがあるのを心配しています。でも、それはジョジーが巧みに自分を守ろうとしているだけで、ほんとうは変わってなんかいないんだ、と言っています。思いやりのある絵です」

「ときどき、いつもと違う行動をするからって、それがどうだって言うのよ。いつも同じでいたい人なんていないでしょ？　リックがいけないのは、わたしの振る舞いが気に入らないと、すぐ非難しはじめること。きっと小さな子供だったときのままでいてほしいのよ」

「リックが望んでいるのは、ちょっと違うと思います」

「じゃ、なんでこれなの？　形がないだの、隠してるだの。それのどこが思いやりなのかわかんない。リックのいけないとこなのよ。大人になりたがらない。少なくとも、彼のお母さんは大人になってほしくなくて、リックもそれに合わせてる。きっと永遠にお母さんと暮らすつもりなんでしょ。じゃ、わたしたちの計画はどうなるのよ。わたしが少しでも大人になろうとすると、機嫌が悪くなる」

わたしはこれに何も言いませんでした。ジョジーは目をつぶったまま横になっていて、やがて眠りましたが、その直前、そっとこんなことを言いました。

「そうかもね。思いやってくれたつもりなのかも」

リックのつぎの訪問で、ジョジーはこの絵のこと、そして吹き出しに書かれた言葉のことをもちだすでしょうか。わたしは心配していましたが、そうはなりませんでした。たぶん、二人のあいだには決まりがあって、いったん完成したあとは、絵にも吹き出しの言葉にも直接には触れないのでしょう。好きなように描き、好きなように書き込むには、そういう了解が必要だったのかもしれません。それでも、先に述べたとおり、二人の吹き出しゲームは最初から波瀾含みでしたし、実際、リックの三十分間の訪問が突然打ち切られる原因にもなりました。

＊

雨の午後でしたが、それでも、お日さまのかすかな光模様が寝室に射し込んでいました。そのころはかなり和やかな雰囲気の訪問がつづいていて、その日も、二人ともとても居心地がよさそうでした。リックが来てから十二分後のことです。二人はまた吹き出しゲームをしていて、ジョジーがベッドからこう言ったのです。

「そっちはどうなってる。まだ終わってないの？」

「まだ考え中」

「リック、考えないことが肝心なんじゃないの？　心に浮かんだことをそのまま書くのよ」

「そうなんだけど、こいつはちょっと考えないとな」

「なんで？　何が違うのよ。急いでくれないと、つぎのがもう出来上がりそうよ」

窓に映る二人の様子では、リックは床のいつもの場所にすわり、両膝を立てて引き寄せ、そこに絵をのせてじっと見ています。両手は体側に垂らしたままで、絵を見つめる表情には戸惑いがあります。しばらくするとジョジーが、絵を描く手を止めないままこう言いました。

「ねえ、前々から聞こうと思ってたの。あなたのお母さん、どうして運転をやめちゃったの。車はまだあるのよね？」

「何年もエンジンかけてないけど、ガレージにあることはある。ぼくが免許とったら、ちゃんと検査してもらわなくちゃやな」

「お母さん、事故が怖いの？」

「ジョジー、そのことはもう話したじゃないか」

「うん、でも覚えてないの。なんか怖いことがあったからだっけ？」

「ま、そんなとこ」

「うちのママは逆ね。スピードの出しすぎ」リックが反応しないのを見て、ジョジーはさらに、「リック、吹き出し、まだ終わらないの？」と言いました。

「もうすぐ。もうちょっと待って」

「運転しないのは、まあわかるけど、お母さん、お友達がいなくて平気なの？」

「友達はいるよ。リバーズさんなんてしょっちゅう来るし、君のお母さんとだって友達じゃないか」

「そういうことじゃなくて。そりゃ、誰だって一人や二人、友達はいるわよ。でも、あなたのお母さんには社会生活がないのよ。ママだってそんなに多くの友達がいるわけじゃないけど、社会生活はあるわ」

「社会生活？　そりゃまた古めかしい言葉だな。どういう意味？」

「お店に入ったり、タクシーに乗ったり、周りに真剣に対応してもらったりよ。まともに扱ってもらうこと。社会があるって大事でしょ？」

「おいおい、ジョジー、母さんの体調が思わしくないのは知ってるだろ。自分でそう決めたわけじゃないんだ」

「でも、決めるときは決めるでしょ。だって、あなたのこともお母さんが決めたわけだし。それ、いつでも戻してね」

「ぼくたち、なんでこんな話をしてるんだ？」

「わたしの考えを聞きたい？　いやだったら言ってね、リック。お母さんがあなたのことさっさと決めちゃったのは、ずっと自分のものにしておきたかったからだと思う。で、手遅れになった」

「なんでこんな話になるんだよ。それに、だったらどうだって言うんだ。いきなり社会が出てくるのもよくわからない。そんなものもちだすなよ」

「なんだって何かの邪魔になりうるのよ、リック。まず、わたしたちの計画の邪魔になる」

「なあ、ぼくはできるだけのことをして……」

「いいえ、できるだけのことなんかしてないわよ、リック。いつも計画、計画って言うけど、口先だけ。実際に何をしてるのよ。一日たてば、一日年をとる。いろんなことが起こる。わたしは必死でやってるのに、あなたは違う」

「ぼくが何をしてないって？　君と一緒にもっと交流会に出るのかい？」

「せめて、やってみてもいいんじゃない？　昔言ってたみたいに、もっと勉強してアトラス・ブルッキングズを目指すとか」

「アトラス・ブルッキングズを語って何の意味があるんだよ。チャンスのチの字もないのに」

「あるわよ、もちろん。あなたは頭がいいのよ、リック。可能性があるって、ママも言ってる」

「理屈のうえではな。アトラス・ブルッキングズはそう宣伝してる。でもな、二パーセント未満だ。それだけさ。向上処置を受けてない生徒の入学率は二パーセント未満」

「でも、向上処置を受けてないでここに入ろうとする人はほかにも大勢いるし、リックはそんな人たちの誰より頭がいいんだから、なぜ狙わないの？　お母さんのせいでしょ？　リックにずっと一緒にいてほしい、世の中に出て一人前の大人になってほしくない……。ね、それ、まだ終わらないの？　つぎのがもう出来ちゃったわよ」

リックは無言で絵を見つめつづけ、ジョジーはもう終わったと言いながら、まだせっせと手を動かしています。

「とにかく、そんなだったら、二人の計画はどうなるのよ。わたしには社会生活があって、リックにはないなんて、うまくいきっこない。うちのママはたしかにスピードを出しすぎるけど、少なくとも勇気があるわ。サリーでうまくいかなかったのに、勇気を出してわたしに同じ決定をしてくれた。とっても勇気がいることよ。そう思わない？」

リックは突然前かがみになって、絵に書き込みをはじめました。いつもはよく雑誌を下敷きに使い、その上で書いていますが、いまは自分の太腿にじかに絵をのせ、紙に皺がよるのもかまわずに書き込んでいます。勢いよく書き終わって立ち上がると、その拍子にシャープ鉛筆が床に転がり落ちました。絵をジョジーに渡すときも、いつものような手渡しではありません。ベッドに向かって放ると、絵は、ジョジーの前に置かれた羽毛布団に落ちました。リックは目を大きく見開き、そこに怒りと恐れを湛《たた》えて、じりじりとドア近くまで後ずさりしていきました。

ジョジーは驚いて目を上げ、リックを見ました。自分のシャープ鉛筆を置き、羽毛布団の上の絵に手を伸ばすと、長いあいだ呆然とした表情でそれを見ていました。リックもまた、そんなジョジーをドア口からじっと見ていました。

「こんなこと書くなんて信じられない」と、やがてジョジーが言いました。「なぜこんなことを?」と。

緊張の高まりが、もうプライバシーがどうのこうのと言っていられるレベルを超えた――ボタンソファにすわっていたわたしはそう感じて、思わず後ろを振り向きました。リックは、わたしの存在を忘れていたのかもしれません。わたしが振り返ったのに驚いたようで、一瞬向けられた目には、まだ恐れと怒りが満ちていました。そのまま何も言わずに部屋から出ていき、階段をおりていく足音が聞こえました。

玄関のドアを開けて閉める音が聞こえたとき、ジョジーは伸びをして、ベッド上のものを床に払い落とし、うつ伏せになりました。いつもの訪問後と変わりません。

「リックって、とっても疲れることがある」と枕につぶやきました。

わたしはボタンソファからおり、部屋の片づけをはじめました。ジョジーは目を閉じたままで、それ以上何も言いませんが、眠っていないことはわかっています。片づけをつづける途中、当然、緊張のもとになった絵も拾いあげ、一瞥しました。

いつもどおり、絵にはジョジーとリックらしい人物が描かれています。いろいろと不正確なところはありますが、似ている点を合わせれば、人物が誰か疑う余地はありません。絵の中で、ジョジーとリックは空に浮かんでいるように見えます。はるか下にミニチュアサイズの木々や家々や道路が描かれています。二人の背後に当たる空の一画に、隊列を組んで飛ぶ数羽の鳥がいます。絵のジョジーはそれらよりずっと大きな鳥を一羽手にしていて、それを特別な贈り物として絵のリックに差し出しています。ジョジーには大きな笑顔があり、リックには驚きと感動の表情があります。

絵では、ジョジー用の吹き出しが一個あるだけで、リックにはありません。その吹き出しにリックはこう書いていました。

「自由に外に出て、歩いたり走ったり、スケートボードやったり、湖で泳いだりしたいな。でも、できない。それはママに勇気があったから。病気でベッドにいることになったけど、でも、よかったと思う。ほんとよ」

今日のぶんの束にこの絵も加えましたが、束のいちばん上には置かないよう注意しました。ジョジーは無言のまま、じっと動かず、目も閉じています。でも、眠っていないことはたしかです。モーガンの滝へのお出かけ以前の二人だったら、わたしはここでジョジーに話しかけていたでしょう。ジョジーも正直に答えてくれていたと思います。でも、いまの二人にそんなことができる雰囲気はなく、わたしは何も言わないでおくことにしました。絵の束を化粧台まで運び、台の下の空間に並ぶ他の束の横に置きました。

*

リックは翌日も翌々日も来ませんでした。メラニアさんが「少年どこ行った？　病気か？」と尋ねたとき、ジョジーは肩をすくめただけで何も言いませんでした。

何日か過ぎましたが、リックの訪問はありません。ジョジーはますます無口になり、発するサインも「近寄るな」的なものになりました。依然、ベッドで絵を描きつづけていますが、リックがいず、吹き出しゲームもなしでは、やる気がたちまち失せていきます。未完成のままの絵を床に投げ、ベッドの上に長々と寝て、天井を見つめていることが多くなりました。

ある日の午後、ジョジーがそうやって天井を見つめているとき、わたしから提案してみました。「もしよければ、吹き出しゲームをやりませんか。ジョジーが描いてくれれば、書く言葉を一所懸命考えます」

ジョジーは視線を上に向けたままでしたが、やがてわたしに顔を向け、「だめよ」と言いました。「あなたが勝手に聞くのはかまわないけど、リックの代わりなんてできないわよ。そんなこと、絶対できっこない」

「はい。すみません。よけいな提案でした」

「そうね。よけいなお世話ってとこ」

リックの訪問のない日々がつづき、ジョジーはしだいに気力を失っていきました。このまま弱っていくのではないか、とわたしはとても心配でした。お日さまが特別の助けを送ってくれるのはいましかないのにと思い、寝室の光模様が突然変わったり、曇り空がつづいたあと、お日さまが弾けるような顔をのぞかせたりすると、そのたびにとくに目をこらして助けの気配を探しました。でも、普通の栄養は途切れることなく送られつづけましたが、特別の助けはついに来ませんでした。

*

ある朝、ジョジーの朝食トレーをキッチンに戻し、また寝室に戻ると、ジョジーが重ねた枕で背中を支え、昔を思い出したかのようにせっせとスケッチをしていました。加えて、絵を描いているときの表情には、これまで見たこともない真剣さがありました。わたしが何か話しかけても、返事が返ってきません。一度、部屋を片づけていて、たまたまベッドに近づいたとき、ジョジーは姿勢を微妙に変えて、描いている絵のどの部分もわたしに見られないよう警戒していました。

しばらくするとそのページを破りとり、ボール状に固く丸めて、自分と壁のあいだ、羽毛布団にできた皺の中に放りました。そして、また新しい絵を描きはじめました。目を大きく見開いていて、緊張が見てとれます。わたしはボタンソファにすわりました。今度は部屋の内側、ジョジーに向かってです。話がしたければいつでもどうぞ、と伝えたいと思いました。

一時間もたつかというころ、ジョジーはシャーピ鉛筆を置き、描いた絵をしばらく見ていました。

「クララ、ちょっとそこを見て。左の引出しのいちばん下。封筒があるから一枚くれない？詰め物した大きなやつ」

引出しのわきにしゃがもうとするとき、ジョジーがシャーピ鉛筆をまた取り上げるのが見えました。でも、その動きから、今度は絵ではなく言葉を書いていることがわかります。書き終わると、絵を真ん中で二つに折り、こすれ合い防止のためにあいだに白紙をはさむと、わたしから詰め物のある封筒を受けとり、絵を注意深く封筒に滑り込ませました。封筒の蓋から薄い紙テープをはがし、封をして、念を入れて端を押さえつけました。

「できた！　やれ、よかった」と、手の中の封筒をくるくるひっくり返しながら言いました。そうすることで安心できるかのようです。でも、わたしがベッドから離れはじめると、いきなりわたしに向かってそれを突き出しました。「封筒があった引出しに入れといて。左のいちばん下」

「わかりました」わたしは封筒を受けとりましたが、すぐには引出しに行きませんでした。封筒をもったまま部屋の中央に立ち止まり、ジョジーを見ました。「この絵はジョジーからリックへの特別な贈り物でしょうか」

「なんでそんなこと言いだすの？」

「ただの想像です」

「まあ、あなたの想像のとおりよ。リックのために描いておきたかった。今度来るときのためにね」

しばらく沈黙があり、その間、ジョジーはじっとわたしを見つめていました。言われたとおり、さっさと封筒を引出しにしまえ、という苛立ちでしょうか、それともリックとつぎの訪問についてもっと何か言ってほしいのでしょうか。わたしは決めかねていましたが、結局、こう言ってみました。

「リックは、きっとすぐ来ますよ」

「たぶんね。影も形もまだないけど」

「リックはこの絵を喜んでくれると思います。ジョジーがとくに念入りに描いたのがわかりますから」

「別にとくに念入りにしたわけじゃないわよ」怒ったように目を光らせました。「退屈だったから描いただけ。でも、リックのために描いたってのはそのとおりよ。問題は、来てくれないと渡せないこと。そして、リックはもう来ない」

ジョジーはわたしを見つめつづけ、わたしは部屋の真ん中に立ちつづけました。しばらくして、「ジョジー」と呼んでみました。「もしよければ、わたしが絵を届けましょうか」

ジョジーの目に驚きと興奮が浮かびました。「あなたがリックのところにもって行くっていうの？」

「はい。ほんのお隣さんですから」

「あなたにもって行ってもらうのは、そんなに変じゃないかもね。みんなAFにいろんなお使いを頼んでるもの。でしょ？」

「喜んでやらせてもらいます。リックの家への道はすぐわかると思います」

「今日やってくれる？　お昼のまえに？」

「ジョジーの望むときにいつでも。お望みなら、いまでもいいですよ。これからすぐ」

「いい考えだと思う?」

わたしは緩衝材を詰めた封筒を少しもちあげました。「ジョジーの絵をリックに届けられれば、とても嬉しいです。外の探検はわたしにとって意義がありますし、リックがこの特別の絵を見れば、ジョジーを許して、また親友になれるかもしれません」

「『許す』ってどういうことよ? 許すのは、むしろわたしのほうよ。それはばかな言いぐさね、クララ。いまもって行ってもらうのは、やめる」

「すみません。わたしの間違いです。まだ『許す』の使い方を理解しきっていませんから。それでも、絵を届けるのがいちばんの選択だと思います。きっと喜んでくれます」

ジョジーの顔から怒りが薄れていきました。「いいわ。行って。届けて」と言い、わたしがドアに向かうと、「クララの言うとおりかもね。リックがわたしを許すのかも」とそっと付け加えました。

「では、これを届けて、リックがどう反応するか見ましょう」

「うん、行って」そしてにやりと笑い、「もし絵に無礼なことしたら、その場で破いちゃってくれるでしょ?」と言いました。その笑顔は、モーガンの滝以前のジョジーの笑顔のようでした。わたしも笑い、「必要ないといいですね」と言いました。

ジョジーは大げさに後ろ向きに枕に倒れ込み、「行って。わたしはちょっと休むから」と言いました。

でも、封筒をしっかり抱いて寝室を出ようとするとき、突然、ジョジーが呼びました。「ねえ、クララ?」

「はい」

「病気の子との暮らしなんて、きっとつまらないわね。違う?」

まだ笑い顔でしたが、その下には恐怖が見えました。

「ジョジーと一緒なら、つまらないことなどありません」

「あれだけの時間、お店で待っていてくれた。ほかの子のところに行けばよかった、って思うでしょ?」

「思ったこともありません。ジョジーのAFになることだけを願って、そのとおりになりました」

「そうだけど……」小さな笑い声は悲しみに満ちていました。「でも、ここに来るまえのことだもの。絶対楽しいからって、約束したのにね」

「ここでとても幸せですよ。ジョジーのAFであること以外に望みはありません」

「わたしがよくなれば、いつでも一緒に外に行ける。街に行って、パパにも会える。パパなら、ほかの街にも連れていってくれるかも」

「将来の可能性ですね。でも、ジョジーには知っておいてほしいです。わたしにはこれ以上の家はありませんし、ジョジー以上の子はいません。待って――店長さんが待つのを許してくれて——ほんとうによかったです」

ジョジーはしばらく考えていて、また笑いました。その笑いにはやさしさだけがありました。背後に恐怖など微塵もありません。「じゃ、また友達ね？　親友ね？」

「もちろんです」

「よかった。でも、覚えておいて。リックにばかにされちゃだめよ」

それを受けてわたしも笑い、封筒をもちあげて、大切にすることを約束しました。

＊

家政婦のメラニアさんは、わたしが用事でリックの家に一人で行くことに反対しませんでした。それでも、わたしが砂利の上を渡り、額縁型の門のほうへ歩いていくあいだ、玄関のドアの前に立って、わたしを見ていました。わたしが最初の草原に足を踏み入れたとき、ようやく中に戻っていきました。

自然にできた小道らしきものをたどっていくと、一歩ごとに地面が固かったり柔らかかったりして、先を読むことがなかなか困難になりました。草がわたしの肩の高さまで伸びています。これでは方角を見失いかねないという心配もちょっとしましたが、草原のこの部分はボックスのきちんとした列になっていて、ボックスからボックスへ移るとき、前方に何があるかがはっきり見てとれました。困ったのは、やはり草です。左右どちらからでもひょいと目の前に飛び出してきて、とても邪魔でした。でも、すぐに片腕を前に伸ばしておけば防げることを学びました。両腕が自由ならもっと速く前進できたでしょうが、こちらの腕にはジョジーの封筒があります。これを危険にさらすことはできません。やがて背の高い草が終わったとき、わたしはリックの家の前に立っていました。

遠くから見ただけでも、ジョジーの家ほど高級でないことは推測できていましたが、いま実際に前に立ってみると、白く塗られているはずの板の多くが灰色になり、ところによっては茶色に変色しています。窓のうち三つはカーテンもブラインドもなく、ただの黒い長方形にすぎません。玄関ドアへの階段をのぼっていくと、木の段がわたしの重みで少し沈みました。ポーチも同様の木の板でできていて、やはり体重で沈みます。板が長いだけに沈み幅も大きく、隙間ができて、そこから地面の泥が見えるほどです。玄関ドアの近くに冷蔵庫が横倒しになっていました。背面が通路側に向いていて、通りかかる人の目に完全にさらされています。取りつけられた金属製の支え具が複雑に絡み合い、そこに蜘蛛が巣をつくっています。わたしは立ち止まり、繊細なつくりの巣を観察しました。すると、どこのボタンも押していないのに、ドアが開くではありませんか。そしてリックがポーチに出てきました。

「申し訳ありません」と、わたしは謝りました。「でたらめに押しかけたわけではなく、重要な用事でうかがいました」

リックは怒った表情ではありませんが、何も言わず、わたしを見ています。

「AFも重要な役目を任されることがあります。ジョジーからこれを預かってきました」と封筒を見せました。

突然、リックの顔に興奮の色が現れ、すぐに消えました。「そう。用事で来てくれたんだ」と言いました。

たぶん、わたしが封筒を渡して、すぐに立ち去るものと思っていたでしょう。わたしはそれを承知で、すぐには封筒を差し出しませんでした。リックとわたしは顔を見合わせたまま、板の隙間から風が出入りしているポーチに立ちつづけました。

「それじゃ、ちょっと入ってもらったほうがいいかな」と、やがてリックが言いました。「でも、汚いのは覚悟しなよ」

わたしたちは暗い木の廊下を歩き、開けっぱなしのトランクの前を通りました。中には壊れたランプや片足だけの靴などが入っています。大きな部屋に案内されました。野原を見渡す広い窓があります。家具は現代風ではなく、オープンプランの家具と違って家具どうしがつながり合ってもいません。黒くて重そうな洋服簞笥があり、織り模様の薄れつつある絨毯が敷かれ、堅い椅子や柔らかい椅子など、色も形もさまざまな椅子が置かれています。壁には小さな絵がたくさんかけてあります。一部は写真ですが、ほかはシャーピ鉛筆で描かれた絵です。ここでも蜘蛛の活躍が目立ち、いくつかの額縁の隅に巣が見えます。さらには本だの、文字盤の丸いけて立ちました。


時計だのがあり、低いテーブルも数卓あって、動線の確保が難しそうな場所であるのが一目でわかります。わたしは比較的ごみごみしていない場所を選び、そこに行って、広い窓に背を向けて立ちました。

「というわけで、ここに住んでるんだ」とリックが言いました。「ぼくと母さんとで」

「招いてくれてありがとうございます」

「君が来るのは二階から見てた。また戻らないといけない」そう言って、目で天井を指し示しました。そして、悲しそうにこう言いました。「もう気づいてるだろう？　このにおいに？」

「わたしには嗅覚がありません」

「そうか、ごめん。知らなかった。嗅覚は重要な機能のはずなのに。だって、ほら、火事とかあるし、安全のためにさ」

「だからでしょう、Ｂ３型には限られた嗅覚がつきました。わたしにはありません」

「じゃ、ここではラッキーだったわけだ。この家はにおいでいっぱいだから。今朝も廊下の掃除をやったんだけどね。何度も何度も何度もやってるんだが」目に涙が浮かんできましたが、リックはわたしを見つめつづけました。

「お母さんの具合がよくないのですか」

「まあ、そういうこと。ジョジーが病気ってほどには病気じゃないんだけど……ごめん、母さんのことは話したくないんだ。ジョジーはこのごろどう？」

「よくなってはいません」

「悪くは？」

「たぶん、悪くも。でも、状態としてはとても深刻だと思います」

「ぼくもそうだと思った」リックは溜息をついて、わたしの真向かいのソファにすわりました。

「だから君を使いによこしたのか」

「はい。これを渡すように言われました。とくに一所懸命描いた絵です」

わたしは封筒を差し出しました。リックがソファにすわったままで受けとれるようにしたつもりですが、リックはすわったばかりなのにさっと立ち上がり、封筒を受けとってそっと開けました。

しばらく絵をながめていました。表情がいまにも笑いだしそうです。「リックとジョジーは永遠に、か」とやがて言いました。

「そう吹き出しに書いてあるのですか」

「君は見てないの？」

「わたしに見せずに、封筒に入れていましたから」

リックはさらにしばらく見ていましたが、やがてわたしのほうに向けて、見せてくれました。それは、吹き出しゲームで見た絵とはまったく違っていました。ページのかなりの部分に尖った感じの物体が描かれていて、怒りの角《つの》を突き出しているものも少なからずあります。それらがすべて絡み合い、突き破ることのできない網をつくっているようです。ジョジーは多くの色鉛筆を使って網を描いていて、網自体はカラフルですが、全体的な印象は暗く、威嚇的です。でも一箇所だけ、左の下隅に静かに澄んだ空間が保たれています。そこに小さな人影が二つ見えます。どうやら通行人に背を向け、手に手をとって歩み去ろうとしているようです。少年と少女であることはわかりますが、マッチ棒を組み合わせたような形に描かれていて、それ以外のことは何もわかりません。ただ、なんの憂いもなく、幸せそうです。二人の頭上にある吹き出しにはいつもの尻尾や点々がなく、中の言葉は二人の心にある思いというより、ポスターのスローガンかタクシーのドアに見る広告を思わせます。

「というわけで、どう思う?」とリックが言いました。

「とてもいい絵です。やさしい絵だと思います」

「うん、ぼくもそう思う。内容にやさしさがある」

突然、大きな音楽と電子音が二階から聞こえてきました。リックがさっと表情を曇らせ、ジョジーの絵を手にもったまま、部屋から駆けだしていきました。

「母さん!」と階段の下から大声を出しています。「母さん、頼むからボリューム落として!」

二階で何か言う声が聞こえました。リックが少しやさしい口調になり、「すぐ行くから。だからボリューム落として」と上に向かって言いました。

電子音が徐々に静かになりました。リックは大きな部屋に戻ってきて、またジョジーの絵を見ています。

「うん、やさしさのある絵だ。ジョジーにありがとうと言っておいて」

「リックが自分で来て、ありがとうと言ってくれたら、ジョジーが喜ぶと思います」

リックは笑顔を消し、「けど、そう簡単な問題じゃないよな」と言いました。「君はいつもその場にいて、全部を見てた。だから、ジョジーがいつもどう突っかかってくるか、ぼく以上に知ってるはずだ。あれをいつも我慢しろなんて無理だ。ジョジーは強引すぎる。やるだけやっておいて、いい絵一枚で帳消しにできると思ってる。ＡＦにもってこさせてね。物事の修復はそう簡単じゃないことを、ジョジーも学ばなくちゃ」

「リックがもう一度お見舞いに来てくれたら、ジョジーはきっと謝ると思います」

「ほんとに？　ぼくはジョジーをよく知ってる。謝るのは絶対ぼくのほうだって、ジョジーはそう思ってると思う」

「そのことは、ジョジーとわたしも話し合いました。ジョジーはリックに謝りたいと思っていると信じます」

「あのときは、ぼくもいつものぼくじゃなかったと思うけど、母さんについてあんなことを言うのはフェアじゃない。母さんだってできるだけのことはしてるし、よくなってきてもいるんだ」

　さっきドアを開け、ポーチでわたしを出迎えてくれたときのリックは、ジョジーのお見舞いに来て、ずっとわたしを無視しつづけたリックとあまり変わりませんでした。でも、いまこうして話しているリックは、あの交流会の日のリックに――他の子供たちが外へ行ってしまったあと、わたしに話しかけてくれたリックに――ずっと近い感じがします。というより、まるであの日のリックが、あの午後の会話のつづきをするため、久しぶりに訪ねてきてくれたかのようです。

「ジョジーの言葉にはたしかに不親切なところがあった、とわたしも思います」とわたしは言いました。「リックのお母さんがリックを手放そうとしないから、と感じて、二人の計画が将来実現しないと恐れたからかもしれません」

「けど、なぜいつも母さんを責めるんだ？　フェアじゃない」

「ジョジーは計画が心配なんです。リックを手放すと、あとは孤独になる。だから、お母さんはリックを手放したがらない。ジョジーはそう思っています」

「なあ、君はとても頭のいいAFだと思う。でも、そんな君でも知らないことはたくさんある。ジョジーの話だけ聞いていたんじゃ、物事の全体はわからないよ。母さんのことだけじゃないんだ。ジョジーはいつもぼくを引っかけようとしてる」

「リックを引っかける？」

「このごろはいつもだから、きっと君にも聞こえていただろう？　ぼくがあのことばかり考えてるって非難するか、自分をちっともそういう目で見てくれないって非難するか、どっちにしてもぼくは非難されるんだ。ＤＳで見る女の子たちにぼくがいつも欲情してるって言ったかと思うと、つぎにその問題をもちだしたときは、ぼくの反応が薄いって言う。どっかおかしいんじゃないかとか、そんな反応は自然じゃないとかさ。子供のころからずっと一緒に育った二人だから、互いに知りすぎてて、セックスするような関係になれないんじゃないか、とも言う。ぼくが何を言ってもやっても、結局はだめで、これじゃ身動きがとれない。加えて、母さんのことをああだこうだ言う。やりすぎだよ。計画のことであろうがなかろうが、とにかくフェアじゃない」

リックがまた腰をおろしました。その体をお日さまの光模様が覆っています。手にしたジョジーの絵を裏返すと、注意深くソファの自分のわきに置き、いまじっと紙の裏側を見つめています。

「いずれにしても、ジョジーはいま病気だ」とそっと言いました。「早くよくなってくれないと、あれもこれも、ぼくらの計画もどうでもよくなる。現状……もう、最近はどう考えていいかわからないよ」ふと、顔を上げました。「なあ、クララ、君は超がつくほどの知性の持ち主なんだろう？　君はどう思ってる？　ジョジーはどれほど悪いんだ？」

「さっきも言いましたが、ジョジーの病気は深刻だと思います。どんどん弱っていって、お姉さん同様に死亡することもありえます。でも、大人たちはまだ思いつかないようですが、ジョジーがまた元気になる方法があるとわたしは信じています。同時に、状況はいま切迫していて、いつまでも待っていられないとも思います。仮に少し乱暴に見え、プライバシーを多少無視することになっても、行動するときが来たのかもしれません。わたしが今日ここにうかがったのは、重要なお使いをするためですが、同時に、リックからアドバイスをもらいたくて来ました」

「君は超がつく知性の持ち主だし、ぼくは向上処置も受けていないばかな子だけど、いいよ。アドバイスでもなんでもする。なんでも聞いて」

「野原を通り抜けてマクベインさんの納屋まで行きたいんです。リックは少なくとも一度行っていますよね。ジョジーから聞きました」

「あそこにある納屋のことかい？　うんと小さいころ、ジョジーが病気になるまえに一度行ったな。そのあとも何度か行ったことがあるよ。ぼく一人で。特別なものじゃないよ。あそこまで散歩に行ったとき、日陰でひと休みできる場所、ってとこかな。あの納屋がジョジーを助けるのにどう役立つんだい」

「いまは打ち明けられません。秘密の可能性もあるので。マクベインさんの納屋に行くだけでも、やりすぎなのかもしれません。でも、やるだけはやってみないと、と思っています」

「マクベインさんと話したいの？　ジョジーの健康について？　あそこでマクベインさんと鉢合わせなんて、あったら奇蹟だよ。五マイル向こうの母屋に住んでて、最近はこっちにめったに来ないもの」

「マクベインさんと話したいわけではありません。でも、すみません、詳しくは言えません。言うと、ジョジーが受けとるはずの特別の助けが危険にさらされるかもしれませんから。でも、ぜひリックのアドバイスをください」わたしは向きを変え、二人でしばらく広い窓の外を見つめました。「教えてください。草の中を通って納屋まで行けるような道がありますか。いまリックの家まで来るのにたどったような？」

リックは立ち上がり、窓の前に行きました。「小道みたいなものはあるよ。日によって見つけやすかったり見つけにくかったりする。君もわかってるように、ちゃんとつくった道じゃないからね、誰かが手入れしてるなんてこともない。ときには、道全体が草ぼうぼうなんてこともある。でも、ある道が草だらけや泥だらけでも、普通、どっかに別の道が見つかるもんだ。年中、何本かは通ってるから。冬でもね」そして不意に、はじめて見るかのように、わたしの頭から足先までをじろじろ見はじめました。「AFのことはよく知らないから、君にああいう道がどうなのかよくわからない。よければ一緒に行ってやるよ。いまは口もきかない仲だけど、ほんとにジョジーの助けになるんなら、喜んで協力する」

「それはご親切に。ですが、わたし一人で行くべきだと思います。というのも、万一……」

「おっと……」突然、リックが向きを変え、ドアに向かいました。

家の中を動きまわる足音には、わたしももう気づいていました。その足音がいま廊下に出てきたようです。やがて、ヘレンさんが（そのとき、わたしはまだ名前を知りませんでしたが）部屋に入ってきました。ぐるっとあたりを見まわしながら、わたしには気づかなかったふうです。両肩に薄手のコートを羽織っています。オフィスで働く人が戸外で着るたぐいのコートで、それが肩から滑り落ちないよう、体の前でしっかり押さえながら、窓の下に置かれている木製のトランクまで歩いていきました。

「どこに置いたかねえ、おばかさんのわたし」と、トランクの蓋をあげ、中を探りはじめました。

「母さん、何探してるの」

母親が規則破りでもしたかのような不機嫌な声でした。リックはわたしの横に来て立ち、トランクの上に腰をかがめているヘレンさんをじっと見ていました。

「わかってるよ、お客さんなんだね」とヘレンさんが言いました。「わたしもすぐお相手するから」

腰を伸ばしてわたしたちに向き直ったとき、その手には靴の片方がありました。もつれた靴紐の先端に、もう片方がぶら下がっています。

「ごめんなさいね、マナーがなってなくて」と、まっすぐわたしを見て言いました。「ようこそ」

「ありがとうございます」

「あなたみたいなお客さん、どうもてなしたらいいのかしら。そもそもお客さんなのかしら。それとも掃除機みたいに扱えばいいの？　って、これこそ掃除機の扱いだったわね。ごめんなさい」

「母さん」と、リックがそっと言いました。

「ぐちゃぐちゃ言わないで。わたしなりにお客さんのおもてなしをさせてよ」

紐のもつれが解けたのか、ぶら下がっていた靴がトランクの中に落ちました。ヘレンさんはもう片方を手にもったまま、落ちた靴をじっと見ています。リックがいらいらしてきているのがわかり、早く立ち去って二人だけにしてあげたいと思いましたが、ヘレンさんがわたしに語りつづけました。

「あなたを知ってますよ。ジョジーのお友達でしょう？　とってもすばらしいんですってね。全部、クリシーから聞いてますよ。ここへはよく来るのよ。そうよね、リック？　どうぞ、おすわりなさい」

「ご親切にどうも。でも、そろそろ戻らねばなりません」

「わたしが来たからじゃないわよね？　楽しいおしゃべりを、と思ってたんだけど」

「母さん、クララには仕事があるんだよ。それに、母さんはまだくたびれてる」

「わたしは元気よ、リック。心配ありがとう」そしてわたしに向かい、「昨夜はちょっとおかしかったみたいなの。さて、クララ。わたしに興味津々でしょう？　あなたは何でも知りたいがる、ってクリシーが言っていた。わたしがイギリス人なのも、当然、もうわかってるわよね。訛りを特定する機能があるのかしら。それとも、わたしを透視して、遺伝子まで見られるのかしら」

「母さん、頼むから……」

「イギリスの方がよくお店に来られました」と、わたしは笑顔で言いました。「それで、AF全員がイギリス風の話し方に馴染みました。耳に心地よい話し方でしたし、わたしたちの面倒を見てくださった店長さんも、この話し方をよく学ぶように、と」

「ロボットが話し方のレッスンを受けてるなんて、考えるだけで楽しい！」

「母さん……」

「そうだ、レッスンといえばね、クララ——クララでいいのよね？——レッスンといえば、わが家でも問題になってるレッスンがあるのよ」

「母さん、それはやめて。クララには関係がない……」

「話させてよ、リック。ここにご本人がいるんだから。みすみす機会を逃す手はないわよ。それにね、おまえ、最近、家の中で態度が大きくなってて、とっても腹立たしい。さて、クララ、わたしの話、聞いてくれる気がある？」

「もちろんです」

リックは不快そうにして、立ち去りかけました。でも、部屋から出ていくことは、ドア口で思いとどまったようです。わたしが立っているところからだと、いま背中の一部と、両肘の後ろ側だけが見えています。

「ぼくは無関係だからね」と、廊下の誰かに言うような大きな声を出しました。

ヘレンさんはわたしに笑いかけ、さっきリックがすわっていたソファに腰をおろしました。薄手のコートの位置を片手で調整し、反対の手にはまだ靴をもっています。

「リックもまえは学校に行ってたのよ。昔風の本物の学校ね。けっこう荒れた学校だったけど、それなりにいい友達もできたの。だったわよね、リック？」

「ぼくを巻き込まないで」

「じゃ、なぜそこでうろちょろしてるのよ？　おかしいわよ、リック。出ていくか中に入るか、どっちかになさい」

リックは動きません。こちらに背を向けたまま、肩でドア枠に寄りかかっています。

「いろいろとあったけど、結局、ほかのできる子供たちにならって、リックも学校をやめて家庭教師についたわけ。ところが、もう知ってるかもしれないけど、そこで物事がややこしくなっちゃった」

ヘレンさんは突然黙り込み、わたしの肩越しに何かを見つめています。わたしの背後の広い窓の向こうに何かあるのでしょうか。わたしも振り返ろうとしたとき、また話がはじまりました。

「外には何もないわよ、クララ。ただ考えていただけ。ある出来事を思い出そうとしてね。ときどきそうなるの。リックに聞いてみて。そうなると、誰かにちょっと刺激してもらわないと抜けだせない」

「母さん、頼むよ……」

「どこまで話したっけ？　ああ、そうそう。ほかのできる子たちみたいにリックにも先生をつけて、画面を通して個人指導してもらう計画だったの。でも、もちろん――たぶん、もう知ってるでしょ？――いろいろと面倒なことになって、その結果はご覧のとおり。リック、ここからはおまえが話してくれる？　いや？　まあ、かいつまんで話すと、リックは向上処置を受けてないけど、一つだけ有望な選択肢があるの。アトラス・ブルッキングズっていう大学があって、少数だけど未処置の生徒を受け入れてくれるの。いまだに受け入れ方針を堅持してる唯一のちゃんとした大学ね。筋の通った教育態度は表彰ものよ。受け入れ数は毎年ごくわずかだから、当然、競争は激烈になるけど、でもリックは頭がいい。その気になってやれば――そして、わたしじゃ与えられない専門的な指導をちょっとだけ受けられれば――かなりのチャンスがあると思う。あるのよ、リック。そんなに否定的になっちゃだめ。問題は、個人指導の先生が見つからないこと。そういう先生はみんなＴＷＥの会員で、未処置の生徒をとっちゃいけないことになってる。それか、法外な料金を吹っかけてくる泥棒か、どっちか。どのみち、うちはそんな要求に応じられる境遇にはないんだけど。で、困った。そこにあなたよ。お隣にＡＦが来るって聞いて、わたし、すばらしいことを思いついたの」

「母さん、ぼくは本気だからね。その話はそこまで！」リックは部屋に戻ってきました。つまみ上げて運び出すような勢いで、母親のほうに進んでいきます。

「わかったわ、リック。そんなにいやなら、やめておきましょう」

リックはソファの前まで来て、にらむようにヘレンさんを見おろしています。ヘレンさんは居ずまいを少し直して、リック越しにわたしを見ています。

「さっきね、クララ、わたしが夢でも見ているのか、って思ったでしょ？　あれはね、夢じゃなくて、あそこを見てたの」そう言って、わたしの背後を靴で指し示しました。「でね、思い出してたの。あなたも後ろを向いて見てごらんなさい。いまは何にもない。でも、さっきはね、わたしが外を見ているとき、何かが見えたの」

「母さん」とリックはまた声をかけましたが、話題が変わったからでしょうか、その声からは切迫感が抜けていました。半分だけ体をわたしに向け、母親の視野を邪魔しないよう少し後ずさりしました。

「お天気だった」とヘレンさんが言っています。「午後の四時ごろよ。リックを呼んだら来てくれたから、リックも見てる。でしょ、リック？　遅すぎたなんて言ってるけど」

「何だったかなんてわからないよ」とリックは言いました。「全然わからない」

「わたしが見たのはクリシーよ。ジョジーの母親。ちょうどあのあたりで草から出てくるのを見たの。誰かの腕をとっていた。われながら説明がなってないと思うけど、言いたいのはね、その誰かさんは逃げようとしてるように見えたってこと。それをクリシーが追っかけてきて、ようやくつかまえたけど、完全に止めることができなくてね、それで草の中から転がりでてきた、ってところかしら。うん、そんな感じ。ちょうどあそこよ。草の中からうちの土地へ転がりでてきたの」

「あの日の母さんは、かならずしも物事を正確に見られる状態じゃなかったと思う」

「見られましたとも。完璧よ。リックはこの話が好きじゃないから、だからいろんな難癖をつけてくるのよ」

「ジョジーのお母さんが子供と草の中から出てきたということですか。ジョジーではない子供と?」

「クリシーはその子を引き戻そうとしてたわね。そして、ある程度、抑えられたと思う。ちょうどあそこよ。クリシーがその女の子の体に両腕をまわしてた。タイミングからして、リックもその部分は見られたはずよ。で、二人ともまた草の中に消えてった」

「誰だったかなんて、わからないよ」リックもやや緊張が解けたのか、母親の横にすわり、わたしの背後の窓の外を見ていました。「一人はジョジーのママだった。それは認める。けど、もう一人はなあ……」

「そっちはサリーに見えたわよ」とヘレンさんが言いました。「ジョジーの姉さん。だからリックを呼んだの。あれはね、サリーが死んだとされてから二年後のことよ」

リックは笑い、片腕を母親の肩にまわすと、愛情を込めて抱き寄せました。ヘレンさんの薄手のコートが引っ張られてゆがみました。「母さんにはおもしろい理論があるんだよ。サリーがまだ生きていて、あの家の戸棚に隠れ住んでる、とか」

「そんなことは言ってませんよ、リック。そんなこと、本気で言ったつもりはないわ。サリーは亡くなりました。大変な悲劇よ。あの子の思い出を冗談の種にするなんて、愚かもいいとこ。わたしが言ってるのは、クリシーから逃げようとしてるところを見たあの子、あれがサリーに似てたってこと。それだけ」

「でも、とても不思議な話ですね」と、わたしは言いました。

「なあ、クララ」とリックが言いました。「君がどうなったか、ジョジーが心配しだすころじゃないか」

「あら、でもまだ帰せませんよ」とヘレンさんが言いました。「だって、いま思い出した。わたしたち、リックの教育の話をしていたんだった」

「母さん、ストップ。それ以上はだめ」

「でも、おまえ、せっかくクララがここにいるんだし、ぜひ話しておかなくちゃ。おや、これは何？」ヘレンさんは、ソファにあったジョジーの絵に気づきました。リックが封筒の上に伏せておいたあの絵です。

「だめ！」ヘレンさんの手が届くまえに、リックがひったくるように絵を取り上げ、立ち上がりました。

「ほら、まただ。おまえがこの家の主のつもりかい？　よくない態度だよ」

ヘレンさんに背を向け、何をしているかわからないようにして、リックはジョジーの絵を注意深く封筒に戻し、部屋を出ていきました。今度はドア口で立ち止まりません。断固とした足取りで歩いていく音が廊下から聞こえてきます。玄関のドアが開き、バタンと閉じる音が響きました。

「外の空気を吸えば落ち着くでしょう」とヘレンさんが言いました。「妙に閉じこもっちゃって、ジョジーのお見舞いにも行かないなんて」

ヘレンさんは、また、わたしの背後にある広い窓の外をじっと見つめています。わたしも振り向くと、ポーチに立つリックが見えました。ポーチからおりていく木の階段の手すりに寄りかかり、お日さまの光模様を全身に浴びながら、目の前に広がる野原を見ています。風で髪の毛が乱れていますが、身動きもせずに立っています。

ヘレンさんはソファから立ち上がり、わたしの方向に何歩か歩いてきました。いま、窓の前でわたしと並んで立っています。背はジョジーの母親より二インチほど高いでしょうか。でも、猫背です。ジョジーの母親は背をしっかり伸ばして立ちますが、ヘレンさんの背中はゆるやかな曲線を描いて前傾しています。まるで、背の高い草が風に押され、一方になびいているようです。この瞬間、ヘレンさんの全身は分割されておらず、窓からの光で、顎とその周辺に白く短い毛が生えているのが見えました。

「ちゃんと自己紹介してなかったわね。ヘレンと呼んでちょうだい」と言いました。「失礼ばっかりでごめんなさいね」と。

「いいえ、ご親切に感謝しています。それより、わたしが来たことで、面倒なことになっていませんか」

「ううん、しょっちゅうあることよ。ところで、聞かれるまえに答えておくわね。答えはイエス。わたしはイギリスが恋しい。とくに生け垣がね。イギリスじゃ――というか、わたしが育ったあたりだと――周囲は一面緑で、それが生け垣で仕切られていたの。生け垣、生け垣、いたるところ生け垣で、とてもきちんとしていた。ここはどう？　行けども行けども果てしない。きっとどこかに柵でもあるんでしょうけど、誰にもわかりゃしない」

ヘレンさんが一息つき、わたしが引き継ぎました。「はい、柵があります。この野原は三つの草原からなっていて、柵で仕切られています」

「柵なんて一瞬で壊せちゃう」とヘレンさんは言いました。「別の場所に新しい柵をつくったら、土地区画そのものだって一、二日で簡単に変更できるしね。柵で囲った土地なんてほんの一時的なもの、舞台装置を変えるくらい簡単に変えられる。わたしね、昔は舞台に立ってたの。まともな劇場もあったし、ひどい劇場もあった。柵って、結局のところ舞台設定と同じよ。その点、イギリスはいいわね。生け垣があるだけで、土地から歴史が感じられるもの。女優だったときのわたしって、台詞を忘れたことがなかったのよ。周りは台詞を忘れるぼんくらばっかりで、結局、いい俳優にはなれなかった。わたしは絶対に忘れなかった。一行たりともね。わたしが見たあれは何だったんでしょう。もう何年もクリシーに聞こうと思ってたの。彼女、ときどき立ち寄って、楽しくおしゃべりしていくから。何度も尋ねてみようと思ったけど、最後のところで躊躇してしまう。いまはやめとこう、って。結局、わたしには関係ないことだものね」

「お母さまはリックの教育について話し合いたかったのではないですか」

「ヘレンと呼んで。そう、そうよ。さっき見たとおり、リックはその話題に触れることすらいやがる。要するに、あなたに助けてもらいたいってことなんだけど、きっとまずクリシーに頼むべきだとは思うのよね。それかジョジーに。正しい手順というか、そこんところがよくわからないんだけど、掃除機を借りるときなら……でも、それは違うわよね。ごめんなさい、わたし、マナーがなってなくて。リックに必要なのはちょっとした指導なの。教科書なら最高のを買い与えてある。子供の向上処置なんてものが行われる以前の教科書だから、リックにはぴったりなの。でも、どの教科書も、個人指導を前提に書かれている。リックには能力がある。とくに物理学とか工学とか、そっちの方面にね。でも、教科書を勉強してて、ときどきわからないことにぶつかったとき、説明してくれる人がいないわけ。で、リックの意欲がそがれてしまう。ジョジーに教えてもらったら、って以前はよく勧めたんだけど、それを言うとすごく不機嫌になるのよ」

「ヘレンさんは、わたしにリックの勉強を手伝ってほしい、と?」

「ただの思いつき。教科書なんて、あなたには子供の遊びも同然でしょ? 将来にわたってどうのこうのじゃなくて、試験に合格すればいいだけの話なの。リックには絶対にアトラス・ブルッキングズに入ってほしい。あの子に開かれてる唯一のチャンスなんだもの。でも、やっぱり、まずクリシーに尋ねるべきね」

「リックがアトラス・ブルッキングズ大学に行けるなら、とてもいいことです。そのためなら、喜んで——ジョジーのお世話の邪魔にならない範囲で——リックの手助けをします。リックがまたジョジーに会いにくるようになれば、教科書持参で来られるのではありませんか」

わたしの答えは、ヘレンさんを満足させなかったようです。ずっと身動きもせずにポーチに立ちつづけているリックを見て、やがてこう言いました。

「正直に言うとね、ほんとの問題はそこではないとも思うのよ。もちろん、個人指導は助けになるわ。でも、当面の最大の問題は、わが家を取り巻く全体状況なのかもしれない。リックにはやる気がないの。全力を出しきればチャンスは大きいと思うし、わたしにはリックを助けるための秘密兵器もあるしね。アトラス・ブルッキングズなんだから、いくらでも背中を押してやりたい。でも、リックはやりたがらない。本気になれない。そして、それはわたしのせい」

「ヘレンさんのせい？」

「わたしを一人だけここに残して行けないと思い込んでるのよ。もちろん、わたしは一人で大丈夫。でも、リックはわたしが無力だと思いたがる。自分がいなければ、わたしがいろんな面倒に巻き込まれる、なんてね」

「アトラス・ブルッキングズ大学は遠いのですか」

「車で一日ってところかしら。でも、距離の問題じゃないのよ。わたしを一人にしておけるのは一時間が限度だと思ってる。一度に一時間しかわたしを一人にしておけないなら、どうやって大人になって、世界に出ていけるっていうの？」

外では、リックが草原に向かって板造りの階段をおりはじめました。白昼夢でも見ているようにゆっくり歩いています。一方の腕を胸に当て、動かさないでいるのは、まだジョジーの絵を抱いているからでしょう。リックの頭と肩がしだいに視界から外れていくなかで、ヘレンさんが言葉をつづけました。

「ほんとうにあなたに頼みたかったことはね、クララ、じつはもっと深いことなの。リックを説得するよう、ジョジーに頼んでみてもらえないかしら。態度を変えさせられるのは、あの子しかいないと思う。知ってのとおり、リックはとっても頑固だし、それに怖がってるとも思うの。怖がるのは当然よ。世の中に出るって並大抵のことじゃない。でも、そんな見方を変えさせられるのは、ジョジーしかいない。ね、話してみてもらえる？　あなたならジョジーへの影響は大きいから、わたしのためにやってみてくれないかしら。一度話してみるだけじゃなくて、何度も何度も頼んで、リックに働きかけてもらうの」

「もちろん、喜んでそうします。でも、ジョジーはもうそのとおりのことをやっていると思います。いまちょっと不仲になっているのも、じつはジョジーがその問題でリックに強く迫りすぎたのが原因なのかもしれません」

「それは初耳。でも、それがほんとうなら、いまあなたに頼んだこと、いままで以上に重要になったわね。だって、ジョジーは仲直りを優先して、圧力を弱めるかもしれないでしょう？　そもそもそんな態度をとったことが間違いだった、なんて思いかねないわよ。これは、どうしても話してもらわなくちゃ。我慢のしどころだって伝えて。リックが癇癪起こしても気にするな、って。あら、どうかした、クララ？」

「すみません。少し驚いてしまって」

「驚いた？　なぜ驚くの？」

「あの……正直に申し上げて、わたしが驚いたのは、リックについてのヘレンさんの頼みが本心のように聞こえたことです。わざわざ自分を孤独にするような頼みをする人がいることに驚きました」

「それに驚いたって言うの？」

「はい。つい最近まで、人間は孤独になるような選択はできないと思っていましたので。なのに、さびしさや孤独を避けたいという願いより強い思いもあったのか、と」

ヘレンさんは笑顔になりました。「あなたはやさしいのね。言葉にはしなくても、あなたの頭の中に何があるかはわかるわ。息子に向けた母親の愛情とか、孤独の恐れさえ乗り越える気高い思いとか？　それは間違いじゃないかもしれない。でもね、わたしのような人生を送っていると、孤独を選びたくなるいろんな理由があるのよ。過去にだって、何度もそんな選択をしたことがある。たとえば、リックの父親と一緒に暮らさないことにしたときとかね。悲しいことに……って、リックは全然覚えていないでしょうけど、もう亡くなってる。それでも、しばらくはわたしの夫だった人だし、それに、まったく役立たずってわけでもなかった。人もうらやむ暮らしとは言えなくても、なんとかこうやって暮らしていけるのも、あの人のおかげだし。おや、リックが戻ってくるわ。いや、違う。もうちょっと外にいて、ふてくされていたいみたいね」

たしかに、リックはいま板造りの階段をのぼってきて、家の方向をちらと見ましたが、またわたしたちに背を向け、いちばん上の段に腰をおろしました。

「そろそろ戻らねばなりません」とわたしは告げました。「話しにくいことも話してくださって、ヘレンさんの親切に感謝します。先ほどの話、ジョジーに頼んでおきます」

「何度も繰り返してね。リックにとって唯一のチャンスだもの。さっき秘密兵器って言ったけど、あいだに立ってくれる人がいるの。今度クリシーとジョジーが肖像画のことで街に行くとき、リックとわたしも連れていってもらおうかしら。そうしたら、リックはわたしの秘密兵器に会えて、好印象をもってもらえるかもしれない。その人のことはね、クリシーにはもう話してあるの。でも、リックが態度をあらためてくれないと、すべては水の泡ね」

「わかりました。では、失礼して、帰ります」

ポーチに出ると、板と板の隙間から出入りする風を感じます。さっきより強くなっているようです。野原はもうボックスに分割されておらず、地平線にいたるまでの全体が一つの鮮明な光景として目に入ってきます。いつもとは見る角度が違っているのに、マクベインさんの納屋はわたしが思うとおりの位置にあります。ただ、ジョジーの部屋の奥の窓から見るのとは、形が少し違っています。

蜘蛛が巣を張っている冷蔵庫を通り過ぎ、リックがすわる階段の最上段まで歩きました。まだ怒っていて、わたしを無視するのではないかと思いましたが、やさしい目を向けてくれました。

「わたしのせいでごたごたして、すみませんでした」とわたしは謝りました。

「君のせいじゃないよ。しょっちゅうああなるんだ」

二人でしばらく目の前の野原を見ているうち、リックも、わたし同様、マクベインさんの納屋を見ていることに気づきました。

「君は何か言ってたよね」とリックが言いました。「母さんがおりてくるまえさ。理由があって、ぜひあの納屋に行ってみたいって？」

「はい。それも、ぜひ夕方に。タイミングを合わせて行くことが重要です」

「それで、ぼくが一緒に行くのは望まない、と？」

「とても親切な申し出ですが、マクベインさんの納屋に通じる自然の道があるのなら、一人で行くのが最善と思います。いくら注意してもしすぎることはありませんから」

「わかった。君がそう言うなら」そう言って、わたしを見あげました。目を細めるようにしたのは、顔に当たるお日さまの光模様のせいもあるでしょうが、あらためてわたしをじっくり観察しているふうもありました。はたして、わたしに行き着く力があるかどうか……。「なあ」と、やがて言いました。「どういうことか皆目見当がつかないが、ジョジーの助けになるのなら、うまくいくことを願うよ」

「ありがとうございます。では、家に戻ります」

「ところで、ずっと考えてたんだが……絵はとっても気に入った、くらいは言ってくれてもいいかな。ありがとう、って言っておいて。差し支えなければ、そのうち自分で行って、この口で伝えたい、ともね」

「ジョジーが聞けば、とても喜びます」

「たぶん明日にでも」

「ええ、ぜひ。では、失礼します。今日はお訪ねしてほんとうによかったです。有益なアドバイスをありがとうございました」

「じゃ、またな。気をつけて、クララ」

＊

リックに言ったとおり、マクベインさんの納屋へ行くのはタイミングがすべてです。その日二度目の外出で、砂利の上を歩いて額縁に似た門に向かっているとき、一瞬、計算を間違えたかと恐れました。前方では、お日さまがもうかなり低くなっています。そして二番目と三番目の草原がまだあって、それが最初の草原と同様に通りやすいという保証はありませんから。

出発したときは不安などありませんでした。リックの家へつづく小道は朝からあまり変わっていませんでしたし、今度は両手が使えます。ところが、実際に両手で草を押し分けながら進んでいくと、夕方とあって羽虫が舞い上がりました。目の前を無数の虫が飛び交っていて、神経質そうに位置を入れ替えながらも、密集状態を解消してくれる気はなさそうです。

時間までにマクベインさんの納屋に行き着けるでしょうか。わたしは急に心配になり、リックの家の前に出ても、ちらと見るだけでそそくさと通り過ぎました。小道を先へ急ぎ、これまで来たことがないところまで来て、さらに額縁型の門をもう一つくぐると、草の丈がぐんと高くなりました。納屋は隠れて、もう見えません。草原はいくつものボックスに分割され、その大きさもさまざまです。先へ進みながら、ボックス間の雰囲気の違いにも悩まされました。あるボックスでは草が柔らかく、簡単に曲がってくれて、地面も歩きやすいのに、つぎのボックスに移ったとたん、すべてが暗くなり、草はいくら押しても場所を譲ってくれず、周囲に奇妙な音が充満します。そんなとき、わたしの心は恐れでいっぱいになります。大変な計算違いをしていたのではないか、いまやろうとしていることは、お日さまのプライバシーの侵害にならないだろうか、こんな努力をしたあげく、そのせいでジョジーがもっと悪くなったらどうしよう、など……。一つ、とりわけ意地悪なボックスがあって、その中を移動しているあいだ、苦しがる動物の鳴き声が周りに響いていました。唐突にローザの姿が浮かんできたりもしました。どこか戸外のでこぼこした地面にすわっています。硬直した両脚を前方に投げ出し、一方を両手でつかもうとしています。周囲に散らばっている小さな金属片は何でしょうか。そんなローザの姿は一瞬見えただけですぐに消えましたが、動物の鳴き声はいつまでもやまず、わたしは足元の地面が崩れていく感覚に襲われました。モーガンの滝に行く途中に出会った恐ろしい雄牛が見えます。あの雄牛も地下から出現した動物だったでしょう。一瞬、お日さまは親切でもなんでもなかったのだ、ジョジーの病状悪化のほんとうの原因はお日さまの不親切だったのだ、とさえ思いました。何がなんだかわからない混乱状態のなかで、わたしは必死で一つの思いにすがりつきました。もっと親切なボックスに移るまでの我慢。移れば乗り切れる。移れば安全になれる、と。それに、わたしを呼ぶ声があることにも気づいていました。何かが見えます。

道路工事の標識に使われるような円錐形の物体が、少し先の草の中に置いてあって、声はその背後から聞こえてきます。物体に向かって歩いていくと、それが一個ではなく、実際には二個の円錐体であることがわかりました。一つがもう一つにかぶさっていて、上の円錐体が、通る人の注意を引くように前後に揺れています。

「クララ！　こっち、こっちだ！」

近づくと、それは円錐体などではなくリックでした。片手で草を押さえ、反対側の手をわたしに向かって伸ばしています。リックとわかって元気づき、わたしはそちらに向かって歩こうとしました。でも、足がどんどん沈んでいきます。ここで一歩でも踏み出すと、バランスを失って地面に倒れそうです。それに、リックは手が触れるほど近くにいるように見えて、実際はきっと違うでしょう。二人のボックスを隔てている境界は、一筋縄では越えられそうにありません。それでも、リックはわたしに向かって手を伸ばしつづけてくれています。腕が境界に突き込まれ、光の屈折のせいなのか、こちらのボックスに入り込んだ部分が長く、曲がって見えます。

「クララ、さあ！」

わたしはもうあきらめていました。このまま地面に倒れる。お日さまはわたしに腹を立てていて、たぶん不親切。ジョジーはわたしにがっかりしている……。もう何がなんだかわかりません。でも、リックの腕がさらに長くなり、さらに曲がって、ついにわたしに触れました。倒れかけた体が止まり、足が少し安定しました。

「その調子、クララ。こっちだ」

リックがわたしを導いてくれました。いえ、運び出してくれたと言うほうが正確でしょうか。親切なボックスに移り、お日さまの光模様をたっぷり浴びると、考えの混乱が収まりました。

「ありがとうございました。助かりました」

「窓から君が見えたんだ。大丈夫かい？」

「はい、もう大丈夫になりました。この野原は予想以上の難関だったようです」

「こういうちっちゃな溝がやっかいなんだよな。上から見てたら、君が窓ガラスの周りをブンブン飛びまわる蝿みたいだった。おっと、これはとんでもなく失礼なたとえだな。ごめん」

わたしは笑い、「自分でも愚かしかったと思います」と言いました。そして目的を思い出し、お日さまの位置をたしかめようと上を向きました。リックを見て、「今回の納屋訪問はとても重要です」と言いました。「でも、時間の見積もりを誤ってしまって、今日は予定の時間に着けそうにありません」

草の丈がまだ高すぎて、マクベインさんの納屋を遠方に見ることはできません。でも、リックはまっすぐその方向を向き、片手を額にかざしています。リックの背丈があれば見えるのか、とそのとき気づきました。

「戻ったときの言い訳が難しくなっても、もっと早く家を出るべきでした」と、わたしは言いました。「実際にはジョジーのお昼寝の時間まで待ってしまいました。新しい用事でまたリックの家に行く、とメラニアさんに信じてもらう必要もありましたし。それでも間に合うと思ったのですが、この野原の難しさは予想以上でした」

　リックはまだマクベインさんの納屋を見ています。「時間までに着けそうにないって何度も言ってるけど、いったい正確にはいつ着けばいいんだい？」と言いました。

「お日さまがマクベインさんの納屋に到着する時刻です。眠りにつくまえでなければなりません」

「なあ、ぼくには何のことかさっぱりだが、訳あって詳しくは話せないって言うなら、それでもいい。でも、よければ、君をあそこまで連れてってやれるよ」

「ご親切に。でも、リックの手助けがあっても、もう遅すぎると思います」

「手を引いてやろうってんじゃない。背中におぶって、運んでやるよ。まだ距離はあるけど、急げば間に合うと思う。どう？」

「ほんとうに？」

「重要だ、重要だって言うからさ。ジョジーにとって重要なら、もちろん手伝いたい。ぼくに理解できない話なんて、いつものことだしな。行くなら、急がねば」

　リックは後ろを向き、しゃがみました。これで背中に乗っかればいいのだ、とわかりました。すぐに背中に張りつき、腕と脚でつかまると、リックが動きはじめました。

おぶわれると目の位置が高くなります。夕方の空と、前方に立つマクベインさんの納屋の屋根がよく見えました。リックの動きには迷いがありません。草を押し倒すように進んでいきます。わたしを背負うのに両腕を使っていますから、草をなぎ倒すのは頭と両肩です。草を分けるのにわたし自身ができることはほとんどなく、とても申し訳なく思いました。

*

リックの頭越しに前方を見ると、いつの間にか空が不規則な形状の小部分に分割されていました。いくつかはオレンジ色やピンク色に輝き、その他は夜空の断片なのでしょうか、隅や縁にお月さまの一部を含んでいます。リックが前進するにつれ、その断片どうしが重なり合い、弾き合います。また一つ、額縁型の門がありました。それをくぐり抜けても、空の断片の弾き合いはつづいています。草の様相も変わりました。これまで柔らかく風になびいていた草が、いまは平らな板のようになって立ちはだかってきます。街路に立つ看板のような重い板に見えて、あんなものに突っ込んでいったら、リックが怪我をすることは必至です。恐ろしいと思った瞬間、空と草原の断片化が解消されました。全体がまた一つの大きな絵になって、マクベインさんの納屋が前方に大きく見えてきました。

わたしの心の中で不安がふくらみ、もはや無視できないほどになっていました。いったいお日さまは、ほんとうにあの納屋を休息所にしているのでしょうか。リックが助けにきてくれるまえから、それが気になってしかたがありませんでした。あそこが休息所だと言いだしたのは、わたしです。ジョジーと一緒に奥の窓から外をながめているとき思いついたことでした。間違っていたらわたしの責任で、どの段階でもジョジーがわたしを誤らせたということはありません。それでも、いまこうして懸命にたどり着こうとしている先がお日さまの休息所ではなく、ほんとうはもっと遠いどこかにあるのだとしたら、それはただ落胆してすむような話ではありません。

でも、目の前のものを見てしまうと、不安が的外れでなかったことを認めざるをえないようです。マクベインさんの納屋は、これまで見たどんな建物とも違っています。家というより、建設中の家の外殻と言ったほうが当たっているでしょうか。灰色の屋根があり、型通りの三角部分があって、その全体が左端と右端の暗い壁で支えられています。でも、屋根のすぐ下をぐるりと取り巻く壁状の構造を除けば、この建物には前にも後ろにも壁がありません。防ぐものがない以上、風は内部を自由に通り抜けているでしょう。お日さまはいま納屋の背後に移動していますが、こうしてわたしたちが近づいているいまも、背後から何にも邪魔されず光を送ってきています。

ちょっとした空き地に出ました。リックの家が立っている空き地と似た感じの場所で、もともと草は生えていたのでしょうが、いまは足の甲あたりの高さまでに刈り取られています。たぶん、マクベインさんご自身が刈ったのでしょう。とても巧みに刈られていて、納屋の入り口に向かって何やら模様ができているのがわかります。納屋の背後からお日さまの光が射し、納屋全体の影が短い草の上をわたしたちに向かって伸びてきています。

無礼だったかもしれませんが、わたしは両腕と両脚に力を込めて、リックに緊急の合図をし、「止まってください」と耳にささやきました。「止まって。おろしてください」

そっとおろしてもらい、しばらく、リックと二人で目の前の光景をながめました。この納屋がお日さまの休息所でないことは、もう明らかです。でも、わたしは一つの可能性にすがることにしました。真の休息所がどこにあるにせよ、マクベインさんの納屋は、きっとお日さまが一日の最後にかならず訪れる場所なのだと思います。就寝前のジョジーがかならずバスルームに行くように、きっとそれと同じように……。

「ありがとうございました」と、戸外ではありましたが声を低くして、リックに感謝しました。「でも、ここからはわたし一人で行くのがいいと思います」

「それはいいが、ぼくはここで待ってようか？　どのくらいかかると思う？」

「リックは家に戻ってください。ヘレンさんが心配しますから」

「母さんなら大丈夫。たぶん、君を待つのがいいと思う。さっき、ぼくが来るまでのことを考えるとね。しかも、帰りはたぶんもう暗くなってるはずだし」

「それでもなんとかします。リックには十分すぎるほどお世話になりました。それに、こうして立っているだけでもプライバシーの侵害なのかもしれませんし、一人に越したことはありません」

リックはもう一度マクベインさんの納屋を見て、肩をすくめました。「わかった。やることが何であるにせよ、君に任せるよ」

「ありがとうございます」

「幸運を、クララ。ほんとに」

リックはわたしに背を向けて高い草の中に分け入っていき、すぐに見えなくなりました。

一人になり、あらためて自分のなすべきことを考えました。そして、ふと思ったことがあります。もしほんの五分前にここを通りかかった人がいて、納屋の真ん前に立ったとしたら、その人は広く開いた建物の横腹を通して、夕方の空と草原の広がりを見ることができたでしょう。それだけでなく、いまは影で覆われている納屋の内部も、ずっとよく見えたはずです。でも、いまお日さまの光を真正面から受けているわたしには、箱のようなぼやけた形がいくつか積み重なっている様子が見えるだけです。そして、あらためて強く思わされました。お日さまはたしかにとても寛大な方でしょう。それでも、わたしがこれからやろうとしていることにはリスクがあります。全身全霊で集中することが求められるでしょう。背後に草原を渡る風の音と、遠くで鳴く鳥の声が聞こえます。わたしは考えを整理しながら、刈られた草の上をマクベインさんの納屋に向かって歩きました。

内部はオレンジ色の光で満たされていました。干し草の細かな粉塵が空中に漂って、夜に飛び交う羽虫のようです。お日さまの光模様が納屋の木の床に広く落ちています。振り返ると、わたし自身の影が細く高い木のように後ろに伸びて、風に吹かれ、いまにも折れそうに見えます。

*

周囲を見まわすと、いくつか奇妙なことが目につきます。まず、明暗のコントラストがとても強烈なことです。そのせいで、納屋に入ったとき視覚の調整に少し時間がかかりました。それでも、納屋の外から干し草が見えていたこともあって、その束が納屋の左側に積んであることはすぐわかりました。束が並び、その上にまた束が積み重ねられて、干し草の平らな山をつくっています。高さはわたしの肩くらいですから、簡単にのぼれるでしょう。通りかかった人がてっぺんに寝転がり、ひと休みしていくこともできそうです。この干し草の山と奥の壁とのあいだには、少し距離が置かれています。マクベインさんは、たぶん、必要なら壁際からも作業ができるようにしたかったのでしょう。こちら側から干し草越しに奥の壁を見ると、お店にあった赤い棚が見えました。壁の端から端まで渡してあって、そこにさかさまに伏せたセラミックのコーヒーカップが並んでいるところも、お店と同じです。

納屋の反対側、右手に目をやると、影がもっとも深いあたりの壁に、お店の店頭アルコーブとそっくりの場所が見えました。そっくりもそっくり、実際に行ってみれば、あの影の中に誰かAFが立っていそうです。店長さんがどう言おうと、この場所こそ、来店したお客様が最初に見る場所だ……きっと、そういう思いで誇らしげに立っていることでしょう。

また、アルコーブほど遠くではありませんが、やはり右手のかなり奥のほうに、小さな金属製の折りたたみ椅子がありました。この納屋で唯一家具と呼べるもので、いま、開いた状態で置いてあります。そこにお日さまの光が斜めに射していて、明るい部分と影の部分がくっきり分かれています。この椅子もまた、店長さんがいつも奥の部屋に保管し、何かのおりに店内で使っていた椅子を思い出させます。ただ、こちらの椅子はあちこちのペンキが剝がれ、下の金属がのぞきはじめています。

お日さまを待つあいだ、あそこにすわらせてもらっても失礼にならないでしょうか。わたしは少し考えて、大丈夫だろうと結論しました。でも、実際にすわったとき――すわれば見る角度が変わりますから、周囲の光景に何らかの変化が起こるだろうとは予測していましたが――いきなりすべてが断片化されたのには驚きました。いつものようなボックス群への分割ではなく、不規則な形状をした小部分への断片化です。いくつかの断片にはマクベインさんの農具の一部が含まれています。たとえば、あれにはショベルの柄、こちらには金属はしごの下半分といった具合です。並んで置かれた二個のプラスチック製バケツの口だとわかる（それ以外ではありえないとわかる）断片もありましたが、光の当たり具合が悪く、一見すると交差する二個の楕円にしか見えません。

お日さまはすぐ近くまで来ています。わかります。お客様をお迎えするときのように立ち上がるべきでしょうか。瞬間、そうしたい衝動に駆られましたが、でも、すわったままのほうがプライバシーの侵害の度合いが低く、お日さまもきまり悪がらずにすむだろうと思いました。わたしは折りたたみ椅子の形状に合わせ、すっぽり収まるように体を縮めて、すわったまま待ちつづけました。お日さまの光の束がますます太く、ますますオレンジ色になり、目の前を漂う干し草の粉塵がずいぶん増えてきたようです。この強い光で照らされて干し草の山から粉塵が剝がれ落ち、空中に舞い上がるのでしょうか。

そして思いました。もしわたしの考えが正しく、真の休息所に向かって移動中のお日さまが、この瞬間、マクベインさんの納屋を通過しているのなら、もう礼儀正しさにこだわっている余裕はありません。このチャンスを大胆につかみ取らないと、これまでの努力とリックの手助けが無駄になってしまいます。わたしは急いで考えをまとめ、語りはじめました。実際に声に出してしゃべるわけではありません。お日さまには、そんな必要はないでしょう。でも、意味が明確に伝わることは必要です。わたしは心の中で、すばやく、静かに、言葉というより思いを具象化していきました。

「ジョジーを治してください。あの物乞いの人にしたように」

頭を少し上げると、農具や干し草の山の断片と並ぶように何かが見えました。交通信号機の一部と、リックがつくった鳥型ドローンの翼の一部でしょうか。同時に「そんなことはできませんよ」と言う店長さんの声、「欲張りすぎだよ、クララ」と言う男子AFレックスの声が聞こえました。でも、わたしはこう反論しました。

「でも、ジョジーはまだ子供です。意地悪なことは何もしていません」

そのとき、モーガンの滝でピクニックテーブルの向こうから探るような視線を向けてきたジョジーの母親と、自分の草原の前を何の権利があって通るのかと激怒していたあの雄牛を思い出し、わたしはとても怖くなりました。休息に向かおうとするお日さまの通り道にこんなふうに割り込んだことで、お日さまを怒らせてしまったのではないでしょうか。わたしは心の中でおわびの言葉を組み立てました。影はますます長くなり、顔の前に指を広げれば、その影が納屋の入り口まで届くほどになっています。いま、お日さまがジョジーのことで何か約束することに乗り気でないのは明らかです。いくら親切心にあふれたお日さまでも、まだジョジーをその他大勢から――汚染と思いやりのなさでお日さまを怒らせた人々を含むその他大勢から――区別することができていないのですから。なのにこんなお願いをしにこの場所へ来た自分を、わたしは突然愚かしいと感じました。納屋はいっそう強烈なオレンジ色の光で満たされ、またローザが見えました。ローザは苦痛にゆがんだ表情で固い地面にすわり、前に投げ出した脚に触れようと手を伸ばしています。わたしは頭を垂れ、体を思いきり縮めて、折りたたみ椅子の形状の中に身を隠そうとしました。でも、そのとき思い出しました。お日さまにお願いできるチャンスはいましかありません。そのチャンスが飛び去ろうとしています。わたしはまた勇気をふりしぼり、思いを言葉らしきものにして、一気に心に押し込みました。

「ここに来ることがどれほど厚かましく、無礼だったか、よくわかっています。お日さまがお怒りになるのは当然ですし、わたしのお願いなど考える気にならないとおっしゃっても文句は言えません。それでも、あなたの寛大さにおすがりします。一瞬だけ、休息所への移動を遅らせていただけませんか。もう一度、わたしのお願いを聞いていただけませんか。何かお日さまに喜んでいただけること、お日さまを幸せにできることがあって、もしわたしがそれをやったなら、ジョジーに特別の配慮をしてくださることはできませんか。あのとき、あの物乞いの人と犬にやってくださったように？」

そんな言葉がわたしの心の中を動いていくとき、周囲で明らかに何かが変わりました。納屋の中はまだ強烈な赤い光に満ちています。でも、そこに穏やかな何かが加わったように見えます。周囲はさまざまな形状に断片化されたままですが、その断片が今日最後のお日さまの光の中を漂いはじめました。あそこに見えるのはお店にあったガラスの陳列台の下半分でしょう。あのキャスターには見覚えがあります。ゆっくりと上昇していって、やがて同様に舞う隣の断片の背後に消えていきました。顔を上げて周囲を見まわすと、恐ろしい雄牛はもう痕跡も残っていません。これは、思いを届ける機会を与えられたということでしょうか。せっかくの機会なら、もう一瞬も無駄にすることはできません。わたしは言葉にする時間も惜しみ、ひたすら先へ思いを進めました。

「お日さまが汚染をとても嫌い、汚染にどれほど悲しみ、怒っておられるか、わたしは知っています。そして、汚染を生みだす機械もこの目で見て、知っています。もし、わたしが何とかしてこの機械を見つけだし、壊すことができたら、汚染を終わらせることができたら、お日さまはジョジーに特別な助けを与えてくださいますか」

納屋の内部が暗くなってきました。これはとてもやさしい暗さです。無数の断片はやがて消え、納屋内部の断片化が解消されていきます。お日さまはすでにここを通り過ぎていきました。わたしは折りたたみ椅子から立ち上がり、はじめてマクベインさんの納屋の裏口まで歩いてみました。ここに立つと、納屋の背後に野原がさらに広がっているのが見えます。でも、ある程度行ったところに立木の列があって、これが一種の柵の役割をしているようです。その立木の柵の向こうにお日さまが沈んでいきます。くたびれて、もう強烈な輝きはありません。空が夜に変わり、お星さまが見えてきました。休息所に向かうお日さまが、わたしにやさしくほほ笑みかけてくれているのがわかります。

わたしはお日さまへの感謝と敬意を胸に、最後の輝きが地面の下に消えていくまで裏口に立ちつづけました。それからマクベインさんの納屋の暗い内部を歩き、来たときの足跡を逆にたどるようにして、納屋を立ち去りました。

*

草原にまた分け入ると、高く伸びた草がやさしくざわめきます。暗闇に野原を歩くなど、思ったただけで身がすくむようなことですが、さっきの出来事に気分が昂揚していて、ほとんど恐ろしさはありませんでした。でも、足元で地面がでこぼこしています。前方にひそむ危険にあらためて警戒心を呼び覚まされたとき、不意に近くからリックの声が聞こえ、わたしはほっとしました。

「君かい、クララ？」

「どこですか」

「こっち、君の右手だ。まっすぐ帰れと君には言われたけど、無視することにした」

声の方向に動くと、たちまち高い草がなくなって、また空き地がありました。ここは掃除機でつくったような空き地です。小さな円形になっていて、生えている草はやはり靴の高さほどしかありません。細く削られたようなお月さまが夜空にかかり、その下にリックがすわっていました。地面にじかにすわっているように見えて、実際には地面に半ば埋まった大きな石があり、そのてっぺんにすわっています。落ち着いた様子で、わたしに笑顔を向けていました。

「待ってくださって、ありがとうございます」とわたしは言いました。

「いや、自分のためさ。君が一晩中ここで立ち往生して、どこかおかしくなりでもしたら、連れてきたぼくがひどい目にあう」

「リックは親切で待ってくれたと思います。感謝しています」

「で、お望みのものは見つかったのかな」

「はい、そう思います。少なくとも希望がもてます。わたしはジョジーがよくなると信じています。でも、そのためには、まずあることをしなければなりません」

「どんなこと？　ぼくに手伝えるようなこと？」

「すみません。それをリックに話すことはできません。今夜、一つの合意ができました。契約と言っていいかもしれません。でも、その内容を触れまわると、合意自体が危うくなるかもしれません」

「わかった。危うくするようなことはしたくない。それでも、何かぼくにできることがあれば……」

「生意気なようですが、リックにできるいちばん重要なことは、アトラス・ブルッキングズ大学に行くための努力だと思います。そうすれば、ジョジーとリックは一緒にいられて、あのやさしい絵に描かれていた願いもかなうかもしれません」

「おいおい、クララ、母さんから吹き込まれたな。母さんは簡単に言ってくれるけど、ぼくみたいなのがああいう場所に入るのがどんなに大変か、君にはわからないよ。それに万一そうなったとき、母さんはどうなる？　ここに独りぼっちで置いておくのかい？」

「ヘレンさんはリックが思うより強い人かもしれません。そして、向上処置なしでも、リックには特別な才能があります。懸命に努力すれば、アトラス・ブルッキングズ大学に入れると思います。それに、ヘレンさんは秘密兵器があると言っていました」

「秘密兵器？　あそこの運営に関係してるお偉いさんか誰かだ。昔、恋人だったらしい。ぼくはまっぴらごめんだよ。それより、クララ、そろそろ戻らないと」

「そうですね。外に出て、かなりになります。ヘレンさんが心配しているでしょう。わたしも、ジョジーの母親の帰宅までに戻れれば、面倒な言い訳をせずにすみます」

＊

翌日、午前中の中ごろにドアのチャイムが鳴りました。誰が来たのか、ジョジーにはすぐにわかったようです。ベッドから出て、廊下へ急ぎました。わたしも後につづきました。メラニアさんの後ろからリックが姿を現すのを見て、ジョジーは大きな笑顔になってわたしを振り返りました。でも、階段の下り口に行くまでに、その顔はまったくの無表情に変わっていました。

「あら、メラニア」と下に呼びかけました。「その変な人、誰か知ってる人？」

「やあ、ジョジー」リックはわたしたちを見あげて言いました。少し控えめな笑顔でした。

「また友達だっていう噂を聞いたもんだから」

ジョジーは最上段にすわりました。わたしは後ろにいましたが、ジョジーがこの上なくやさしい笑顔になっているのがわかりました。

「ほんとに？　変だこと。誰が流した噂かしら」

リック自身の笑顔にも自信が加わりました。「ま、ただのゴシップだろうよ。ところで、あの絵はとってもよかった。昨夜、額縁に入れて飾った」

「えっ？　あなたが自分でつくったあの額縁？」

「正直に言うと、母さんの古い額縁。いくつもいくつも転がってるからさ。シマウマの写真を捨てて、代わりに君の絵を入れた」

「お得な交換ね」

メラニアさんはキッチンに戻っていきました。リックとジョジーは階段のいちばん下といちばん上からにこにこ笑い合っていました。そして、ジョジーから何かサインがあったのでしょう。二人は同時に動きはじめました。ジョジーは立ち上がり、リックは階段の手すりに手を伸ばしました。

二人で一緒に寝室に入っていきます。わたしはメラニアさんに以前言われたことを思い出し、二人のあとにつづきました。しばらくは昔のようでした。わたしは奥の窓のほうに向かってボタンソファにすわり、リックとジョジーはわたしの背後で、ばか話をしながら笑い合っています。ジョジーがこんなことを言うのが聞こえました。

「ねえ、リック。こういうものって、こうやってもつのが正しいの？」窓に映るジョジーは、朝食に使ってそのままになっていたテーブルナイフを手にしています。「それとも、こうなのかしら？」

「ぼくがどうして知ってるんだよ」

「だって、あなたはイギリス人でしょ？　わたしの化学の先生は、こうだって言うんだけど、あの先生、頼りにならないもの」

「ぼくだって同じだよ。それに、ぼくがイギリス人だって、いつまで言ってるの。イギリスに住んだことないのは知ってるじゃないか」

「言ったのはあなた自身よ、リック。二年前？　三年前？　ぼくはイギリス人だって自慢してたもの」

「ぼくが？　言いたがる時期だったのかな」

「そうよ。何カ月も言ってた。プレイあれこれ、パードンミーあれこれ、ってイギリス語で。だからナイフのことも当然知ってるだろうと思って」

「けど、なぜイギリス人なら誰よりもよく知ってるんだよ？」

数分後、リックが寝室内を動きまわりながら、こんなことを言うのが聞こえました。

「ぼくがこの部屋を好きな理由、わかる？　ここは君のにおいがするんだ、ジョジー」

「えっ、あなたがそんなこと言うなんて信じられない！」

「もちろん、いい意味でだよ」

「リック、そんなの女の子に言うことじゃないわよ」

「どの女の子にもは言わないよ。君だから言うんだ」

「どの女の子にも言わないって、じゃ、わたしは女の子じゃないわけ？」

「いや、そうじゃなくて。ぼくが言おうとしてたのは、ぼくが言ってたのは、ここしばらくここに来てなかったから、この部屋のことをいろいろ忘れちゃってたな、ってこと。部屋の様子とか、そのにおいとか」

「でも、なんだかとっても不快よ、リック」

でも、ジョジーの声は笑いを含んでいました。静かな間があって、リックが言いました。

「少なくとも、ぼくらはいま互いに腹を立ててない。それがとても嬉しいよ」

さらに静けさがあって、ジョジーが「わたしもよ。わたしも嬉しい」と言い、こうつづけました。「あなたのお母さんのこと、いろいろ言ってごめんなさい。いい人だし、あんなこと言うつもりはなかったの。それに、いつも病気でごめんなさい。心配させてばっかりね」

窓ガラスに映るリックがジョジーに一歩近づき、片腕で抱き寄せました。そして一瞬後、もう一方の腕もジョジーに巻きつけるのが見えました。ジョジーは抱かれるまま抵抗しませんでしたが、朝に母親にさよならを言うときのように自分から相手を抱くことはしませんでした。

「これって、わたしをもっとよく嗅ぐため？」と、しばらくして言いました。

リックはこれには答えず、わたしにこう言いました。「クララ、そこにいる？」

わたしが振り向くと、二人は少し体を離し、ともにわたしを見ました。

「何か」

「君はいつもプライバシーって言ってるじゃないか。ぼくたちにもくれよ」

「はい、そうですね」

わたしがボタンソファからおり、前を通り過ぎるのを、二人はじっと見ていました。わたしはドアで振り返り、こう釘を刺しました。

「いつも二人のプライバシーを尊重してあげたかったのですが、いちゃいちゃを心配する意見があったものですから」二人の怪訝そうな表情を見て、こう付け加えました。「いちゃいちゃが起こらないよう気をつけろと言われました。吹き出しゲームのときもずっと部屋にいたのは、そのためです」

「クララ」とジョジーが言いました。「リックとわたしはセックスしようってんじゃないのよ。お互い、ちょっと伝えたいことがあるだけ」

「はい、わかっています。では、ごゆっくり」

そう言って、わたしは廊下に出て、部屋のドアを閉めました。

＊

それからの日々、わたしはクーティングズ・マシンのことをよく考えました。どうやって見つけ、どうやって壊したらいいでしょうか。まずは母親のお供で街に行くことです。それができなければ何もはじまりません。さらに、街に行ったあと、自分の好きに行動できる時間がある程度必要です。どうしたらそれができるのか、心の中でいろいろな作戦を立ててみましたが、どれも現実的とは思えません。ジョジーは、わたしがよく上《うわ》の空でいることに気づき、そのたびに「ほら、またボーッとしてるわよ、クララ。日光浴が足りないんじゃないの」などと言います。母親に打ち明けて協力してもらうことも考えましたが、結局、やめました。お日さまを怒らせる危険があるうえ、母親がわたしとお日さまの合意を理解し、信じてくれるとは到底思えません。でも、幸運というのでしょうか。わたしが何もしなくても、機会が向こうからやってきました。

ある晩、お日さまが休息所に帰って一時間後、わたしはキッチンで冷蔵庫の横に立ち、耳に心地よいその唸りを聞いていました。天井の照明はついていませんでしたが、廊下から射している薄明かりであたりは見えます。ついさっき、母親がいつもより遅くオフィスから戻り、いま二階のジョジーの寝室に行っています。わたしは二人がプライバシーを保てるように、母親と入れ替わり、こうしてキッチンにおりてきています。やがて階段をおり、キッチンに向かってくる足音が聞こえました。母親の影が入り口をふさぎ、キッチン内部がいっそう暗くなりました。母親がこう言いました。

「クララ、前もって言っておくわね。あなたにも関係あることだから」

「何でしょうか」

「来週の木曜日、わたしは仕事を休んで、ジョジーを街に連れていきます。向こうで一晩泊まることになるわね。上では、いまその話をしてたの。ジョジーには予約があってね」

「予約ですか？」

「ジョジーが肖像画を描いてもらってることは知ってたかしら。あなたのお店に行ったのは、そっちの用事で街に行ったときだったのよ。このまえの病気で長く中断してしまったんだけど、いまは元気になったし、わたしとしてはまた肖像画をつづけてもらいたいわけ。カパルディさんはとても寛大な方で、ずっと待つと言ってくださってたし」

「そうですか。それで、ジョジーは長時間じっとすわっているのですか」

「カパルディさんはその点にも気を遣ってくださってね、まず写真を撮って、そこから描いてくださるの。それでも、何回かは行く必要があるらしいのよ。で、なぜこの話をしてるかっていうと、今回はあなたにも同行してほしいのよ。ジョジーも心強いでしょうし」

「もちろんです。ぜひお連れください」

母親はキッチンの奥のほうへ歩いていきました。いま、廊下からの明かりでは、顔の片側の縁しか見えません。

「ジョジーがカパルディさんに会うときは、あなたにも一緒にいてほしいの、クララ。カパルディさん、ぜひあなたに会ってみたいんですって。AFには特別な関心があるらしくてね、AF愛とでも言うのかしら。あなたはかまわない？」

「かまいません。カパルディさんに会えるのが楽しみです」

「いくつか質問されるかもしれないわよ。研究の一環で。さっきも言ったけど、AFに夢中らしいから。それでもいい？」

「はい、大丈夫です。街へのお出かけは、元気になったジョジーにはとてもいいと思います」

「よかった。ああ、それとね、お客さんがいる予定よ。お隣さんも街へ行きたいって言うから、車に同乗してもらう」

「リックとヘレンさんですか？」

「街で何か用事があるらしいの。あの方、いま運転をしないからね。でも、心配無用よ。全員乗れるスペースがあるから。あなたはトランクの中、なんて話にはならないから」

つぎの日曜日、今回のお出かけについてさらに詳しいことがわかりました。午後に入って間もなく、リックとその母親が連れ立ってやってきました。リックはジョジーと寝室にこもったので、わたしは二人のプライバシーに配慮して、また廊下に出ていました。手すりの横に立って一階の廊下を見おろしていると、キッチンからジョジーの母親とヘレンさんの笑い声が聞こえてきました。細かな言葉はよく聞こえませんが、ときどき、どちらかが大きな声で何かを言います。一度、ヘレンさんが「まあ、クリシーったら、それ、とんでもないことじゃない！」と言って笑い、母親がやはり笑いながら、大きな声で「ほんとよ。絶対にほんと」と言うのが聞こえました。

聞きとれる言葉は少なく、母親の表情も見えないのでは、いろいろと推測する余地は限られます。それでも、わたしが受けた印象では、母親はとてもリラックスしていました。たぶん、わたしがこの家に来てからもっとも緊張が解けていた瞬間だったでしょう。もっとよく聞こうとしていたとき、寝室のドアが開いて、リックが出てきました。

「ジョジーがバスルームに用事だって」と、わたしに近寄りながら言いました。「外に出てるのが、エチケットかと思って」

「はい。思いやり、ありがとうございます」

リックもわたしの視線を追って、手すり越しに下を見、大人二人の声にうなずきました。

「いつもあんな調子なんだ」と言いました。「ミセス・アーサーがもっと家にいなくて残念。あんなふうに話せる相手がいるのが母さんにはいちばんで、ミセス・アーサーの前だと、いつもああやって元気だ。ぼくがいくらやっても、あんなふうに笑っちゃくれない。息子の前だと、なかなかリラックスできないんだろう」

「ヘレンさんはリックと一緒で幸せです。でも、見てわかりませんか。リックがいなくても、ヘレンさんは誰か話し相手を見つけて、笑い合うことができると思いますよ」

「さて、たぶんね」そして、こう言いました。「なあ、ずっと考えてたんだ。あの夜に君が言ったことさ。で、決めたよ。やってみる。そう母さんにも約束した。アトラス・ブルッキングズに入れるようやってみる。全力でやってみる」

「すばらしいです」

リックは手すりからさらに身を乗り出しています。言葉をよく聞きとろうとしているのでしょうが、身長が高いですから、転落するのではないかと心配しました。でも、両手を手すりに置いて、身を起こしました。

「ぼくもね、その……男に会ってみることにした」と声を低くして言いました。「母さんの昔の恋人」

「秘密兵器の人ですか?」

「そう。母さんの秘密兵器。ぼくのために手をまわしてくれると思ってる。それも承知した」

「でも、結果的に最高の解決策になるかもしれません。ジョジーのあの絵に描かれていた願いが、実現の方向に動くでしょう」

「あの二人、たぶん、いまもそのことを話してる。ようやく、ぼくが母さんの考え方を受け入れる気になったって。たぶん、だからあんなに楽しそうなんだ」

「お二人の笑いには、そんな意地悪さはないと思います。リックが約束してくれて、ヘレンさんは希望がもて、とても幸せなのでしょう」

リックはしばらく黙って、階下の話し声を聞いていました。そして、「ジョジーとミセス・アーサーと一緒に、街へ乗せてってもらうことになってる」と言いました。

「はい、知っています。わたしも来るように言われました」

「へえ、そりゃよかった。君とジョジーが一緒なら、ぼくも心強い。だって、助けてくださいなんて、そいつに頼むのは気が進まないもの」

いきなり寝室からジョジーの声がしました。「うわっ、なんてこと。わたしを見捨てて、みんなどこ行ったの」リックはドアに向かいながら、「おい、クララ、君も戻っていいぜ。大丈夫。あれの真っ最中なんてことはないからさ」と言いました。

*

二日後、思いもよらないことが起こって、わたしは街へのお出かけについてもっと詳しく知ることになりました。

雨の平日とあって、訪れる人などいません。昼食後、ジョジーはオブロン端末による個人授業を受けるためオープンプランに入り、わたしは寝室に上がりました。雑誌に取り巻かれて床にすわっているとき、家政婦のメラニアさんが入り口に現れました。立ったままわたしを見おろしている顔は、とくにやさしくもなく、しかめ面でもありませんでしたが、きっとわたしを叱りにきたのだろうと思いました。リックとジョジーを何回も二人だけで寝室にいさせ、いちゃいちゃさせるなという指示にそむいたことがありましたから。でも、メラニアさんは中に入ってきて、かすれたようなひそひそ声でこう言いました。

「AF、ジョジーさん助けたいか？」

「はい、もちろんです」

「じゃ、聞け。奥様、木曜にジョジーさんと街行く。わたしも行きたい。奥様、だめと言う。どうぞと言っても、奥様、まただめと言う。何かたくらんでると思って、だめと言う。代わりにAF連れてくと言う。だから、AF、聞け。街行ったら、ジョジーさんをしっかり見張る。わかるか？」

「はい、家政婦さん」ジョジーに聞かれる心配はありませんでしたが、わたしも低い声で言いました。「でも、何か心配なことがあるのだったら、もっと教えてください」

「聞け、AF。奥様、ジョジーさんをカパルディのとこ連れてく。肖像画の男。あのカパルディは変態野郎。AFは目がいい、よく見ると奥様言う。なら、AFは変態から目を離すな。AF、ジョジーさんを助けたいな？　だったら二人は同じ側」そう言って、入り口をそっと振り返りましたが、ジョジーが階下の授業から出てくる気配はまだありません。

「でも、家政婦さん。カパルディさんはジョジーの肖像画を描きたいだけでは？」

「肖像画なんて嘘っぱち。ＡＦは変態をよく見張ってる。ジョジーさんに悪いこと起こらないように」

「でも、まさか……」とわたしはいっそう声を低くしました。「まさか奥様が……」

「奥様、ジョジーさん愛してる。でも、サリーさん死んで、奥様変になった。わかるか、ＡＦ？」

「はい。では、しっかり見張ります。とくにカパルディさんの周辺を。でも……」

「でもも何もない、いまさら」

「カパルディさんがそんな人なら、わたしが見張るだけでいいのでしょうか」

通りがかりの人には、メラニアさんがわたしを脅しているように見えたかもしれません。でも、メラニアさん自身がとても怖がっていると、わたしにはわかりました。

「わかってたら苦労しない。わたしが一緒に行くのがいちばん。でも、奥様、ＡＦ連れてくと言う。何があるかわからない。だから、ジョジーさんから離れるな。変態がいるときはとくに。できることをやれ。二人は同じ側」

「家政婦さん」とわたしは言いました。「計画があります。ジョジーを助けるための特別な計画です。いまは詳しく言えませんが、ジョジーと奥様と街へ行ったら、その計画を実行できるかもしれません」

「計画？　聞け、ＡＦ。もし何かやって悪くしたら、ＡＦぶっ壊す。いいか」

「でも、この計画がうまくいけば、ジョジーは強く、丈夫になります。大学に行って、ちゃんと大人になれるでしょう。申し訳ありませんが、これ以上は話せません。でも、わたしが街へ行ければ、チャンスはあります」

「オッケー、AF。大事なのは、木曜日、街でジョジーさんをよく見張る。わかるか?」

「はい、家政婦さん」

「そして、AF。おまえの計画で、ジョジーさんが悪くなったら、おまえぶっ壊す。ゴミ箱に放り込む」

「家政婦さん」家に来てからはじめて、わたしはなんのこだわりもなくメラニアさんに笑いかけました。「わざわざ注意しにきてくださって、感謝します。信頼してくれてありがとうございます。ジョジーを守るためになんでもします」

「オッケー、AF。二人は同じ側」

＊

街へのお出かけまえのこの時期、もう一つ注目すべき出来事があって、それはわたしにとって重要な教訓となりました。真夜中のことでした。ジョジーが何か物音を立て、それでわたしは目を覚ましました。ジョジーは真っ暗闇を嫌います。ですから、寝室を暗くするときも、前方の窓を覆っているブラインドはいつも三分の一ほど上げてあります。その夜もそうで、お月さまやお星さまが壁と床に光模様を描いていました。ベッドを見やると、ジョジーの羽毛布団が山のような形に盛り上がり、その中から鼻歌でも歌うような音が聞こえてきていました。何かのメロディーを思い出そうとして、なんとか家全体を起こさないようにいろいろ試しているというふうに見えました。

わたしは羽毛布団の山に近づき、しばらく上から見おろしていましたが、手を伸ばしてそっと触れてみました。とたんに山が爆発し、羽毛布団は崩れ落ちて周囲の暗さに溶け込み、部屋にジョジーのすすり泣きが響きました。

「ジョジー、どうしました」低いながら、きっと張りつめた声だったでしょう。「どこか痛みますか」

「違うの。痛みじゃない。ママはどこ、ママを呼んできて。ここにいてほしい」

大きな声でしたが、それだけではありません。声の上に声が折り重なり、わずかに高さの違う二つの声が同時に鳴り響いているようでした。これまでジョジーがそんな声を出すのを聞いたことがありません。一瞬、どうしようかと迷いました。ジョジーはいまひざまずく姿勢になっていて、周りを見ると、さっき爆発したように見えた羽毛布団が、結局、大きな丸い球になってジョジーの後ろに転がっていました。

「ママを呼んで！」

「でも、奥様も休ませてあげなくては」わたしはささやき声で言いました。「わたしがいます。こういうときのためのAFですよ。いつもそばにいます」

「あなたじゃない。ママがほしいの！」

「でも、ジョジー……」

背後で何かが動き、わたしは横へ押しやられました。バランスを失いかけながら、体勢を立て直して前を見ると、ベッドの手前側の縁に何か大きなものが見えます。形が絶えず変わりつづけていて、おまけに表面上に闇とお月さまの光が共存し、揺れ動いていますから、いったい正体が何であるのかがわかりませんでした。でも、やがてジョジーと母親が抱き合っている姿だと気づきました。母親は白っぽいランニング用ジャージのようなものを着、ジョジーはいつもの紺色のパジャマ姿です。二人は腕だけでなく髪の毛まで絡み合うほどに抱き合って、前後にゆっくり揺れ動いています。日々のさよならの儀式の延長のようです。

「死にたくないの、ママ。死ぬのはいや」

「大丈夫、大丈夫よ」母親の声は柔らかく、わたしの声と高さが同じでした。

「死ぬのはいやよ、ママ」

「わかってる。わかってますとも。大丈夫」

わたしは二人からそっと離れ、ドアに向かって移動して、暗い廊下に出ました。天井にも一階の廊下にも不思議な夜の模様が映っています。わたしは手すりのわきに立ち、その模様をながめながら、いま起こったことの意味を心の中であれこれと考えました。

やがて、母親がそっと寝室から出てきました。そのまま、わたしのいるほうには目もくれず、自室までつづく短い廊下の暗闇の中へ消えていきます。ジョジーの寝室のドアの向こうは静かです。わたしが部屋に戻ったとき、羽毛布団とベッドは何事もなかったかのようにきちんとし、ジョジーは眠っていました。平和そうな寝息が聞こえてきました。

第四部

フレンズアパートはタウンハウスの中にあります。居間の窓から外をのぞくと、通りの反対側にも似たようなタウンハウスがあるのが見えます。六棟が一列に並んでいて、各棟の前面が少しずつ異なった色に塗られているのは、住人がのぼるべき階段を間違えてお隣さんに入り込んだりしないように、という配慮でしょうか。

肖像画家カパルディさんに会いに出かける四十分前、わたしはそんな風景を、見えるがままにジョジーに語り聞かせていました。本人はわたしの背後にある革のソファに寝転がり、黒い本棚からとったペーパーバックを読んでいます。両膝を立て、そこにお日さまの光模様を浴びながら読書にのめり込んでいて、わたしの言葉も聞こえているのかいないのか、あいまいな反応しか返してきません。つい先ほどまでいらいらと緊張しきっていたのに、よく落ち着いてくれました。わたしが居間の三連窓の前に立ち、父親のタクシーが見えたらすぐに教えるからと伝えたあと、ずいぶん緊張がほぐれたように思います。

ジョジーの母親も緊張していました。それがカパルディさんとこれから会うことになっているからなのか、ジョジーの父親が間もなく来ることになっているからなのか、わたしにはよくわかりません。さっき居間から出ていって、いまは隣の部屋から声が聞こえてきます。誰かと電話をしているようです。壁に耳を押し当てれば言葉も聞きとれそうですし、相手がカパルディさんなら、ぜひそうしたいところですが、そんなことをしたら、ジョジーをいっそう不安がらせることになるかもしれません。どのみち、電話の相手は父親である可能性が高いでしょう。このアパートに来るための道順を教えているのではないでしょうか。

父親のタクシーが到着したら教える——そう言って、ジョジーに頼られている以上、わたしはフレンズアパートの観察をさらにつづけるという計画を棚上げし、三連窓から見える風景に集中しました。別にいやな仕事ではありません。とくに、こうしているときクーティングズ・マシンが前を通り過ぎていくかもしれませんから。いま追いかけていくことはできなくても、ここで見かけたということは重要な一歩になるでしょう。

ただ、しばらく見ているうち、フレンズアパートの前をクーティングズ・マシンが通る可能性などほぼない、と認めざるをえなくなりました。この街までドライブしてくるあいだ、わたしは希望をふくらませすぎたようです。郊外で数多くの道路工事の人を見かけましたし、人がいないまでも、道路のあちこちが工事用の柵で仕切られているのを見て、これならクーティングズ・マシンが姿を現すのも時間の問題だと思い込んでしまいました。ですが、わたしのすわる側の窓からいくらながめていても、別の機械なら二度ほど目にしましたが、クーティングズ・マシンはついに現れず、やがて交通が渋滞しがちになって、道路工事の人の姿も見かけなくなりました。途中、前の席ではジョジーの母親とヘレンさんがずっとリラックスした会話をつづけ、後部座席では、わたしの横でジョジーとリックが窓の外を指差し合って、低い声でしゃべっていました。何かの前を通り過ぎるとき、相手をつついて注意をうながし、何を言うでもなく、ただ笑い合っていたりします。ピンク色の花が咲いている公園を過ぎ、「トラック以外駐停車禁止」という標識のある建物を過ぎるあいだも、前の母親二人はずっと笑っていました。ただ、その笑いには声をひそめる感じもあって、ひとしきり笑ったあと、「でも、彼には厳しくしなくちゃだめよ、クリシー」とヘレンさんが言っているのが聞こえました。中国語の看板が並び、柱につながれた自転車の列がありました。やがてお日さまのがんばりにもかかわらず雨が降ってきて、相合傘の男女、雑誌で頭を覆う観光客、急ぎ足で雨宿りの場所を探す十代の子とそのAFを目にしました。「リック、それればかみたい」と——なんのことでしょうか——ジョジーが笑っていました。高いビルの並ぶ通りに入るころ、雨がやみました。どちら側の歩道もビルの影で覆われていましたが、家々の玄関前では、男の人たちが下着のシャツ姿で階段にすわり、おしゃべりをし、通る車をながめています。「あっ、クリシー、もうどこでもいいから、おろしてちょうだい」とヘレンさんが言いました。「わたしたちのせいで、ずいぶん遠回りさせちゃったわね」と。並んで立つ二棟のビルが見えました。似たような灰色のビルですが、高さが違っていて、高いビルの上のほう、低いビルを見おろす部分の壁に漫画のような大きな絵が描かれています。高さの違いを目立たなくする工夫なのでしょうか。通りのあちこちに駐車禁止の標識が立っていて、わたしのいたお店の外にあったものとは少し違いますが、とても懐かしい感じがしました。ジョジーが前の座席に身を乗り出して何か言い、それがおもしろかったのか、大人二人が笑いました。やがて、「じゃ、明日、おすし屋さんで」とジョジーの母親がヘレンさんに言いました。「劇場のすぐ隣だから、間違いようがないわよ」と。ヘレンさんは「ありがとう、クリシー」とお礼を言い、「わたしもこれで助かるし、絶対にリックの助けにもなるはず」と付け加えました。二人をおろしたあと、わたしたちは噴水広場を通り、葉の生い茂る公園を抜け（ここでAFを二人見かけました）、高層ビルの林立する繁華な通りを行って、いまここにいます。

「パパ遅い」と、ソファからジョジーが言い、同時に、絨毯の上にペーパーバックの落ちる鈍い音が聞こえました。「ま、いつものことだけどね」

ジョジーはこの話題をジョークとして扱いたいようです。わたしは笑顔でこう言いました。「でも、ジョジーに会うのをとても楽しみにしているのでしょう？　わたしたちが来るときも渋滞が大変でした。お父さんにも同じことが起こっているのでは？」

「パパって絶対に時間には来ないのよ。しかも、ママがタクシー代を払うって約束しないとだめ。もういい。しばらくパパのことは忘れる。ああだこうだ、いろいろ考えるだけ時間の無駄よ」

ジョジーは床のペーパーバックに手を伸ばし、わたしはまた三連窓に向き直りました。フレンズアパートから見る通りの様子は、お店の前の通りとはかなり違っています。ここはタクシーがめったに通らず、代わりに、サイズも形状もカラーも雑多な、いろいろな車が通ります。かなりのスピードで走っていって、わたしの視界の左端にある交通信号で止まります。ここの信号機は通りの上に長い腕を伸ばし、そこに信号灯をぶら下げています。ジョギングの人や観光客が少ない一方で、ヘッドホン姿で歩く人や自転車に乗っている人が目立ちます。一方の手に何かをもち、片手だけで自転車を運転している人も見受けます。ジョジーが父親の遅刻に文句を言った直後、平べったい鳥のような大きな板を小脇に抱えた人が、自転車で通っていくのを見ました。板に風を受けたらバランスを崩しそうで怖いと思いましたが、この人はとても巧みな乗り手で、車のあいだを縫うようにして、たちまち信号の真下、待っている車列の先頭に出ていました。

隣の部屋で、母親の声がしだいに険悪になってきています。ジョジーにも聞こえているはずですが、わたしがちらりと振り返ったときは、まだ本に夢中になっているように見えました。犬を綱で引いた女の人が歩いていき、「ジオのカフェ＆デリ」と横腹に書いたステーションワゴンが通り過ぎ、その後ろから来たタクシーが速度を落としました。この居間は歩道より高くなっていて、タクシーの中は見えません。でも、母親の声がやみましたから、これこそ父親の到着と考えて間違いないでしょう。

「ジョジー、来ましたよ」

ジョジーはまだしばらく読みつづけ、一度深呼吸してから起き直りました。本がまた絨毯の上に落ちました。「ばかな人と思うでしょ?」と言いました。「本物のばかだって言う人もいるけど、ほんとはね、すごく頭が切れるの。見てればだんだんわかってくる」

灰色のレインコートを着た男の人がタクシーからおりてきました。長身をいくぶん前かがみにし、手に紙袋をもっています。わたしたちのいるタウンハウスを見ていますが、自信がなさそうです。反対側にも似た建物があって、どちらか迷っているのでしょう。紙袋のもち方が、くたびれて歩けなくなった子犬でも抱いているようで、よほど大切なものなのでしょうか。いま正しい階段を選びました。こちらに来ます。わたしはジョジーに父親の到着を教えたあと、すぐに部屋の中に引っ込みましたが、最後の一瞬、父親の目にとまったかもしれません。母親の足音がして、居間に戻ってくる気配でしたが、途中、廊下で立ち止まったようです。ジョジーとわたし、そして廊下の母親は、感覚的にはかなり長いあいだ黙って待っていました。ようやくベルが鳴り、また母親の足音が聞こえて、二人の声がしはじめました。

二人は低い声で話しています。廊下と居間のあいだのドアは少し開いていて、ジョジーとわたしは居間の中央に立ち、その隙間を見つめて、何かが起こるサインをいまかいまかと待っていました。父親が入ってきました。レインコートはもうぬいでいますが、依然、両手に紙袋をもっています。着ているオフィスジャケットはかなりの高級品ですが、その下に着ている茶色のタートルネックセーターは、ずいぶんくたびれています。

「やあ、ジョジー！　かわいい獰猛ウサちゃん！」

父親は明らかにジョジーを腕に抱きたがっていて、手の紙袋を置く場所がないか、あたりを見まわしています。でも、ジョジーが先に動きました。紙袋の上からだろうがかまわず、前進して両腕で父親に抱きつきました。父親は娘の抱擁を受けとめ、部屋のあちこちに視線をさまよわせたあげく、最後にわたしを見ましたが、すぐに目をそらし、今度は目を閉じて娘の頭のてっぺんに頬ずりをしています。その姿勢のまま、二人は動きません。母親との毎朝の別れでは、こうやって抱き合ったまま前後に揺れ動くことがありますが、いまはそれもありません。

母親もじっとして動きません。二人より少し後ろに立ち、両肩を黒い本棚に寄りかからせるようにしていて、二人を見つめる表情には笑いがありません。二人の抱擁はつづき、わたしがもう一度ちらりと母親を見たとき、部屋のその部分がいくつものボックスに分割されていました。どのボックスにも母親の細められた目が含まれていて、いくつかではその目がジョジーと父親を見つめ、その他ではわたしを見ていました。

ようやく二人の腕がゆるみました。父親は笑顔になって紙袋を高く――緊急に酸素の供給が必要だとでもいうように――差しあげました。

「ほら、ウサちゃん」とジョジーに言いました。「最新の作品をもってきたぞ」

そして紙袋をジョジーに渡しましたが、終始、袋の底に手を当てていて、ジョジーが同様にするまで自分の手を離しませんでした。二人並んでソファにすわり、まず中をのぞきます。取りだすのがまどろっこしいのか、ジョジーが紙袋を引き裂きました。現れたのは、小さなスタンドにのせた粗っぽい造りの小さな丸鏡です。ジョジーはそれを膝に乗せ、「で、これ何なの、パパ。お化粧道具？」と言いました。

「にも使えるが、まず自分を映してごらん。よく見るんだよ」

「ワーオ、これってすごい。どうなってるの」

「これまでの鏡で満足していたのが不思議だろう？　これまでの鏡は、見る人を左右逆に映していた。これは、ほんとうにあるがままに映してくれる。しかも、重さが普通のコンパクト並みだ」

「すごい。パパが発明したの？」

「そうだ、と言いたいところだが、残念。友人のベンジャミンの発明だよ。コミュニティのメンバーの一人だ。このアイデアを思いついたはいいが、現実にどう形にしていいかわからなくてな、だから、その部分をパパが担当した。先週のことで、できたてのほやほやってわけだ。気に入ったかい、ジョジー？」

「ワーオ、大傑作よ、パパ。これから公《おおやけ》の場に出たら、ずっとこれで顔をチェックするわ。

ありがとう。パパって天才！　これ、バッテリーで動作するの？」

　それからしばらく、ジョジーと父親は鏡の話で盛り上がっていました。話の途中でいきなり、いまこの瞬間にはじめて出会った人のような冗談っぽい挨拶を交わしてみたりして、とても楽しそうです。最初から肩を触れ合わせ、話が進むほどその密着度が高まっていくようでした。わたしはずっと居間の中央に立ったまま、動きませんでした。父親がちらちらとわたしのほうを見ます。誰かが正式に引き合わせてくれていい状況でしたが、ジョジーは父親の到着ですっかり興奮していて思いつかないようです。早口で父親に話しかけつづけ、やがて父親もわたしのほうを見ることをやめました。

「今度の物理の先生なんてね、肩書きだけはすごいんだけど、パパに比べたら半分の知識もないと思うわよ。あの肩書きがなかったら、この人逮捕させちゃって、ってママに言ってるレベル。違う、違う、別に変なことするってわけじゃないの。ただ、小屋で何かつくってると思うのよね。みんなを吹っ飛ばすような何か。ああ、そうだ、パパの膝はどう？」

「ああ、うんとよくなった。ありがとう。調子がいいよ」

「まえのお出かけのときもってってたクッキー、覚えてる？　あれよ、中国の国家主席に似てたやつ」

　ジョジーは早口で、しかも途切れなくしゃべっています。でも、口に出すまえに、これからしゃべる言葉を心の中でテストしている、とわたしにはわかります。やがて、廊下に出ていっていた母親が戻ってきました。コートを着て、ジョジーの分厚いジャケットを手にし、もちあげて振っています。ジョジーと父親の会話に遠慮会釈なく割り込み、こう言いました。

「ポール、あなた、まだクララに挨拶してないでしょ。これがクララよ」

父親とジョジーは話をやめ、ともにわたしを見ています。父親が「クララ、こんにちは」と言いました。アパートに入ってきてからずっとあった笑顔が消えていました。

「急がせて悪いんだけど」と母親が言いました。「でも、遅刻したのはあなたですからね、ポール。予約の時間があるから」

父親に笑顔が戻りましたが、目にはいま怒りがあります。「娘とは三カ月ぶりなのに、五分も話させてくれないのか」

「ポール、今日一緒に来たいって言ったのはあなたよ」

「来る権利くらいあるだろう、クリシー」

「誰も否定していませんよ。でも、こっちまで遅刻させる権利はないでしょ？」

「そいつはそんなに忙しいのか……」

「遅刻させないで、ポール。そして、向こうでは無礼なことしないでよ」

父親はジョジーを見て肩をすくめました。「な？　もう面倒を起こしてる」と言って笑い、

「じゃ、ウサちゃん、ぼちぼち行こうか」

「ポール」と母親が言いました。「まだ、クララと話していないじゃない」

「いま、こんにちはと言ったろう?」

「やめて。もっと話してやってよ」

「家族の一員……ってわけか?」

母親はポールさんをじっとにらんでいましたが、ふと何かで気が変わったようで、手にしていたジョジーのジャケットをもちあげて振りました。

「おいで、ジョジーちゃん。行くわよ」

＊

わたしたちは、外で母親の車を待っていました。父親はまたレインコートを着て、ジョジーを片腕に抱くようにして立っています。二人は歩道の縁石近くにいますが、わたしは同じ歩道ながらもっと後ろ、タウンハウスの手すり近くに立っています。二人とわたしのあいだには通行人が通れるだけの間隔があって、その間隔と戸外の音響特性のため、二人の言葉はよく聞きとれません。一度、父親がわたしのほうに体を向け、ジョジーに話しかけながら、目ではじっとわたしを見ていましたが、そこへ大きなイヤリングをした黒い肌の女の人が通りかかり、その人が去ったあと、父親はもうわたしに背を向けてしまっていました。

母親の車が到着し、ジョジーとわたしは後部に乗って出発しました。肖像画のためにポーズすることが不安ではないでしょうか。わたしはできれば目を合わせて元気づけたいと思いましたが、ジョジーは自分側の窓から外を見ているばかりで、わたしのほうを向いてくれません。

母親の車はのろのろとしか進みません。車線を変更しても、新しい車線でまた渋滞にはまります。通り過ぎる店舗はシャッターをおろし、ビルの窓は×マークで覆われています。雨がまた降りはじめました。相合傘の男女が現れ、犬の綱を引く人々が急ぎ足で歩いていきます。わたし側の窓の外、手を伸ばせば届きそうな近さに、いきなり壁が出現しました。びしょ濡れになっていて、何やら漫画で怒りのメッセージが描き連ねてあります。

「そんなに悪くないわよ」と母親がポールさんに言っています。「たしかに人手不足だし、一キャンペーン当たりの予算は四十パーセントもダウンだし、PRの連中とはいつもケンカばかり。でも、それ以外は……そう、なかなかよ」

「スティーブンは相変わらずの存在感かい？」

「もちろん。昔と変わらず、周囲に愛想よくしてるわ」

「なあ、クリシー。どうなんだろう、そんなにまでして居つづける意味があるのか？」

「えっ、なんのことよ、そんなにまでして居つづけるって？」

「グッドウィンズさ。君の法務部のこと。この……仕事全体がさ、君の日常の一瞬一瞬が、大昔にサインした契約で縛られてるって、どうなんだ」

「ね、お願いだから蒸し返さないで。あなたの身に起こったことは残念よ、ポール。いまでも胸糞が悪いし、腹が立つ。でも、あなたの言う『居つづける』のをやめたら、その日からジョジーの世界もわたしの世界も崩壊するのよ」

「そうは言いきれないんじゃないか、クリシー。たしかに大変な決断だとは思うよ。わたしはもうちょっと考えてほしいと思う。新しい視点から検討してみてくれないか」

「新しい視点？　やめてよ、ポール。あなただって現状に満足してるわけじゃないでしょう？　あなたほどの才能と経験のある人が……」

「正直なところを聞きたいか？　置き換えられて最高だったと思っているよ。もうとうに乗り越えた」

「なんでそんなことが言えるの。あなたは一流だった。誰にもない知識と特別の技術があった。あなたを活用しないなんて間違ってる」

「クリシー、あのことへの思いは、わたし自身より君のほうがずっと強いようだ。わたしは置き換えられて、世界を違う目で見られるようになった。おかげで、何が大切で何が大切でないか、見分けられるようになったと思う。いまいるところには、同様に感じている人たちがたくさんいるよ。立派な人たちだ。わたしと同じ道をたどってきているが、わたしなどよりずっとすごいキャリアを積んできた人もいる。それがみな同じことを言う。いや、無理にそう思い込んでいるんじゃない。以前よりいまのほうがいい——心からそう思ってる」

「ほんとに？　みんなが？　あの人もそうなの、ミルウォーキーで判事をやってたあのお友達も？」

「そりゃ、いつもそう簡単じゃない。誰だって悪い日はある。ただ、以前と比べたら、なんと言うか……はじめてほんとうに生きてるって気がする」

「元妻の前でよく言ってくれるわね」

「すまない。忘れてくれ。それより聞きたいことがある。この肖像画の件だが……」

「いまはいや、ポール。ここではやめて」

「そうか、わかった」

「あら、パパ」と、ジョジーが後ろから口をはさみました。「遠慮なく聞いちゃってよ。こっちには聞こえてないから」

「聞き耳を立ててるのが一人ほどいるような気がする」と父親が言って笑いました。

「肖像画のことはもう言わないで、ポール」と母親が言いました。「それで貸し借りなし」

「君にどんな借りがあったっけか。よく覚えてないんだが、クリシー」

「いまはやめて、ポール」

そのとき車が一本の駐車禁止標識の前を通過し、わたしは、それがとても見覚えのある標識であることに気づきました。同時に、ジョジー側にあのRPOビルが現れたではありませんか。しかも、車の周囲には見慣れたタクシーの列があります。わたしは興奮して、お店のあるべき場所に目を向けました。そして大きな違和感を覚えました。

もちろん、通り側から自分のお店を見たことはありません。でも、ショーウィンドーに一人のAFもおらず、縞模様のソファも置かれていないのは変です。代わりに何本かの着色瓶と「ダウンライト」の広告があるなんて……。もっと見ようとぐるりと右を向いたとき、ジョジーが言いました。

「クララ、いまどこにいるかわかる？」

「はい、もちろん」でも、そう言ったときには、もうあの横断歩道を通り過ぎてしまっていて、交通信号機の上に鳥がとまっているかどうかも見られませんでした。お店の変わりように驚いたあまり、周囲のことなどよく観察する余裕がなかったというのが、ほんとうのところでしょうか。車は通りをどんどん進んで、もうわたしの知らないあたりに来ています。もう一度振り返ると、リアウィンドーに小さくなっていくＲＰＯビルが見えました。

「きっと、あれよ……」ジョジーの声には心配そうな響きがありました。「お店、引っ越したんじゃないかしら」

「はい、たぶん」

でも、お店のことをあれこれ考えている時間はありませんでした。つぎに前を向いたとき、運転席と助手席のあいだにクーティングズ・マシンが見えましたから。まだ遠くて、胴体に書かれている名前は見えませんが、間違いないでしょう。以前と同様、三本の煙突から汚染を吐きだしています。心に怒りが湧きあがってきて当然のところでしたが、お店のことであまりに驚いた直後だったせいか、なんだかその恐ろしい機械に懐かしさに似たものを感じました。車がその横を通り過ぎました。母親と父親は、まだ緊張をはらんだ会話をつづけています。ジョジーが横から言いました。「お店って、あっという間に変わっちゃう。あなたを探しにいったあの日ね、わたしはそれがとっても怖かった。お店がなくなってたら、あなたやお友達がいなくなってたら、って」

わたしはとくに何も言わず、ただ笑顔で応えました。前の座席の声がだんだん大きくなってきています。

「ポール、もう何度も話し合ってきたことじゃない。ジョジーとクララとわたしは行って、予定どおりにします。あなたも同意したんですからね。覚えてるでしょ?」

「同意はした。だが、まだ意見を言うことはできるだろう?」

「ここではだめよ。いまは——こんな車の中じゃ——やめて!」

ジョジーはずっとわたしに話しかけていましたが、いまはその気もなくしたようでした。でも、大人たちが黙ってしまうと、こう言いました。「明日、探しにいけるかもよ、クララ。まあ、時間があれば、だけど」

一瞬、クーティングズ・マシンのことかと思いましたが、すぐに違うと気づきました。もちろん、店長さんとあのAFたちの移転先のことでしょう。でも、ウィンドーの見かけが変わっただけでお店が移転したと決めつけるのは、少し短絡的ではないでしょうか。そう言おうとしたとき、ジョジーが前の席に身を乗り出して、こう言いました。

「ママ、明日時間があったらの話だけど、クララはあのお店がどうなったか知りたいんですって。探しにいける？」

「あなたがそうしたければね、ジョジーちゃん。その約束だから。今日はカパルディさんに会って、することをする。明日はあなたがしたいことをする」

父親は首を横に振り、自分側の窓に顔を向けました。真後ろにいたジョジーには、父親の表情は見えなかったでしょう。

「大丈夫よ、クララ」ジョジーは手を伸ばし、わたしの腕に触れて言いました。「明日きっとわかる」と。

＊

車が通りからそれ、金網のフェンスを巡らした小さな囲い地に入りました。フェンスに駐車禁止の看板がありますが、母親が車を止めたのはその看板の真正面です。横にもう一台止めてあって、いまあるのはこの二台だけです。車からおりてみると、囲い地の地面は固く、ひび割れていました。その囲い地を見おろすようにレンガ造りの建物が立っていて、ジョジーと父親は並んでそこに向かっています。ジョジーはいつもどおり用心深く歩き、父親は地面のでこぼこを警戒してか、横を歩くジョジーの腕をとってやっています。母親はしばらく車の横から動かず、じっとこの光景を見ていましたが、意外にもやがてわたしの横に来ると、父親とジョジーをまねるようにわたしの腕をとり、一緒に歩きはじめました。

建物は五つの階が積み重なり、てっぺんの平らな屋根で終わっています。塗装もされておらず、暗い非常階段がジグザグに這いあがっている様子は、「家」というより、やはり「ビル」という感じです。周囲に隣接する建物はありませんが、わたしの印象では、もとは両隣に何かあったのではないでしょうか。何か不幸な出来事があって、その残骸が工事の人たちによって運び去られ、その結果として空き地になっているのだと思います。地面のひび割れをまたいでいく途中、母親がわたしに体を寄せてこう言いました。

「クララちゃん」と、ひそめた声でした。「カパルディさんがあなたにいろいろ聞くと思う。けっこうな数の質問になるかもしれないけど、ちゃんと答えるのよ。いいわね？」

「クララちゃん」と呼ばれたのは、これがはじめてです。「はい、そうします」と答えました。レンガ造りの建物が目の前にあり、どの窓にも方眼紙のような模様が入っているのが見えました。

地面にゴミ箱が二個置いてあって、その横にドアがあります。先に着いたジョジーと父親は、ドアの前で振り返り、そのまま待っています。中へ先導するのはあくまで母親――それが暗黙の了解のようでした。それを見て、母親はわたしから手を離し、一人でドアまで行きました。

しばらくじっとしていましたが、ボタンを押し、「ヘンリー、着きましたよ」と壁のスピーカーに呼びかけました。

＊

カパルディさんの家の内部は、外見とまったく違いました。大きな広間があって、巨大な壁と床がほぼ同じ色合いの白に統一されています。おまけに、天井には強力なスポットライトがあって下を照らしていますから、うっかり見あげるとめまいがしそうです。これだけ広い空間なのに、家具と呼べるものがほとんどありません。あるのは大きな黒いソファが一つと、その前に置かれた低いテーブルだけです。テーブルには二台のカメラと何枚かのレンズが並んでいます。キャスター付きのテーブルですから、お店にあったガラスの陳列台同様、部屋のあちこちに移動させて使うのでしょう。

「ヘンリー、ジョジーを疲れさせないでね」と母親が言っています。「すぐにはじめられる?」

「もちろん」カパルディさんはそう言って、部屋の片隅を指差しました。そこの壁に二枚のチャートが並べて貼ってあります。どちらにも無数の線が引かれ、線どうしがさまざまな角度で交わっているのが見えます。チャートの前に、軽い金属製の椅子と、ランプをのせた三脚スタンドが置いてあります。ランプはいまついておらず、隅全体が暗く、ものさびしく見えます。そちらを向いて、ジョジーと母親も不安そうな表情になりました。それに気づいたのでしょうか、カパルディさんが低いテーブルの上の何かに触れると、三脚スタンドのランプが点灯し、その片隅を明るく照らしだしました。同時に影がいくつか新しく生まれました。

「のんびり構えていてくれれば、すぐに終わるよ」とカパルディさんが言いました。わたしの推定では五十二歳。頭が禿げかかり、口を覆い隠すほど大量の髭を生やしていて、つねに笑顔の一歩手前のような表情をしています。「難しいことは何もない。ジョジーの準備がよければはじめようか。ジョジー、ここへ来てくれるかな」

「ヘンリー、待って」と母親が言いました。空間に声が響きます。「そのまえに肖像画を見せてもらえない？　途中でもいいから」

「もちろん」とカパルディさんが言いました。「まだ制作途中であることを理解してもらえれば。こういう作品はゆっくり出来上がっていくもので、専門外の人にはそこのところがなかなかわかってもらえなくて」

「それでも一度拝見したいわ」

「では、お連れしよう。というか、クリシー、わたしの許可など求めなくても、君がボスなんだから」

「わたしも見てみたいな、ちょっと怖いけど」とジョジーが言いました。

「それはだめよ、ジョジーちゃん。あなたにはまだ見せないっていう約束なの」

「わたしもそれがいいと思う」とカパルディさんが言いました。「納得してもらいたい、ジョジー。わたしの経験だと、本人が絵を見るのが早すぎると、ちょっと面倒なことになる。君には無心でいてほしい」

「無心って、見られて何か都合の悪いことでもあるのか」父親の大きな声が部屋に響きました。入り口の内側にコート掛けがあり、それを使うようカパルディさんが二回ほど勧めたのですが、父親は従わず、レインコートを着たままです。ぶらぶらとチャートの前に行き、いま顔をしかめてそれを見ています。

「いや、ポール、わたしが言っているのは、描かれていることをジョジー本人が意識しすぎると、ポーズが不自然になったりすることだよ。他意はない」

父親は壁のチャートをにらみつづけています。そして——車の中でやったように——首を横に振りました。

「ヘンリー、いまアトリエに行っていい？」と母親が言いました。「これまでの仕事を見に？」

「もちろん。こちらへ」

カパルディさんは母親を案内して、バルコニーに上がる金属製の階段に向かいました。のぼっていく二人の足が、段と段の隙間から見えます。バルコニーに上がると、カパルディさんは紫色のドアのわきのキーパッドを押しました。ブーンと短い唸りが聞こえ、二人が部屋に入っていきました。

二人の背後で紫色のドアが閉じました。ジョジーはいま黒いソファにすわっています。わたしは冗談でも言ってリラックスさせるつもりで近づきましたが、先に、まだランプのついた隅にいる父親から声がかかりました。

「やろうとしていることはな、ウサちゃん、たぶん、このチャートの前で何枚か写真を撮ることだと思う」そして、もう一歩前に出て、「これをご覧。どの線にも目盛が書いてある」と言いました。

「ね、パパ。今日来ることにパパ自身もオーケーしたって、ママが言ってたけど、あんまりいい考えじゃなかったんじゃない？　どっかほかの場所で会って、ほかのこともできたのに」

「心配しなくていい。あとで何でもできる。こんなことよりいい何かをな」そして振り返って、ジョジーにやさしい笑顔を見せました。「その肖像画だが……ま、出来上がったとしよう。気に入らんのは、わたしがもっていられないことだ。ママが自分でもっていたがるだろう」

「いつでも見に来ればいいじゃない。それを口実にして、もっとじゃんじゃん来れば？」

「ジョジー、すまない。いろんなことでこうなってしまっている。わたしはいつもおまえと一緒にいたいのにな」

「大丈夫よ、パパ。そのうちなんとかなるって。ねえ、クララ、わたしのパパってどう。そんなに変な人じゃないでしょ？」

「ポールさんに会えてとても光栄です」

父親はわたしの声が聞こえなかったふりをしてチャートを見つづけ、細部を指でさしたり、うなずいたりしています。しばらくしてわたしに向き直りましたが、顔の笑い皺はすっかり消えていました。

「こちらこそ光栄だよ、クララ」と言いました。そしてジョジーを見て、「こうしようよ、ウサちゃん。こんなところはさっさと片づけて、そのあと二人だけでどこかへ行こう。何か食べるのもいいな。いまいいところを思いついたぞ」

「うん、いいわよ。ママとクララがオーケーすれば」

ジョジーが肩越しに振り返ったとき、同じタイミングでバルコニーの紫色のドアが開き、カパルディさんが出てきました。ドア口に立って、まだアトリエの中にいる母親にこう呼びかけました。

「もっと見ていたければ、お好きなだけどうぞ。わたしはこれからジョジーのところへ行くから」

何かを言う母親の声が聞こえ、母親自身もすぐバルコニーに出てきました。でも、背をぴんと伸ばしたいつもの姿勢のよさがありません。万一倒れたときの心配でもしたのか、カパルディさんが手を差し伸べました。

「大丈夫かい、クリシー?」

母親は無言でカパルディさんのわきをすり抜け、階段をおりはじめました。手すりにつかまりながら途中までおり、前に垂れていた髪を搔きあげると、残りを一気におりてきました。

「どうだった、ママ?」尋ねるジョジーの目が不安そうです。

「なかなかよ」と母親が言いました。「いい出来になると思う。ポール、あなたも見たければどうぞ」

「いや、もう少しあとで」と父親が言いました。「カパルディ、今日はできるだけ早く終わってくれるとありがたい。ジョジーを連れて、コーヒーとケーキの店にでも行きたいから」

「いいよ、ポール。ここまで何の問題もないから。クリシー、気分はどう? 大丈夫かな」

「ええ、平気」母親はそう言いましたが、黒いソファに早くすわりたそうです。

「ジョジー」とカパルディさんが呼びました。「これからやるが、そのまえにちょっとクララに頼みたいことがあるんだ。あることをやってほしい。わたしが君の写真を撮っているあいだに、クララにそれをやってもらえたらと思ってるんだが、いいかな?」

「わたしはいいですけど、クララにも聞いてください」とジョジーが言いました。

でも、カパルディさんはまず父親に話しかけました。「ポール、同じ科学者として君にはきっと同意してもらえると思う。AFにはいま思われている以上に大きな可能性がある。わたしはそう信じている。AFの知的能力は恐れる対象ではなく、学ぶべきものだと思っている。A

Fから学べることは多い」

「わたしは技術者だよ。科学者でないのは、君も知ってのとおりさ。いずれにせよ、AFはわたしの専門外だ」

カパルディさんは肩をすくめ、髭に手をやって、しばらくなでさすっているようでした。つぎにわたしに向き直り、こう言いました。「クララ、ここしばらく計画してきた調査があるんだ。一種のアンケートで、画面上で答えられるように用意してある。これをやってもらえると、とてもありがたい」

わたしが答えるまえに、母親が「いいんじゃない、クララ」と言いました。「ジョジーがポーズしているあいだ、ひまをつぶせるわけだし」

「もちろん、喜んで」

「ありがとう。さほど難しいものじゃないことは保証する。というより、特別な努力をせずに答えてほしいんだ。君の自然な反応を引きだすのが、今回の調査の眼目だから」

「わかりました」

「質問というのとはちょっと違う。ここで説明するより、実際に上で見てもらったほうが早いだろう。ジョジーも皆さんも、一分もかからないのでご容赦。クララに説明して、すぐ戻るので。ジョジー、今日は元気そうだね。クララ、こっちへ」

あの紫色のドアに行くのかと思っていましたが、カパルディさんは広間の反対側に向かっています。そちらにも金属製の階段があって、バルコニーの別セクションに行けるようになっています。カパルディさんが先に立ち、わたしが一歩一歩注意深くつづきました。見おろすと、ジョジーも、まだ黒いソファにすわったままの母親も、そして父親も、わたしたちを見あげています。わたしからジョジーに手を振りました。下では誰も動かず、ただ「しっかりね、クララ」と言うジョジーの声が聞こえました。

バルコニーは狭く、階段と同じ暗い色の金属でできています。「こっちだ、クララ」と、カパルディさんがガラスのドアを開けてくれました。そこは、ジョジーの寝室にあるバスルームよりもっと小さな部屋で、画面とそれに向かい合う背もたれのある椅子でほぼいっぱいでした。

「あれにすわって、画面に答えてくれればいい」

わたしは白い壁を横にしてすわりました。画面の下には狭い棚があって、三個のコントローラーがついています。

カパルディさんが一緒に入るには、部屋が小さすぎます。なのでガラスのドアを開けたままにして、外からいろいろと説明し、ときには手を伸ばしてコントローラーの扱い方を教えてくれました。わたしは注意深く聞いていましたが、ドアが開いていますから、階下からの物音も耳に入ってきます。母親と父親の声がまた緊張を帯びたものに変わってきていました。カパルディさんの言葉の向こうで、「誰もいてくれとは頼んでないわよ、ポール」と言う母親の声がしています。

「矛盾しているじゃないか」と父親が言っています。「わたしはその矛盾を言っているんだよ」

「矛盾してるかどうかなんてどうだっていいの。わたしはただ今後のことを考えているんだから。これ以上ややこしくしないでよ、ポール」

わたしの横でカパルディさんが笑っています。説明を中断し、「こりゃ、大変だ。おりていってレフェリーでもつとめるか。ここはもう大丈夫だね、クララ？」

「はい、よくわかりました。ありがとうございます」

「こっちもありがたい。困ったことがあったら、すぐに声をかけて」

カパルディさんの閉めたドアが、わたしの肩をこすりました。これはすりガラスのドアですが、かなり透明度があって、いまもバルコニーからおりていくカパルディさんが見えます。さらに向こうを見やると、何もない空間を隔てた向かいのバルコニーにあの紫色のドアが見えます。ついさっき母親が出てきたあのドアです。

わたしはカパルディさんのアンケートに答えはじめました。画面上に文章として出てくる質問があり、変化するいくつもの図表として出てくる質問があります。ときには画面が暗くなり、スピーカーから音が重層的に流れでて、それが質問だったりします。ジョジーの顔、母親の顔、見知らぬ人の顔などが現れて、消えていきました。最初は十二桁ほどの数字と記号で答える程度で間に合いましたが、質問はしだいに複雑になっていき、答えも長くなりました。ときには回答として百桁を超える数字や記号が要求されることもありました。その間、下からは緊張をはらんだ声が聞こえつづけていましたが、声音は聞こえても、ドアが閉じていて細かな言葉まではわかりません。

アンケートの半ばで、ガラス越しに動きがありました。見ると、反対側のバルコニーにカパルディさんと、案内されてきた父親の姿があります。わたしは回答をつづけましたが、この調査の目的はもうわかっていますから、回答にはさほど気を遣わずにすみます。わたしは父親の観察をつづけました。父親は神経質そうにレインコートの前を合わせながら、紫色のドアに近づいていきます。いま見えるのは背中だけで、しかもすりガラス越しとあって断定はできませんが、突然気分でも悪くなったような様子でした。

バルコニーですぐ横に立っているカパルディさんは気にとめるふうもなく、笑顔で元気よく話しかけています。いま紫色のドアのわきのキーパッドに手を伸ばしました。ロックが解除されるときしているはずのブーンという音は、この小部屋までは聞こえてきません。つぎに二人のほうを見たとき、父親はもう中に入り、カパルディさんはドアから中をのぞき込んで何か言っていました。突然、カパルディさんが後ろにさがるのが見え、中から父親が出てきました。すりガラス越しでたしかなことは言えませんが、神経質そうだった先ほどから一転、何やら新しいエネルギーで満ちているかのようです。カパルディさんをほとんど押し倒しそうな勢いで出てきて、猛烈なスピードで階段をおりはじめました。カパルディさんはその様子をながめ、お店で癇癪を起こしている子でも見るように首を横に振りながら、紫色のドアを閉めました。

画面にはこれまで以上の速さで画像が流れていますが、やるべきことが変わるわけではありません。それから数分後、わたしは画面への集中を維持したまま、わきのガラスドアを少し開けました。下の声がずっとよく聞こえるようになりました。

「要するにだ、ポール」とカパルディさんが言っています。「どんな仕事も制作者にはね返ると、君はそう言いたいんだろう？　たしかにブランドとなるし、ときには不当な烙印となる」

「これはまた賢い誤解の方法があったものだな、カパルディ」

「ポール、いい加減にして」と母親の声がします。

「無礼に聞こえたらすまんな、カパルディ。だが、正直に言っていいか。君はわたしの言うことを故意に誤解しているだろ？」

「いや、ポール、君が何を言っているのか、ほんとうにわからない。どんな仕事にも倫理的な選択がつきまとう。報酬をもらうもらわないにかかわらず、それはそのとおりだ」

「これは理解のよろしいことで、カパルディ」

「ポール、やめて」と、また母親の声がしました。「ヘンリーは、わたしたちが頼んだことをしてくれているだけじゃない」

「カパルディ――いや、ヘンリーか、すまんな――わたしの言うことがわからんのは、ま、君みたいな男には無理もないか」

わたしはキャスター付きの椅子を後ろに押し、立ち上がってガラスのドアを抜けると、バルコニーに出ました。この広間では四方の壁すべてに同様のバルコニーがついていて、それがつながり合い、全体として長方形の回廊になっています。わたしは回廊の奥側半分を使うことにし、白い壁にぴたりと沿って進みました。金属メッシュの床が音を立てないよう、そしてスポットライトを横切って階下に影が落ちないよう注意して、無事、気取られずに紫色のドアにたどり着きました。暗証番号は、すでに二回見て覚えています。それを打ち込んだとき、短いブーンという音がしましたが、階下には気づかれなかったようです。わたしはカパルディさんのアトリエに入り、ドアを閉じました。

そこはL字型の部屋になっていて、入ってすぐの部分はまっすぐ前に伸び、突き当たりで曲がって、そこから先は本来の建物からつきでた増築部分のようです。両側の壁に作りつけのカウンターがあり、さまざまな木型、生地、小型ナイフ、工具などが並べてあります。でも、そんなものに気をとられている時間はありません。同じ金属メッシュでできている床が鳴り響かないよう、わたしは足の運びに注意しながら部屋の角に急ぎました。

L字の角を曲がると、そこに宙づりのジョジーがいました。宙づりと言っても、さほど高く吊るされているわけではなく、足がわたしの肩あたりにあるでしょうか。でも、その高さで前のめりになり、両腕を広げ、両手の指も広げていて、いわば落下の状態のまま氷漬けになったようです。いろいろな角度から何本もの光線が放たれてジョジーを照らし、これではどこにも隠れようがありません。顔は本物のジョジーにそっくりです。でも、目には本物のあのやさしい笑いがなく、唇は両端が吊りあがって、全体として見たことのない表情をつくっています。落胆の表情でしょうか、恐れの表情と言えばいいのでしょうか。服を着ていますが、本物の布の服ではありません。上半身に着ているTシャツのようなものも、下半身にはいているぶかぶかのショーツのようなものも、ガーゼのように柔らかな薄い紙でつくられています。淡い黄色で半透明のそんな薄紙で覆われた腕と脚は、強い照明のもとでとても脆く見えます。髪は後ろで束ねられていて、これはジョジーが病気のときの髪型と同じです。一見して受ける違和感の最大の原因はこの髪でしょうか。その材質は、わたしがどのAFにも見たことがないものです。こんな髪では、宙づりのジョジーも喜んでいないでしょう。

こうしてひとわたり観察したのち、わたしは気づかれないうちにさっきの小部屋に戻るつもりでした。左右二つの作業カウンターのあいだを注意深く歩き、紫色のドアに戻って、少しだけ開けました。例によってブーンという音がしましたが、階下から聞こえてくるやり取りから、誰にも聞かれなかったとわかります。同時に、階下の空気がいっそう緊張をはらんだものになっていることもわかりました。

「ポール」母親の声はほとんど叫んでいました。「あなた、最初から面倒を起こすつもりで来たんでしょ」

「おいで、ジョジー」と父親が言っています。「行こう、さあ」

「でも、パパ……」

「ジョジー、ここを出るんだ。パパを信じろ。パパにはわかっている」

「そうは思えないわよ」と母親が言い、それにかぶせるようにカパルディさんが「ポール、なあ、落ち着いてくれ。誤解があったなら、すべてわたしの責任だ。謝るよ」と言いました。

「あとどれほどの情報が必要だって言うんだ」と父親が言いました。父親の声ももう叫びに近いものに聞こえましたが、床の上を歩きながらの言葉だったせいかもしれません。「つぎはジョジーの血のサンプルをよこせとでも言うんじゃないのか」

「そんなわけないでしょ、ポール」と母親が言い、父親とジョジーが同時に何かを言いましたが、その上からカパルディさんがこう言いました。

「いいよ、クリシー。行かせてやりなさい。それで何が変わるってものでもない」

「ママ、なぜパパといま行っちゃいけないの？　行けば、少なくともこの怒鳴り合いは収まる。このままいたら、どんどん悪くなるばっかり」

「あなたには怒っていませんよ、ジョジーちゃん。パパが腹立たしいだけ。まるで子供みたい」

「おいで、ウサちゃん。行こう」

「またあとでね、ママ。ね？　カパルディさんも……」

「行かせなさい、クリシー。行かせてやりなさい」

二人が出ていき、玄関のドアの閉じる音が建物に響きました。わたしはふと、車は母親のものだったはずなのに、と思いました。それとも今日は父親にお金があって、タクシーでジョジーとどこかへ行くつもりなのでしょうか。ジョジーがわたしを連れていくことを考えなかったのに少し違和感を覚えましたし、母親がまだここに残っていることもあって、わたしはなんとなくモーガンの滝に行った日のことを思い出しました。

わたしはバルコニーに出ました。もうこそこそ隠れたり、足音を立てないよう用心したりするつもりはありません。鉄の手すりから身を乗り出して下を見ました。さっきまでジョジーがすわっていたチャート前の金属製の椅子に、いまは母親がすわっています。そこへカパルディさんが歩いてきました。わたしの真下を通るとき、禿げている頭のてっぺんがよく見えましたが、表情はわかりません。母親に向かってゆっくり――まるで足取りの遅さがやさしさの表れとでもいうように――歩いていって、ランプをのせた三脚スタンドの横で止まりました。

「不安な気持ちはよくわかるよ」と、これまでにない柔らかな声で言っています。「こういうことが起こるのは、もう何度も何度も経験している。だが、最後には、信じつづけて意志を曲げない人が勝つんだ」

「言われなくたって、そりゃ不安よ」

「気持ちが揺らいだら、ポールの思うつぼだ。君は考えに考え抜いてきた。混乱しているのはポールのほうなんだ」

「ポールなんてどうでもいいの。クソ食らえよ。落ち着かないのは……あの肖像画のせい」

母親はそう言いながら上を向き、わたしに気づきました。そのまま、スポットライトのまぶしさもかまわず、目をそらせようとしません。その様子にカパルディさんも振り返ってわたしを見、何か言いたげに母親に視線を戻しましたが、母親は額に手をかざして、わたしを見つめつづけています。

「いいわ、クララ」と母親が言いました。「おりてらっしゃい」

金属製の階段をおりていきながら見ると、母親からは怒りより不安のサインが出ています。そういうものなのかと興味を覚えました。広間を横切り、母親まであと数歩のところへ来たとき、カパルディさんがこう言いました。

「で、クララはどう思った。なかなかいい出来だろう?」

「ジョジーにとてもよく似ています」

「ということは、イエスととっていいのかな。それで、クララ、アンケートのほうは?」

「すべて回答しました、カパルディさん」

「では、協力に感謝しないとな。データの保存もちゃんとやってくれたろうね」

「はい、カパルディさん。すべて保存されています」

しばらく沈黙がありました。母親は椅子にすわったまま、カパルディさんは三脚ランプの横から、わたしを見つめつづけています。二人とも、わたしが何か言うのを待っているようです。

わたしはこうつづけました。「ジョジーと父親が出ていってしまったのでは、カパルディさんの肖像画も一時中断せざるをえないでしょうか」

「それは大丈夫だ。別にたいした問題じゃない」

「これはどうしても聞いておかなくちゃね、クララ」と母親が言いました。「いま見たものをどう思った?」

「無断で肖像画を見にいってすみませんでした。でも、あの状況では、そうすることが最善だと思いました」

「それはもういいわ」と母親が言いました。言いながら出しているサインは、やはり怒りではなく恐れです。「どう思ったかを聞かせて。というより、何を見たと思っているの」

「ここしばらく、カパルディさんの『肖像画』は、絵でも彫刻でもなくAFではないかと感じていました。アトリエには、それを確認したくて行きました。カパルディさんは、ジョジーの外見を正確にとらえていますが、難を言えば、腰をもう少し細くしたほうがよいと思います」

「ありがとう」とカパルディさんが言いました。「覚えておく。まだ完成途上の作品だからね」

突然、母親が首を前に倒し、両手で顔を覆いました。髪の毛が垂れさがり、カパルディさんが心配そうな表情で母親を見やりましたが、とくに動こうとはしません。母親は泣いているのではありませんでした。手に顔を埋めたまま、くぐもった声でこう言いましたから。

「ポールが正しいのかも。たぶん、最初から間違いだったのよ」

「クリシー、ここは信じきらないと」

母親が頭を上げました。いま、目には怒りがあります。「信じるのどうのって問題じゃないのよ、ヘンリー。いくら出来がよくたって、わたしがあのAFを受け入れられるのか。あなたはなぜそんなに自信たっぷりなの。サリーではだめだったのに、なぜジョジーではいいの?」

「サリーと比べてはいけない。もう話し合ったじゃないか、クリシー。サリーでやったのは人形作りだった。残された者をなぐさめるための人形で、それ以上のものではなかった。あれから、わたしたちはずいぶん進歩してきた。そこをぜひわかってほしい。新しいジョジーは模造品ではない。本物のジョジーだ。ジョジーの継続なんだ」

「それをわたしに信じろと? あなたは信じてるの?」

「もちろん信じている。全身全霊をかけて信じている。クララが行って、見てくれてよかった。これでクララも仲間入りだ。わたしたちがずっと望んでいたことだ。結局、最終的にはクララが成否の鍵をにぎっているんだから。今度は前回とは違う。全然違う。信じるんだ、クリシー。ここで弱気になってどうする」

「わたしに信じきれるかしら。その日が来たとき、ほんとうに……?」

「すみません、一言よろしいですか」とわたしは口をはさみました。「いまのジョジーが健康になれば、新しいジョジーなど必要でなくなります。わたしはその可能性が十分にあると思っています。そのためには機会を逃さず、やるべきことをやる必要がありますが、奥様がとても苦しんでおられるので、いま申し上げておくことにしました。仮に悲しい日が来て、ジョジーが亡くなることがあるなら、わたしは全力を尽くします。カパルディさんの言うとおりです。今回はわたしがお手伝いをしますから、サリーさんのようにはなりません。奥様はわたしに、ジョジーをよく観察し、すべてを学ぶよう、何かにつけておっしゃっていました。その理由がいまよくわかりました。悲しい日が来ないことを願いますが、もし来たときは、学んだすべてを新しいジョジーに教え、いまのジョジーと同じになるよう訓練します」

「クララ」と、気を取り直した声で母親が言いました。見ると、いつの間にか母親がいくつものボックスに分割されています。父親がフレンズアパートに来たとき以上のボックス数でしょうか。いくつかでは目が細められ、その他では広く大きく見開かれています。一個などは、凝視する眼球一個で埋まっています。カパルディさんの一部を端のほうに含んでいるボックスもいくつかあって、それを見て、カパルディさんが空中に片手を突きあげるという、意味不明の動作をしていることに気づきました。

「クララ」と母親が言っています。「よく推理したものだと思う。いま言ってくれたことに、ほんとうに感謝するわ。でも、聞いてもらいたいことがあるの」

「まだだ、クリシー。待って」

「なぜ？　一体全体なぜまだなの？　クララも仲間入りだって言ったじゃないの。成否の鍵はクララにあるって」

一瞬、沈黙があって、「わかった。君がそうしたいなら、止めない」とカパルディさんが言いました。

「クララ」と母親が言いました。「わたしたちが今日ここに来た最大の理由はね、ジョジーの写真撮影じゃないの。あなたのために来たのよ」

「わかっています」と答えました。「調査の目的もすぐわかりました。どれだけジョジーを理解できているかというテストですね。どう意思決定し、いつどういう感情を抱くのか。回答を見ていただければ、わたしが新しいジョジーを十分に訓練できるとおわかりいただけるでしょう。ただ、希望を捨てないで、とはもう一度申し上げておきます」

「その理解ではまだ完全ではないんだ」とカパルディさんが言いました。いまわたしの前に立っていますが、わたしにはいまだに母親の目しか見えておらず、声が視界の縁から聞こえてくるような気がします。「ここからはわたしに説明させてくれ、クリシー。わたしから聞いたほうが、いろいろと楽だろう。クララ、新しいジョジーを君に訓練してもらいたいんじゃないんだ。君に、ジョジーになってもらいたい。君が見た二階のジョジーは空っぽだ。その日が来たら――来ないことを願うが、もし来たら――君が、これまでに学んだすべてをもって、あのジョジーの中に入ってほしい」

「わたしがジョジーの中に住み着くのですか？」

「クリシーはそれを前提にして君を選んだ。君こそジョジーを学習するのに最適なＡＦだと信じた。表面的なことだけでなく、深い、ジョジーそのものの学習だ。最初のジョジーと二人目のジョジーのあいだに何の差もないほどに学習できると信じた」

「ヘンリーのいまの話だと、用意周到に計画したみたいに聞こえるでしょう？」そう言ったとき、母親の分割はもう解消されていました。「でも、そうじゃないの。こんなこと信じられるものかまったくわからなかった。たぶん一度は信じたんだと思うけど、上であの肖像画を見たら、もう何が何だかわからない」

「これでわかったと思う、クララ」とカパルディさんが言いました。「君に求められているのは、外から見たジョジーの動作をまねすることじゃない。クリシーのため、ジョジーを愛するすべての人のため、ジョジーを存続させることなんだ」

「でも、そんなことできるのかしら」と母親が言いました。「わたしのためにジョジーの存続なんて……」

「クララならできる」とカパルディさんが言いました。「調査にも協力してくれたいまなら、可能であることの科学的な証明もできる。ジョジーの衝動とか欲望とか、要するにジョジー全体の把握に向けて、クララがもう相当なところまで来ていることを証明できる。問題はわたしたちのほうだ、クリシー。君もわたしも感情に動かされる。これはどうしようもない。昔ながらの感情にとらわれる世代で、どこかにあきらめきれない部分を残している。誰の中にも探りきれない何かがあるとか、唯一無二で、他へ移しえない何かがあるとか、どこかで信じている。だが、実際にはそんなものはないんだ。ないことがすでにわかっていて、君も知っている。それでも、わたしらの年代の人間には捨てがたい信念になっている。だが、捨てねばならんのだよ、クリシー。そんなものはないんだ。ジョジーの内部に、この世に残るクララが引き継げないものなどない。第二のジョジーはコピーではない。初代ジョジーと完全に同等で、君がいまのジョジーを愛するのと同じに愛してよいジョジーだ。君に必要なのは信じることではない。理性をもつことだ。わたしはやらねばならなかった。大変だったが、いまは何の問題もない。君もきっとそうなる」

母親は立ち上がり、あたりを行きつ戻りつしはじめました。「あなたの言うとおりかもしれない。でも、ヘンリー、わたしはもう考えるのにくたびれたわ。ちょっとクララと話したい。一対一で。面倒なことになってごめんなさい」そして玄関に行き、コート掛けにぶら下げておいたバッグをとりました。

「クララが事情を知ってくれてよかった。正直、ほっとした」と、一人取り残されるのをいやがるように、母親の後についていきながらカパルディさんが言いました。「クララ、データを精査すれば、もっと努力してほしい部分が見つかるかもしれない。だが、なんでも隠さず話せるようになって嬉しいよ」

「クララ、行きましょう」

「クリシー、いまさらご破算なんて言わないよな？」

「大丈夫。でも、いまは一息つきたいの」

母親はカパルディさんの肩に軽く触れ、わたしと一緒に正面玄関から出ました。カパルディさんは急いでわたしたちのためにドアを開け、エレベーターまでついてきて、そのドアが閉まるまで陽気に手を振っていました。

おりながら、母親はバッグからオブロン端末を取りだし、じっと見ていましたが、エレベーターのドアが開くとき、またバッグにしまいました。外に出ると、お日さまが金網のフェンス越しに、ひび割れだらけのコンクリートに夕方の光模様を描いていました。わたしは、ジョジーと父親がここで待っていてくれるのではないかと期待していましたが、そこには誰もおらず、木の影だけが母親の車に落ちていました。ほど近い街の騒音が聞こえてきます。

「クララちゃんも前にすわって」

言われたとおり助手席にすわりました。フロントガラスの真向かいに、フェンスに下がる駐車禁止の看板が見えます。母親はなかなか車を出そうとせず、わたしはカパルディさんの建物と、その壁や非常階段に描かれているお日さまの光模様を見ていました。そして、建物の外側がとても汚れている理由をあれこれ考えていました。母親がまたオブロン端末を見ています。

「二人はハンバーガーのお店に行ったみたい。ジョジーは元気だって。父親もね」

「楽しんでいてくれるといいですね」

「あなたにいろいろと話したいことがある。でも、とにかく出ましょうか」

囲い地から車を出すとき、籠付きの自転車で前を通っていくご婦人がいて、止まって少し待ちました。走りだして数分後、今度は腕の長い交通信号機に出くわし、ほかに通る車は見あたりませんでしたが、そこでまた止まりました。信号が変わってすぐ、歩道から少し引っ込んだ位置に大きな茶色のビルがありました。前を通りながら見ると、窓というものがなく、中央の煙突だけが目立つビルでした。ガード下を通りました。影と水たまりが多く、スケートボーダーがたむろする場所という印象です。そこを抜けると、お日さまの大きな光模様が広がり、横に「従業員募集中」の貼り紙のあるビルが立っていました。歩行者が増え、歩道に背の低い街路樹が並びはじめています。やがて車は減速し、「手挽き牛肉の店」という看板の横に止まりました。駐車禁止ではないのに、何台もの車がわたしたちに騒音を浴びせながら通り過ぎていきます。フロントガラス越しに前方を見ると、道路はこの先でまたガード下を抜けていくようです。わたしたちを追い越した車がそこを通るために行列をつくっているのが見えます。

「ここよ。二人はこの店の中」と母親が言いました。「ポールの言い分にも一理あると思うのよね。二人には、ときに二人だけの時間も必要だと思う。二人だけ、わたしたち抜きの二人だけの時間がね。わかるかしら、クララ」

「はい、もちろん」

「父親がいなくてさびしいのは自然よね。だから、しばらくここで待ちましょう」

　前方で信号の色が変わりました。並んでいた車がガード下の暗さの中につぎつぎに進んでいきます。

「あなたにはショックだったと思う」と母親が言いました。「聞きたいことが何かある？」

「理解できたと思います」

「えっ、わかってくれたの？　わたしがあなたに何を求めているか？　求めているのはカパルディでもポールでもなく、わたし。最後にはそういうことよ。わたしが頼んでる。だって、またあんなことがあったら、あれが繰り返されたら、わたしはもう立ち直れない。サリーのときはなんとか生き延びたけど、二度はだめ。だから、これしかないと頼んでいるの、クララ。わたしのために最善を尽くして。お店の人は、あなたをすばらしいAFだと言っていた。これまでずっと見てきて、ほんとうかもしれないと思う。本気でやってくれたら、ひょっとしてうまくいくかもしれない。そうしたら、わたしはあなたを愛せるようになると思う」

　わたしたちはお互いを見ず、車のフロントガラス越しに前を見つめつづけました。わたし側の窓のすぐ外に「手挽き牛肉の店」からエプロン姿の男の人が出てきました。いま歩道を掃いています。

「ポールを責めるつもりはないの。ポールなりに思うところがあるはずだもの。サリーのあと、もう危険はいやだと言った。でも、向上処置なしじゃどうなるの。そりゃ、受けない子は大勢いる。でも、ジョジーも？　わたしはいやだった。ジョジーにはすべてを、いい人生を与えたかった。わかる、クララ？　わたしが決断し、ジョジーが病気になったの。わたしが決めたから。この気持ちがわかる？」

「はい。お気の毒です」

「気の毒がってもらいたいわけじゃないの。あなたの力でできることをしてもらいたいの。それがあなたにとって何を意味するかも考えて。あなたはこの世の誰よりも愛される。いつか、わたしが誰かとまた一緒になることがあっても――ないとは言えないわね――でも、その男を愛するのとあなたを愛するのは違う。あなたはジョジー、わたしがほかの何よりも愛するジョジーだもの。だから、やって。わたしのためにやって。お願い、ジョジーをつづけて。ね、なんとか言ってよ」

「気になっていることはあります。わたしがジョジーをつづけるとして、新しいジョジーに住み着くとして、そのとき……これはどうなるのでしょう」わたしが両腕をもちあげると、母親ははじめてわたしを見ました。わたしの顔を見て、脚を見ました。そして目をそらし、こう言いました。

「どうでもいいことじゃない？　だって、ただの作り物だもの。それより、こういうことも考えて。わたしに愛されるなんて、あなたにはどうでもいいことかもしれない。でも、リックはどう？　あなたにとって大事な人よね。言わないで。わたしに言わせて。リックはジョジーを崇拝してる。昔からずっとそうだった。だから、あなたがジョジーをつづけてくれれば、わたしだけでなくリックにも愛されるのよ。未処置の子だけど、それがどうだっていうの。一緒に暮らす方法はある。すべてから離れて、どこかで。わたしたちだけで暮らすのよ。あなたと、わたしと、リックと、リックの母親も望めば彼女も。うまくいくと思う。だから、あなたはやり抜いて。ジョジーをとことん学習して。聞いてる、クララちゃん？」

「いまのいままで、わたしはジョジーを救い、健康にすることが使命だと思ってきました。でも、そちらのほうがいいのでしょうか」

母親はすわったままゆっくりと体をねじり、両腕を伸ばして、わたしを抱こうとしました。車の中ですから、あいだにいろいろとあって完全に抱きしめることはできません。でも、ジョジーと体を揺らしながら交わすあの長い抱擁のときのように、目を閉じていて、わたしは母親のやさしさが染み透ってくるのを感じました。

＊

ガード下に向かうドライバーは、この車をよけて通らねばならないことが気に食わないようです。横を通りながら、わたしに険しい視線を向けてきます。わたしは助手席にすわっていて、駐車の責任はないとわかるはずなのですが。

でも、いまはそんな車や不機嫌なドライバーのことを気にしているときではありません。この瞬間「手挽き牛肉の店」で起こっているはずのことが心配です。母親の言葉とあの抱擁で心が呆然となっていなかったら、わたしはたぶん母親を説得し、お店に入っていかないよう引き止めたと思います。でも、抱擁の直後、母親はいきなり運転席からいなくなってしまいました。ジョジーと父親にも二人だけの時間が必要だと言っていたのに、それを忘れたかのように、後ろ手でドアをバタンと閉めて店に入っていきました。

何分間か待つあいだ、わたしはカパルディさんのところで見たあの緊張に満ちた瞬間を思い出し、いま何かなすべきことはないかと考えていました。あんなことがここでも繰り返されたら、ジョジーの感情は傷つきます。それを避けるには、無礼を承知でわたしが「手挽き牛肉の店」に入っていくことが必要ではないでしょうか……。でも、そう心が決まるまえに、わたしの窓側の歩道に父親が現れました。車のキーをこちらに向け、何も起こらないと見ると、キーを仔細に見てからもう一度押しました。周囲で解錠音が起こり（ということは、わたしは車に閉じ込められていたようです）、父親は通りかかる車に目を配りながら反対側にまわって、すばやく乗り込み、運転席にすわりました。わたしのほうを見ようとはせず、前方のガード下を見つめています。そして手をハンドルにのせ、指でコツコツと叩きはじめました。

「まだこの車に乗っているとはな」と言いました。「車選びのときは相談にのってね、最初はドイツ車にご執心だったが、信頼性ならこっちだよとアドバイスした。ま、間違ってなかったってことか。少なくとも、わたしよりは長持ちした」

「ポールさんは優秀な技術者ですから、当然、車でもいいアドバイスができたのでは？」とわたしは言いました。

「そういうものでもないさ。車のエンジンは専門外だ」そして、いくぶん悲しそうに、ハンドルのあちこちに触れつづけました。

「ジョジーと母親もすぐ出てくるのですか？」と尋ねてみました。

「えっ？　ああ、いや、まだだ。きっとすぐには出てこないと思う」そしてこう付け加えました。「じつはな、ドライブでもしてきたら、とクリシーに言われた。ジョジーと話をするあいだ、どこか遠くにいてほしいんだろう」カパルディさんのところで見せた怒りはなく、むしろ心ここにあらずの感じさえありました。「正直、クリシーが入ってきたときは、なんだよ、と思った。そんなふうに邪魔されたら、嬉しくないのは当然と思うだろ？　だが、ほんとうは、ジョジーとわたしは気楽な会話を楽しんでたわけじゃない。ちょっと困ったことにさえなっていた。なあ……」とようやくわたしに顔を向けました。「これまで態度が悪かったのを謝るよ。なんとなく無礼だったような気がしてるんだ」

「心配ご無用です。ポールさんがわたしに気持ちよく挨拶できなかった理由は、いまよくわかります」

「君らのような存在との関係がうまくいったためしがないんだ。だから許してほしい。で、さっきの話だが、クリシーが割り込んできたのは気にならなかった。ジョジーが難しいことをいろいろ聞いてきて、どう答えていいのか、途方にくれているところだったからね。ジョジーは鋭い子だ」また視線をガード下に向け、指で車のハンドルを叩きはじめました。「カパルディのところのあとだから、二人でのんびりしたいと思ったんだ。コーヒーでも飲んで、何か食べて。だが、いろいろと尋ねてきた。カパルディさんは助けてくれる人だっていつも言ってるのに、じゃ、なぜそんなに嫌うの？　とか」

「どう答えたのですか」

「わたしはジョジーに嘘をつけたためしがない。だから、まあ、のらりくらりと逃げていた。だが、ジョジーには見抜かれていたと思う。そこへクリシーが来た」

「ジョジーは……感づいているのでしょうか、この計画を。万一亡くなった場合の計画を」

「わからない。たぶん何か感じてはいるだろう。直面する勇気はまだなくても、ばかではない。だから、いろいろと難問を投げかけてくる。肖像画を描いてくれるだけの人になぜ突っかかるのか、とか。ここはもうクリシーに苦労してもらうしかない」父親は、突然、キーをイグニッションに差し込みました。「しばらく失せろと言われてきた。正確には……」と腕時計を見ました。「五時四十五分までだ。おすし屋さんで待ち合わせることになってる。全員集まるそうだよ。ジョジーにクリシーにお隣さんもだ。だから、止めた車で一時間すわっていたいというなら別だが、ここでドライブというのはどうかな」

父親はエンジンをかけましたが、車の列が長くなりすぎていて、すぐには出せません。わたしはその間にシートベルトを着けました。前方で信号が変わり、車が勢いよく動きはじめました。

＊

影と光の模様が飛びまわっているガード下を抜け、車は、茶色の高層ビルが立ち並ぶ大通りに出ました。いくつもの手足と目玉をもつ大きな生き物のわきを通り過ぎた直後、目の前でその生き物の真ん中に割れ目が出現して、たちまち全体が二つに分かれました。そのときはじめて、これは大きな生き物などではなかったと気づきました。ジョギングしている人と犬を散歩させている人――反対方向に進んでいた二人が、たまたまこの一瞬、重なり合い、すれ違ったのでした。そのあと、「イートイン／テイクアウト」の看板を掲げた店が見え、その店の前の歩道に、誰のものなのか、野球帽が落ちていました。

「どこか行ってみたい場所があるのかな」と父親が尋ねました。「君の昔のお店がどうのと、ジョジーが言っていた。今日通り過ぎたんだとか」

父親のこの言葉を聞いたとき、これこそ絶好の機会かもしれないと思いました。「はい、ぜひ」と、興奮のあまり大声を出しすぎたかもしれません。なんとか自分を抑え、少し静かな声で「もし面倒でなかったら」と言い添えました。

「もうないかもしれないとも言ってたな。移転したかも、って」

「それはよくわかりませんが、それでも、ポールさんが近くを通ってくだされば、嬉しいです」

「いいとも。何かで時間をつぶさねばな」

つぎの交差点で右に曲がりながら、父親が「さて、クリシーはどんな具合かな」とつぶやいていました。「いま何を話し合ってるんだろう。あいつのことだから、うまく話題を変えられたかな」とも。

交通量が増えてきました。わたしたちはほかの車の後からゆっくり進んでいます。お日さまはときどき顔をのぞかせてくれますが、もうかなり低くまでおりていて、背の高いビルの後ろに隠れがちです。仕事を終えた大勢のお勤めの人々が歩いていて、歩道がにぎやかです。梯子にのぼり、看板に手をくわえている人がいました。光沢のある赤い看板には「丸焼きチキン」と書いてあります。横断歩道と駐車禁止標識をいくつも通り過ぎ、なんとなくお店に近づきつつあるという感じがしました。

「ちょっと聞いていいか」と父親が言いました。

「はい、どうぞ」

「ジョジーは、まだほんとうのところは知らないと思う。だが、君はどうなんだ。事前にどれだけのことを察していて、今日どれだけのことを知ったのか、いやでなければ教えてくれないか」

「今日カパルディさんのところへ行くまでに薄々感じていたことがいくつかありますが、知らなかったこともたくさんあります。今日の訪問で、ポールさんが抱いていた不安と、わたしへの冷たさを理解することができました」

「そのことはあらためて謝るよ。じゃ、二人から全部聞いたんだね。君の立場や役割も全部」

「はい、すべてを話してくれたと思います」

「で、君はどう思うんだ。できそうなのか。そんな役割を果たせるのか」

「簡単ではないでしょう。でも、これからもジョジーをよく観察しつづければ、わたしの能力の範囲内に入ってくると思います」

「じゃ、ちょっとほかのことも聞こう。これはどうだ。君は人の心というものがあると思うか。もちろん、単なる心臓のことじゃないぞ。詩的な意味での『人の心』だ。そんなものがあると思うか。人間一人一人を特別な個人にしている何かがあると思うか。仮にだ、仮にあるとしたら、ジョジーを正しく学習するためには、単に行動の癖のような表面的なことだけじゃなくて、ジョジーの奥深い内部にある何かも学ばないといけないだろう。ジョジーの心を学ぶ必要があるとは思わないか」

「たしかにそうです」

「とんでもなく難しいだろう。君の能力はすごいんだろうが、それでも追いつかないんじゃないのか。いくら巧妙になりすましたって、他人に成り代わることはできまい。心を学ばねば、心を完全に習得しなければ、現実問題として絶対にジョジーにはなれないと思う」

路上に果物の箱が数個放られていて、その横にバスが止まりました。父親がバスの後ろから横に出たとき、後続の車が警笛を鳴らしてきました。その後も何度か警笛が鳴りましたが、遠くからの音で、直接この車に向けられたものではなさそうです。

「ポールさんの言う『心』は、ジョジーを学習するうえでいちばん難しい部分かもしれません」とわたしは言いました。「たくさんの部屋がある家のようだと思います。でも、AFがその気になって、時間が与えられれば、部屋の一つ一つを調べて歩き、やがてそこを自分の家のようにできると思います」

脇道から車線に入ってこようとしている車があって、今度は父親がその車に警笛を鳴らしました。

「だが、君がそういう部屋の一つに入ったとしよう。すると、その部屋の中にまた別の部屋があったとしたら？　その部屋に入ったら、そこにもさらに部屋がある。部屋の中の部屋の中の部屋……きりがないんじゃないのか。ジョジーの心を学習するというのは、そういうことになると思わないか。いくら時間をかけて部屋を調べ歩いても、つねに未踏査の部屋が残る……」

わたしはしばらく考えて、こう言いました。「もちろん、人の心は複雑でないわけがありません。でも、限度があるはずです。ポールさんが詩的な意味で語っているとしても、学習することには終わりがあると思います。ジョジーの心は、たしかに部屋の中に部屋があるような不思議な家かもしれません。でも、それがジョジーを救う最善の方法であるなら、わたしは全力を尽くします。成功する可能性はかなりあると信じます」

「そうか」

それからしばらく、わたしたちは黙ったまま進みました。でも、「ネイルサロン」の看板をかけた建物を過ぎ、その直後に、汚く剝がれかかったポスターの並ぶ壁を見て、「君の店はこの地区にあるってジョジーが言ってたな」と父親が言いました。

わたしには見覚えのない通りですが、そうなのかもしれません。わたしは父親にこう話しました。「ポールさんはとても率直に話してくださいました。わたしも率直にお話ししてよいでしょうか」

「ああ、なんでも」

「昔のお店というのは、わたしがこのあたりに来たかったほんとうの理由ではありません」

「違う?」

「今日カパルディさんのところへ行く途中、ここを通ったときに、ある機械を見かけました。道路工事の人の使う機械で、ひどい汚染を出していました」

「それで?」

「説明は簡単ではありませんが、ポールさんには、わたしがいまから言うことを信じていただくことが重要です。この機械を破壊しなければなりません。その破壊が、ここへ来ることをお願いしたほんとうの理由です。この近くのはずです。『クーティングズ』と書かれた機械ですから、すぐにわかります。三本の煙突があって、そこからひどい汚染を吐きだします」

「で、君はその機械をいま見つけたい？」

「はい。そして破壊します」

「汚染を引き起こす機械だから？」

「とてもひどい機械です」わたしは身を乗り出し、もう左右に目を配りはじめていました。

「で、いったいどうやって破壊するつもりなんだ」

「まだわかりません。ポールさんと率直に話し合いたかったのは、そのためです。わたしを助けてください。技術者として、大人として助けてください」

「機械の破壊方法を尋ねているわけだ」

「はい。でも、まず見つけることが先決です。たとえば、この通りを曲がっていただけますか」

「ここは曲がれない。一方通行だ。わたしも君に劣らず汚染は嫌いだが、これはちょっとやりすぎじゃないのか」

「これ以上は説明できません。でも、わたしを信じてください。ジョジーのため、ジョジーの健康のために、とても重要なことです」

「これでどうやってジョジーが助かるんだ」

「すみませんが、説明できません。わたしを信じてください。クーティングズ・マシンを見つけて破壊できれば、ジョジーは完全に回復すると信じます。そうなれば、もうカパルディさんも、肖像画も、わたしがジョジーを学習することも、いっさい関係なくなります」

父親はしばらく考えていました。そして「わかった」と言いました。「やってみようじゃないか。で、それを最後に見たのはどこだって？」

わたしたちはドライブをつづけました。ＲＰＯビルと、その横にある非常階段付きのビルが急速に近づいてくるのが見えます。お日さまがその二つのビルの背後に沈んでいくのも、見慣れた光景です。いま、お店自体の前を通り過ぎました。着色瓶の展示があり、「ダウンライト」の広告が出ています。でも、わたしはクーティングズ・マシンを見逃すことが心配で、そちらにはほとんど注意が向きませんでした。横断歩道を越えながら、「ここはタクシー専用の通りなのか」と父親が言いました。「見ろ。あっちもこっちもタクシーだらけだ」

「たぶん、この角です。ここ、曲がれますか」

来るときに見た場所に、クーティングズ・マシンはありませんでした。あたりはまた見覚えのない風景になり、わたしは必死であちらにこちらにとマシンを探しました。ときどき、ビルの合間からお日さまがキラリと輝きます。お日さまはわたしを励ましてくれているのでしょうか、それともわたしの進み具合を見ているだけなのでしょうか。また一つ、通りの角を曲がり、そこにもマシンなど影も形も見あたらなかったとき、わたしはパニック状態に陥りました。きっとそれがわかったのでしょう。父親がこれまでになくやさしい声でこう言いました。

「本気で信じているんだね、これがジョジーの助けになると?」

「はい。もちろんです」

そのとき、父親の中で何かが変わったように思います。少し前傾姿勢になり、わたし同様、真剣な眼差しで左右を見はじめました。

「一縷の望みか」とつぶやきました。「捨てきれないものだな」と。まるで何かに抗議するように首を振り、雰囲気に新しい積極さが加わったように見えました。「よし、車両か。道路工事に使う車両なんだね」

「車輪は付いていますが、機械自体を車両と言っていいのかわかりません。移動には牽引が必要なようですから。横腹に『クーティングズ』と書かれていて、淡い黄色です」

父親は腕時計をちらりと見ました。「作業員は今日の仕事をもう終えている時刻だ。あちこち見てみるか」

そこからの運転で、父親の運転技術が垣間見られました。まず、他の車や通行人やショーウィンドーを離れ、これまで通ったことのない小さな通りに入りました。両側に窓のないビルや、漫画を描き散らした大きな壁が立ち、その影が通り全体に落ちています。父親はところどころで車を止め、ときにはバックして、金網フェンスわきの狭いスペースに入り込みました。フェンスの向こう側にはトラックや汚れた車が並んでいます。

「何か見えるか」

わたしが首を横に振るたび、車が小刻みに再発進します。目の前の消火栓やビルの角にぶつかりそうでハラハラしますが、父親は急旋回で巧みによけて進みます。似たような車置き場をいくつも調べるうち、一つ、扉が曲がって開いてしまっているところがありました。両開きの扉の片方に「立入厳禁」の看板がぶら下がっていましたが、わたしたちはかまわず入り、ぐるりと一巡りしました。車が何台もあるのはもちろん、木箱が積み上げてあったりして、奥には建設用のクレーンまでありましたが、クーティングズ・マシンは見あたりません。そこを出て、つぎに行ったのは街の影とでも言うべき暗い一帯で、歩道があちこち壊れていて、通る人もあまりいません。一棟、ぬっと立っている貸しビルがあり、車はその横の狭い路地に入りました。そこにも金網のフェンスで囲われた車置き場がありました。

「あそこ、ポールさん。ありました」

父親は急いで車を止めました。その置き場はわたし側にあります。わたしは窓に顔をつけるようにして外をのぞき、父親はわたしの背後で、もっとよく見ようと姿勢を変えています。

「あれか、煙突のあるやつ？」

「はい。見つけました」

父親が車をゆっくりバックさせているあいだも、わたしはクーティングズ・マシンから目を離しませんでした。車がまた止まりました。

「中央の入り口はチェーンでふさがれている。だが、あっち側にも入り口が……」

「はい、小さな入り口が開いていて、人なら歩いて入れます」

わたしがシートベルトを外し、外に出ようとしたとき、父親の手が腕に置かれるのを感じました。

「何をするにせよ、何をどうするつもりかはっきり決まるまで行かないほうがいい。ガラクタ同然に見えても、決め込まないほうがいい。アラームやカメラがあるかもしれない。あそこに立って、のんびり考える時間があるとはかぎらない」

「たしかにそうでした」

「あれがその機械だというのは、たしかなのか」

「はい。ここからはっきり見えますし、間違いありません」

「あれを動かなくすることで、ジョジーが助かる？」

「はい」

「で、どうやってやろうと言うのかな」

クーティングズ・マシンは他の駐車車両から少し離れ、置き場のほぼ中央にでんとすわっています。わたしはそれをじっと見つめました。いまお日さまは、ここからさほど遠くない場所に立つ二棟のビルのあいだにあり、そのビルを二つのシルエットに変えながらこの置き場を斜めに見おろして、駐車車両の縁を光らせています。

「軽く考えていたのは愚かでした」とようやく言いました。

「ああ、簡単なことじゃない」と父親が言いました。「加えて、君がやろうとしていることは器物損壊にもあたる」

「はい。でも、あちらの高い窓からたまたま誰かが見たとしても、きっとクーティングズ・マシンが壊れるのを喜んでくれると思います。とてもひどい機械であることは知っているでしょうから」

「そうかもしれない。だが、まずはどうやって壊すかだ」

父親は運転席の背もたれに寄りかかりました。片腕をハンドルに置いたままですが、この腕はとてもリラックスしていて、すでに解決策を思いついているという印象です。ただ、何らかの理由でまだ明かしたくないのでしょう。

「ポールさんは優秀な技術者です」と、わたしは面と向かって言いました。「きっといい方法を考えてくださると思います」

でも、父親はフロントガラス越しに置き場を見つめるばかりです。「さっきのカフェではジョジーに説明できなかった」と言いました。「なぜわたしがカパルディをそんなに憎むのか。なぜやつとは普通に接することができないのか。だが、クララ、ちょっと君に説明してみたい。

君がいやでなければだが」

　そのような話題の転換はとても歓迎できませんが、父親の機嫌を損ねることも怖く、わたしは何も言いませんでした。

「わたしがカパルディを嫌うのは、心の奥底で、やつが正しいんじゃないかと疑っているからかもしれない。やつの言うことが正しい。わたしの娘には他の誰とも違うものなどなくて、それは科学が証明している。現代の技術を使えば、なんでも取りだし、コピーし、転写できる。人間が何十世紀も愛し合い憎み合ってきたのは、間違った前提の上に暮らしてきたからで、知識が限られていた時代にはやむを得なかったとはいえ、それは一種の迷信だった……。カパルディの見方はそうだ。わたしの中にも、やつの言い分が正しいのではないかと恐れている部分がある。だが、クリシーは違う。わたしのようじゃない。自分では気づいていないだろうが、あれは絶対に丸め込まれない。だから、クララ、君がいくら巧みに役を演じようと、すべてうまくいってほしいとクリシー自身が望んでいようと、来るべき瞬間が来れば、あれはすべてを拒絶するぞ。なんと言うか、旧式な人間すぎるんだ。自分が科学に楯突き、数学に反対しているとわかっていても、受け入れられないものは受け入れられない。そこまで自分を広げられない。一方、わたしは違う。クリシーにはない冷徹さを内部に抱えている。君の言う優秀な技術者だからかもしれない。だから、わたしはカパルディみたいな男には普通の接し方ができないんだと思う。連中がやることをやり、言うことを言うと、そのたびに、この世でいちばん大切にしているものが自分の中から奪われていく気がする。言っていることがわかるかな」

「はい、ポールさんの気持ちがわかります」そう言い、数秒おいてからこうつづけました。

「いまポールさんが言ったことからも、カパルディさんの案を実行までもっていかないことがいっそう重要だと思います。ジョジーの健康を取り戻すことができれば、肖像画もわたしの学習も、もうどうでもよくなります。ですからポールさんにもう一度お願いします。クーティングズ・マシンの壊し方を教えてください。もうよい考えが浮かんでいるのではありませんか？」

「ああ、使えるかもしれないアイデアはあるが、もっといい方法がないかとも思っていた。だが、残念ながら、そんなものはなさそうだ」

「教えてください。いつ何が起こって、せっかくのチャンスが消えてしまうかもしれません」

「よし、方法はこうだ。この機械にはシルベスター広域生成ユニットが使われている。市場の位置づけでは中程度の製品で、燃料効率がよくて、堅牢性も十分だが、完璧に保護されているわけでもない。要するに、ほこりや煙や雨ならどれほど大量でも堪えられるが、何か——そうだな、高濃度のアクリルアミドを含む何か、たとえばP‐E‐G9溶液がシステムに入り込むと、誤動作を防げないってとこだ。ディーゼルエンジンにガソリンを入れるようなものだが、それよりうんと悪い。あれにP‐E‐G9溶液を注入できれば、たちまち重合が起こって、その損傷は回復不能だろう」

「P‐E‐G9溶液ですか」

「どうすればそのP‐E‐G9溶液がすぐ手に入るか、ポールさんはご存じですか」

「ああ」

「運よくか運悪くか知っている」その後しばらくわたしを見ていて、やがてこう言いました。「君の中にも一定量のP‐E‐G9溶液が入っている。君の頭の中だ」

「そうですか」

「AFの頭には、通常、小さな空洞がある。後頭部と首のつなぎ目のところだ。わたしの専門分野ではなくて、カパルディならもっとよく知っているはずなんだが……。だが、わたしの推測では、P‐E‐G9溶液を多少失ったとしても、君の機能に大きな影響は出ないと思う」

「もし……もし、わたしからその溶液を取りだせたら、クーティングズ・マシンを壊すのに十分でしょうか」

「いやあ、ほんとうにわたしの専門ではなくて、あくまで推測だぞ。君にはだいたい五百ミリリットル入っていると思うんだ。こういう中級品を動作不能にするには、その半分でも十分だろう。とは言え、そうしろと勧めているんじゃない。そこは強調しておくぞ。万一、君の能力に少しでも支障が出れば、カパルディの計画も危険にさらされることになる。クリシーにとっちゃ、絶対に避けたいところだろう」

わたしの心は恐れでいっぱいでしたが、あえて言いました。「その溶液を取りだせれば、それでクーティングズ・マシンを壊せると、ポールさんはそう思っているのですね」

「そうだ。そう思う」

「この方法を思いついた裏には、クーティングズ・マシンを破壊するほか、クララと、ひいてはカパルディさんの計画をだめにしたかったから、という可能性はありますか」

「たしかにそれも考えた。でもな、クララ、ほんとうに君を壊したければ、もっとずっと簡単な方法があるよ。それに、君はわたしにまた希望を戻してくれた。ひょっとしたら君の言うとおりになるか……という希望をな」

「溶液の取りだしはどのように？」

「耳の下のところをちょっと切開する。どっちの耳でもいい。ただ、道具がいるな。先の尖ったものか、縁の鋭いもの。皮膚にあたる表面の層を切開するだけでいいんだ。そのあとは、たぶん小さなバルブがあるから、それをゆるめる。終わったら、またバルブを締めるが、これは指で間に合うだろう」そんな話をしながら、グローブボックスを掻きまわしていて、水の入ったペットボトルを取りだしました。「溶液はこいつに溜めればいい。おお、ちっちゃなねじ回しがあったぞ。理想的とは言えないが、先をもう少し鋭くしてやれば……」と途中で言葉を切って、そのねじ回しを光にかざして見ていました。「あとは、あそこまで歩いていって、こぼさないよう注意しながら溶液をノズルの一つに注いでやればいい。真ん中のノズルを使うべきだろうな。そいつがシルベスターユニットに直接つながっているはずだから」

「わたしは能力を失いますか?」

「さっきも言ったとおり、全体的な能力は、大きくは損なわれないはずだ。だが、わたしの専門分野じゃないので……。認識機能に多少の影響が出るかもしれないが、君の基本的なエネルギー源は太陽光だから、大きな影響はないと思う」

父親は自分側の窓を下げ、ペットボトルを突き出すと、中の水を外の地面にこぼしました。

「君の決断しだいだ、クララ。君がやっぱりやめると言えば、すぐにここを出る。待ち合わせの時間まで、まだあと……ええと……二十分ある」

わたしは恐怖を抑え込もうとしながら、金網のフェンス越しに車置き場を見つめました。目に映る車両はいまもボックスに分割されていません。二つのシルエットと化して立つビルの合間からは、お日さまがまだ見守ってくれています。

「なあ、クララ、これがどういうことなのか、わたしには全然わかっていない。だが、ジョジーに最善をと願っているのは君と同じだ。だから、わずかでもチャンスがあるなら、喜んでつかみにいくよ」

わたしは父親に笑顔を向け、うなずきました。「では、やりましょう」

*

わたしはおすし屋さんの窓際にすわり、外の劇場の影がしだいに長くなっていくのを見ながら、お日さまがすぐにでも――ひょっとしてこの窓を通して――特別な栄養を送ってくれるかもしれないと思うと、興奮を抑えられませんでした。ジョジーはいま、テーブルをあいだにしてわたしの真向かいにすわっています。でも、そのとき気づきました。お日さまはいまどれほどくたびれていることでしょう。一日を終えようとしているお日さまに、間髪を入れない即答を期待するのは不遜であり、理不尽ではないでしょうか。心にはまだ捨てがたい小さな希望が残っていて、わたしはジョジーをじっと見つめつづけましたが、やがて、答えはどんなに早くても明日の朝以降になるだろうとあきらめ、待つことにしました。

また、おすし屋さんの窓の外があまりはっきり見えないのは、窓がほこりだらけで汚れているせいであることにも気づきました。車置き場で起こったこととの関係は薄そうです。なぜなら、劇場の入り口の上方に大きな布製の幕が下がり、絶えず風にはためいていますが、そこに「至福の輝き！」と書かれているのがちゃんと読めます。それに、ぞくぞくと劇場にやってきて、すでに外にできつつあるひしめき合いに加わる人々の感情も、ここから苦労なく読みとれます。新しい人が到着するたび、周囲から挨拶の言葉が飛び、ユーモラスな叫びが起こります。言葉そのものはよく聞こえませんが、ここと外は厚いガラスで隔てられているのですから、聞こえにくいのは当然です。わたしの能力云々という話にはならないでしょう。

車置き場での作業にはさほど時間がかからなかったはずですが、父親とわたしが目的のおすし屋さんを尋ねあてたとき、ジョジーと母親、リックとヘレンさんは、すでに窓際のテーブルについていていました。もう何分もまえに着いていたようです。父親は全員に陽気に挨拶をしていました。まるで、カパルディさんの家でのことなどなかったかのようです。そのあとすぐ母親が立ち上がり、オブロン端末を耳に当てながら、おすし屋さんの外に出ていきました。

テーブルの向こうでは父親がリックのノートを手にとり、ページをめくりながら感心したような声をあげています。でも、わたしはジョジーがいつになくおとなしいことが気になりました。父親もすぐにそれに気づいたようです。

「大丈夫か、ウサちゃん？」

「なんでもないわよ、パパ」

「今日はもう長時間動きまわってきたからな。アパートに帰るか？」

「疲れてないし、病気でもない。大丈夫よ、パパ。すわってるだけだもの」

ジョジーの横にすわっているリックも、心配そうに見ています。「おい、ジョジー、ぼくの代わりにこれ平らげてくれないか」と、耳元にささやくように言い、ニンジンケーキの残りをジョジーのほうへ滑らせました。「エネルギーをチャージしてくれ」

「エネルギーなんていらないわよ、リック。大丈夫。ここにすわってたいだけ」

父親はジョジーをじっと見ていましたが、またリックのノートに戻りました。

「これはとてもおもしろいよ、リック」

「ねえ、リック」とヘレンさんが言いました。「いまふと思ったの。その図面を持参したのはとってもいい思いつきだったけど、バンスに会うときは、見せてと言われるまで自分からは出さないほうがいいかもね」

「母さん、それはもう話し合ったじゃないか」

「焦っているように見えたら、ちょっとまずいかなと思って。あくまでも世間的なお付き合いのなかでの出会いだから。偶発的な出会いっていうか……」

「母さん、これだけ仕組まれた出会いで、今日だってこれのために来てるのに、どうして偶発的になれるんだよ」

「つまりね、おまえ、偶然出会ったみたいに振る舞いなさいってこと。バンスとはそういう出会いがいちばんいいのよ。おまえのやってることを見たいって言われたら、そのときはそれを……」

「わかったよ、母さん。すべて承知した」

リックは緊張しているようです。なんとか気持ちをほぐしてあげられればと思いましたが、テーブルの向こう側にすわっていて、その腕や肩に触れることはできません。父親はまたジョジーを見ています。ジョジーは体調が悪いというより、何かじっと考え込んでいるようにわたしには見えるのですが……。

「ドローンはわたしの専門外だが、じつに見事だ。わくわくするよ、リック」と、やがて父親が言いました。つぎにヘレンさんに向かい、「既処置だろうが未処置だろうが、この世が完全に狂っていないかぎり、本物の才能は認められるはずだ」と言いました。

「こんなことをやりはじめた最初からずっと励ましていただいて、感謝します、ミスタ・アーサー」とリックが言いました。「あのとき見せていただいたものが、いまそこでご覧になっているものの土台になっています」

「それは親切な言葉だが、言いすぎだ、リック。ドローン技術はわたしの専門外だし、なんの手助けもできたとは思えない。だが、君がそう言ってくれるだけで、とても嬉しいよ」

窓の外では、お日さまが投げかける今日最後の光模様の中で、黒いスーツを着て蝶ネクタイをした女の人たち、チョッキ姿でチラシを配る劇場関係者、派手な衣装の何組もの男女、小さなギターを抱えたミュージシャンらが、ひしめき合う人々のあいだを歩きまわっています。ときどき、ガラス越しにギターの音が聞こえます。

「おい、ウサちゃん。何か気になるようなことをママに言われたのかな。さっきから黙ってばかりで、おまえらしくないな」

「なんでもないよ、パパ。ショーじゃないんだから、いつもきらきら目立って笑わせて、なんてできないよ。たまには静かにすわって、落ち着かなくちゃ」

「ね、ポール、あなたがいなくなってもう四年になるのね」とヘレンさんが言いました。「さびしいものよ。あらまあ、まだどんどん人が増えてくる。開場は何時なのかしらね。ここが歩行者天国でよかったわ。クリシーはどこへ行ったのかしら。まだ外なの？」

「ここから見えるよ、母さん。まだ電話してる」

「今日はクリシーが一緒にいてくれてよかった。いてくれるだけで安心できる。わたしには無二の友達だわ。あなた方全員もそう。こんなふうにいてくれて、リックとわたしに力を貸してくれて、ほんとうにありがとう」そう言ってテーブルを見渡し、わざわざわたしにも目をとめました。「不安でないふりなんてしても無駄ね。もうそろそろ時間になるし。今日のこれは、正直に言うとリックのためだけじゃないの。あなたには話したかしら、ポール？　これから会う人ってね、彼とわたしは昔熱烈に愛し合ってたの。ある週末とか、数カ月とかじゃなくて、何年も……」

「母さん、やめて」

「彼と話す機会があれば、あなたとのあいだにいくつも共通点があることがわかると思うわよ、ポール。たとえば、彼にもファシスト的な傾向があるし。昔からいつもそうだった。わたしは気づかないふりをしていたけど……」

「母さん、なんてことを……」

「ちょっと待ってくれ、ヘレン」と父親が言いました。「つまり、わたしが……」

「だって、あなた自身がさっき言っていたでしょう、ポール？　あなたのコミュニティの話……」

「いや、ヘレン。子供たちの前でもあるし、これは聞き過ごせない。わたしがさっき言っていたことは、ファシズムとは何の関係もない。わたしたちは、必要ならわが身の防衛はするが、他を攻撃する意図などまったくないんだ。ヘレン、君が住んでいるところではまだ心配がないのかもしれないし、これからもそうであることを願うが、わたしのいる場所ではそうじゃない」

「じゃ、パパもそこから出てきたら？　ギャングだとか銃だとか、そんな場所になぜ住みつづけるの？」

父親は、ジョジーがようやく話に加わってきてくれて嬉しそうでした。「わたしのコミュニティだからだよ、ジョジー。さっきの話はひどく聞こえたかもしれないが、それほどじゃない。パパはあそこが好きだ。とてもすばらしい人々と一緒に生活している。ほとんどはパパと同じ道をたどった人々だ。そして、まともで充実した生活を送るにはいくつものやり方があるって、みんながわかってる」

「パパは仕事をなくしてよかったの？　そういうこと？」

「いろいろな点で、そうだ、ジョジー。それに、ほんとうの意味で仕事を失ったわけでもない。すべては変化の一部なんだよ。誰もが自分の生きる道を見つけないといけない」

「ごめんなさい、ポール」とヘレンさんが言いました。「あなたと新しいお友達をファシスト呼ばわりして。そんなこと言うべきじゃなかった。ただ、みんな白人で、かつてはそれぞれの職業のエリートだったって、あなたがそう言ったものだから。たしかに言ったわよね？　それで、ほかの人々にたいして相当の武装もしなければならなかった、って？　それって、やっぱりファシスト的に聞こえるっていうか……」

「ヘレン、それは受け入れられない。ジョジーは違うと知っているが、それでも、君がそう言うのを聞いてほしくない。リックにも聞いてほしくない。事実ではないからだ。わたしたちが住んでいるところにはいろいろなグループがいる。それは否定しない。だが、グループ分けを決めたのはわたしではない。自然発生的に分かれた結果だ。他のグループがわたしたちとその所有物を尊重しないと言うなら、こちらもそれなりの対応をするぞ、ということだ」

「母さんはいま調子がよくないんです」とリックが言いました。「ちょっと不安定になってて。許してやってください」

「心配ないよ、リック。君のお母さんとは長い知り合いで、わたしもお母さんが好きだ」

「バンスっていうの」とヘレンさんが言いました。「わたしたちがこれから会う人の名前。皆さんにはいろいろ支えてもらって、リックもわたしも感謝しています。でも、ここからはわたしたちだけね。あのね、ポール。バンスは一時期わたしに夢中だったことがあるの。リック、そんな顔をしないで。リックは彼に会ったことがないの。生まれるまえのことだものね。ああ、一度だけあのときがあったか。でも、あれはノーカウントだわね。仮にあなたがバンスに会ったとすればね、ポール、この男のどこに惹かれたんだって、絶対思うんじゃないかしら。でも、かつてはあなた以上にハンサムだったのよ。ところが変な話だけど、人生で成功を重ねるにつれ、どんどん醜くなっちゃって。お金持ちで、影響力もあるいまなんて、ものすごい見てくれよ。でも、今日はあの肉の襞《ひだ》の中にかつてのハンサムな若者を見ることにするわ。さて、向こうもわたしに同じことをしてくれるかが問題」

「ウサちゃん、外はどうなってる。ママは見えるかい」

「まだ電話中」

「わたしに腹を立ててるんじゃないかな。わたしがここにいるあいだ、たぶん戻ってこないだろう」

たぶん、父親は誰かに否定してもらいたかったのだと思います。でも、誰もそうはしませんでした。ヘレンさんは目を大きく見開き、短く笑ってから、こう言いました。

「ほぼ時刻よ、リック。そろそろ出ましょうかね」

これを聞いて、わたしの心の中で恐怖がふくれあがりました。車置き場で起こったことの影響が時間とともに増大してきていないか、わたしはもう確信できなくなっていました。このまま外に出て、まだ経験したことのない地形を歩いたら、いまのわたしがどんな状態にあるか、誰の目にも明らかになってしまわないでしょうか。

「わたしね、大丈夫かなって思ったのよ」とヘレンさんが言っています。「劇場の外で会おうだなんて、バンスはちゃんと考えたのかしら。ショーのはじまりと重なったら人ごみが大変なのに。外で待ったほうがいいわね。向こうが早く来て、人の多さに迷っちゃうかも」

リックがジョジーの肩に手を置き、そっと尋ねています。「ジョジー、大丈夫?」

「うん、平気よ。あなたは行って、一所懸命やってきてね、リック。いまのわたしにほしいのはそれ」

「そうだな」と父親が言いました。「で、忘れるな。君には才能がある。じゃ、そろそろみんな出ようか」

父親は立ち上がりながら、わたしをじっと見つめていました。切開した場所が髪の毛で隠れていることはわかっていましたが、異様なほど念入りにためつすがめつしている様子に、周囲に気づかれはしないかと心配になりました。ひとしきり見終わって、父親の視線はジョジーに戻りました。

「ウサちゃん、おまえをアパートに帰さないとな。ママを探そう」

＊

わたしたちがおすし屋さんを出るとき、お日さまはその日最後の光模様を描いていました。残された時間は短く、そんな短時間で特別の助けを期待することはできません。わたしはもちつづけていた小さな希望をあきらめました。邪魔なガラスがなくなり、劇場周辺の人々の声や音楽がはっきり聞こえます。劇場の入り口の外に立っている街灯が、いま劇場を照らしている最大の光源です。一瞬、群がる人々が隊列を組んでいるように見えました。事前に取り決めた隊列で街灯を取り囲もうとしている……？　いえ、やがてその隊列は崩れ、いまは人々の群れの形がランダムに変わりつつあるのがわかります。

父親とヘレンさんは人ごみに向かい、わたしの数歩前を歩いています。リックとジョジーはわたしのすぐ後ろにいます。仮にわたしが急に立ち止まったら、二人は間違いなくわたしにぶつかるでしょう。その近さで、ジョジーがこう言っているのが聞こえました。

「だめよ、リック、あとで。そのことはあとで話すわ。たまにあるママの奇妙な行動の日って、とりあえずそうしといて」

「けど、なんて言ったんだよ。何があるんだ」

「だから、リック、いま重要なのはそんなことじゃないでしょ？　重要なのは、これからあなたが会う人よ。その人に何を言うかよ」

「けど、君はいま怒ってるじゃないか」

「怒ってなんかないわよ、リック。でも、あなたがしっかりしてくれなかったら怒る。その人相手にできるだけのことをしなかったらほんとに怒る。あなたにも、わたしたちにも、これは重要なんだから」

ガラス越しではなく、じかに観察できれば、わたしは劇場周辺の一人一人をもっと明確に認識できると思っていました。でも、いまその群衆の真っただ中にいるのに、人々の姿かたちがいっそう単純化されてしまっているのはどうしたことでしょう。まるでつるつるのカードでつくった円錐と円柱でできているようです。着ている服には、当然あるはずの皺や折り目がありません。街灯で照らされている人々の顔も、平面をいくつか巧みに並べることで、複雑で立体的な感じを生みだしているにすぎません。

歩きつづけているうち、四方八方が騒音だらけになりました。わたしは一度立ち止まり、腕を後ろに伸ばしてジョジーの腕に触れようとしましたが、そこにジョジーはいませんでした。ただ「あそこにママがいる」とリックに言う声が聞こえ、そちらを見ましたが、ジョジーもリックもおらず、わたしの顔に向かって動いてくるつるつるの額だけが見えました。誰かがわたしの背中を押しています。乱暴な押し方ではなく、すぐに父親の声がして、振り向くと、見知らぬ人の肘のわきに父親とヘレンさんが立っていました。父親がこう言っているのが聞こえます。

「子供らの前では言いたくなかったから、いま言わせてもらうよ、ヘレン。なあ、わたしをファシストと呼ぶのは君の勝手だ。なんとでも呼んでくれ。だが、君がいま住んでいるあたりだって、いつまでも平和だとはかぎらないぞ。この街で先週何があったか、君も聞いているだろう。いま危険にさらされているとまでは言わないが、この先を考えてくれ。これをクリシーに言うと、あれはただ肩をすくめるだけだ。だが、ちゃんと考えてくれ。自分自身のこともだが、リックのこの先を考えてやってくれ」

「もちろん考えていますよ、ポール。なぜわたしたちが今日ここにいると思うの？　なぜこうやって昔の恋人をきょろきょろ探していると思うの？　先のことを考えているからよ。計画があるの。わたしの計画どおりに運べば、リックはすぐに外に出ていくわ。そこが武装したコミュニティでないことを願うばかりよ。わたしはリックのためによかれと思ってる。それにはバンスの助けがいる。まったく、どこにいるのかしら。まさか別の劇場に行ったんじゃないでしょうね」

「リックは立派な若者に育っている。わたしたちの世代が残したこの混乱をうまく切り抜けてくれることを願うよ。だが、もし――君なり、リックなり――物事が思いどおりにいかなかったら、いつでも連絡してほしい。わたしらのコミュニティになら、いつでも二人の居場所を見つけてやれる」

「やさしいのね、ポール。さっきは無礼だったらごめんなさい。こんなことを言うと驚くかもしれないけど、わたしね、自分たちがこうなったことに別に腹を立ててるわけじゃないの。こっちの子があっちの子より能力があったら、こっちの子が機会に恵まれるのは当然だと思う。もちろん、それなりの責任を負ってほしいけど。わたしはそれでいいと思う。わたしが受け入れがたいのは、未処置ってだけで人並みの人生を送れないってこと。この世の中がそんな残酷な場所になったなんて、わたしは受け入れたくない。未処置でも、リックは何でも人並み以上にできるもの」

「リックには幸運を祈るよ。人生での成功にはいろんな道がある。わたしはただそれを言いたかっただけだ」

わたしの周りでたくさんの顔が押し合いへし合いしていいます。でも、すべてを押しのけて新しい顔が現れ、どんどん近づいてきます。ほとんどわたしの顔に触れそうになったとき、それがリックだとわかって、思わず驚きの声が出ました。

「クララ、ジョジーはどうしたんだろう」と尋ねてきました。「さっき何かあったのか」

「ジョジーと母親とのあいだであったことはわかりません」と答えました。「でも、とてもいい知らせがあります。リックの手助けでマクベインさんの納屋に行った夕方、わたしに与えられたあの任務、あれが遂行されました。どうしても果たしたかった任務です。長いあいだどうやればいいのかがわかりませんでしたが、やっと終わりました」

「よかったじゃないか。けど、なんのことか、よくわからないんだが……」

「まだ説明できません。わたしは多少の犠牲を求められましたが、問題になるほどではありません。みな、また希望をもてます」

わたしの周囲では、ますます多くの円錐と円柱とそれらの断片と思われるものがひしめき合っています。やがて、そうした断片の一つが移動してきてリックと入れ替わり、ふと気づくと、それはジョジーでした。ジョジーであると気づいたとたん、ただちにジョジーが明確になり、それ以後はジョジーの認識にまったく問題がなくなりました。

「クララ、こちらはシンディ。さっきわたしたちのテーブルについてくれたウェイトレスさん。あなたの古いお店のこと、知ってるんですって」

わたしの腕に何かが触れる感覚があり、「あんたのいたお店、わたし好きだったのよ」と言う大きな声が聞こえました。そちらを振り向くと、長い漏斗が二個、一方が他方に差し込まれる形になっていて、差し込まれたほうがわたしに向かってやや前傾しています。わたしが笑顔で「こんにちは」と言うと、漏斗がさらにこう言いました。

「あなたの持ち主にも話してたんだけど、わたし、先週末にあそこの前を通ったのよ。そしたら家具店になってるじゃない。あら、あなたって、ウィンドーで見たことある」

「移転先わかる、シンディ？　クララはそれが知りたいんだって」

「さて、移転したのかな。そこはちょっと……」

誰かがわたしの腕を引っ張っています。でも、わたしの前にはすごい数の断片がひしめき合い、集まって壁のように立ちはだかっています。こうした断片は、どうも形状的に三次元でないものが多いような気がしはじめました。平面に巧みに陰影をつけることで、丸みや奥行きを錯覚させているだけかもしれません。そんなことを考えながら、突然、横にいるのが母親であることに気づきました。母親はわたしをどこかへ導こうとしています。そして耳元でこう言いました。

「クララ、さっきは――って、車の中のことね――いろんなことを話し合ったでしょ？　でも、わかってちょうだい。わたしは三つか四つのことを同時に考えていたの。つまりね、話し合ったことをあまり真剣にとらないで。わかってくれるわね？」

「二人で車にいたときのことですか。ガード下の近くで駐車していたときに？」

「そう、そのとき。あそこで話し合ったことを取り消すっていうんじゃないのよ。ただ、知っておいてほしいから言ってるの。ああ、もう混乱しちゃって手に負えない。ポールは全然助けにならないし。あら、今度は何を吹き込んでるのかしら」

　わたしたちからさほど遠くないところで、父親がジョジーと顔がくっつくほど前かがみになって、真剣な表情で何か言っています。

「最近はわけのわからないことばかり言う」と母親が言い、二人のほうへ行こうとしました。でも、歩きはじめるまえに、人ごみから腕が伸びてきて、その手首をつかみました。

「クリシー」とヘレンさんの声が言いました。「もう一分間だけ、二人だけにしておいてあげて。最近はあまり一緒ってことがないから」

「ポール印の知恵をこれだけ吹き込まれたら、一日分としては十分よ」と母親が言いました。

「それに、見て。ケンカしてるわよ」

「ケンカじゃないわよ、クリシー。保証する。もうちょっと話をさせてあげて」

「ヘレン、あなたに解釈してもらわなくて結構よ。これでもまだ娘と夫の行動くらい読めるから」

「元夫でしょ、クリシー。元なんとかって、ほんと読めない。それこそ、いまこの瞬間、わたしが思い知らされていることだもの。バンスは絶対待たせないって誓ったのに、このざまよ。あなたとポールと違って、わたしたちは結婚してたわけじゃない。だから、後味の苦さも違うと思うけど、それでもよ、クリシー。こっちの苦さも決してばかにできない。十四年間会わずにいて、一瞬、それも偶然出会っただけなのよ。この人ごみの中でお互いがわかると思う?」

「あなた後悔してる、ヘレン?」と母親が唐突に尋ねました。「言っていることわかるでしょ? リックに受けさせなかったこと」

ヘレンさんはしばらく答えず、何やら話しているらしい父親とジョジーを見ていました。やがてこう言いました。「そうね。正直に言えばね、クリシー、わたしは後悔してる。あなたのところで起こったことを見たあとでさえね。なんだか……なんだか、リックのために最善を尽くさなかったような気がするの。徹底的に考えることすらしなかった気がする。あなたとポールがやったようにはね。わたしは心を留守にして、その瞬間の過ぎるのを待っていた。ほかの何より、たぶんそのことをいちばん悔やんでいると思う。どちらかを決断するほどリックを愛していなかったんじゃないかって」

「そんなことない」母親がヘレンさんの上腕にそっと手を置きました。「そんなことない。難しいのよ。わたしにもわかる」

「でも、これから取り戻すつもりよ。今度はできるだけのことをする。あとは元恋人が現れるのを待つだけ。あっ、いたわ。バンス、バンス、ちょっと……」

「請願書に署名お願いできますか」そう言いながら母親の前に現れた男は、顔を白く塗り、黒い髪をしていました。その白い顔から何かが剝がれ落ちて自分に付着するのを避けるように、サッと一歩下がり、「何の請願かしら」と尋ねました。

「オックスフォードビルからの立ち退き要求に抗議しています。ビルには、現在、四百二十三人の失業者が住んでいて、うち八十六人はまだ子供です。彼らの移転先については、レクスデルも市も、納得できる計画を何も示していません」

白塗り・黒髪の男の人がそれから何を言ったかわかりません。父親が急にわたしの前に入り込んできて、母親に何か言いはじめましたから。

「クリシー、一体全体わたしたちの娘に何を言ったんだ」抑えた声でしたが、いらついているように聞こえました。「どうもどこかおかしい。ひょっとして、あれ、話したのか」

「してないわよ、ポール。話すなんて……」母親は珍しく口ごもっていました。「少なくとも、あのことの……全部は」

「じゃ、いったいどこまで……」

「肖像画について話したのよ。それだけ。何から何まで隠しておくことなんてできないもの。もういろんなことを疑ってる。これ以上何も話さなかったら、わたしたちを信用してくれなくなる」

「肖像画について話した？」

「実際には絵じゃないって言ったのよ。それだけ。一種の彫刻だ、って。あの子、もちろんサリーの人形を覚えてた……」

「なんてことだ。約束したじゃないか……」

「ジョジーはもう小さくないのよ、ポール。もう自分であれこれ想像できる。正直に話してもらえるのを期待して当然だと思う……」

「リック！」と、後ろからヘレンさんの声が聞こえました。「リック、来て。バンスが来た。やっと見つけたわ。こちらへ来て、ご挨拶なさい。あっ、クリシー、バンスに会ってやって。昔の友人。これがそう」

バンスさんはワイシャツのボタンをいちばん上までとめ、そこに青いネクタイをして、高級スーツを着ていました。カパルディさんと同程度に禿げていて、ヘレンさんより背が低く見えます。キョロキョロとまごついています。

「はじめまして。お会いできて光栄です」と母親に言い、ヘレンさんに向かって、「ここ、どうなってるんだ。みんなで観劇に行くのか」と言いました。

「リックと二人であなたを待ってたんじゃない、バンス。ここで待てと言うから。でも、また会えて嬉しいわ。変わってないのね」

「君もだ、ヘレン。相変わらず美しい。だが、どうなってる。君の息子さんはどこなんだ」

「リック、こっち、こっち」

リックが見えました。少し離れたところに立っていて、いま手を上げて応えています。そして図形の断片の海を掻きわけるようにして、こちらに近づいてきます。バンスさんは正しい方向を見ていますが、リックを特定できているかどうかはわかりません。いずれにせよ、その瞬間、チョッキ姿の劇場関係者が一人やってきて、近づいてくるリックとバンスさんのあいだに入り込みました。

「ショーのチケットはもうおもちですか」とチョッキ姿の関係者が尋ねました。「もうおもちなら、上席へのお買い換えはいかがですか」

バンスさんはじろりと見ただけで、何も言いません。劇場関係者の向こうからリックが現れ、バンスさんが「こちらが君の？　いい息子さんじゃないか」と言いました。

「ありがとう、バンス」ヘレンさんがそっと言いました。

「はじめまして、バンスさん」リックは笑顔でそう言いました。ジョジー主催の交流会で大人たちに挨拶したときと同じ笑顔でした。

「はじめまして、リック君。バンスだ。君のお母さんの古い古い友達。君のことはいろいろと聞いてる」

「今日は会ってくださってありがとうございます」

「こんなとこにいた！」突然、わたしの前の空間にジョジーがいました。横にいる十八歳の女子はウェイトレスのシンディです。先ほどよりずいぶん立体感が増して、人間らしくなっています。

「それで、あんたのお店、実際に引っ越したとは思わないのよ」とシンディが言いました。

「でも、デランシーの中に新しいお店ができてて、あんたのお店にいたＡＦも何人かそっちに移ったかも」

「ちょっと失礼」と、高級な青いドレスを着たご婦人がわたしの前に立ち、でもジョジーとシンディに向かって言いました。わたしの推定で四十六歳です。「お二人は、この機械を劇場に連れ込むおつもりなんでしょうか」

「えっ？　そのつもりだったらどうだって言うのよ」とシンディが言いました。

「今日のお席は皆さまがほしがっておられます」とご婦人は言いました。「そこへ機械がすわるのは好ましくありません。連れ込むとなれば、抗議せざるをえません」

「なぜ、そんなことにあなたが文句をつけるのよ」

「いいわよ」とジョジーが言いました。「クララは入らないもの。わたしもだけど……」

「そういう問題じゃないわよ。とっても腹が立つ」とシンディが言いました。つぎにご婦人に向かって、「あんたなんて知らない。あんた誰よ。いきなり来て、文句をつけだすなんて……」

「では、これはあなたの機械なのですね」とご婦人はジョジーに尋ねました。

「クララはわたしのAFです。それがお知りになりたいのなら」

「仕事を奪うだけかと思っていたら、座席まで奪うとはね」

「クララ？」と父親がわたしの顔の間近で言いました。「まだ大丈夫か。なんともないか」

「はい、大丈夫です」

「ほんとに？」

「たぶん、さっきまで少し混乱していましたが、いまは大丈夫です」

「よかった。なあ、わたしはそろそろ行かなくちゃならん。だから、聞かせてもらえないか。わたしたちはあそこでいったい何をやったんだ。そして、結果として何を期待していいんだ」

「ポールさんはわたしを信用してくれました。ありがたいことです。残念ながら、まえにも言ったように、いま話すと、成し遂げたことそのものが危険にさらされかねません。でも、ほんとうの希望が生まれたと信じます。もう少し、よい知らせを待ってください」

「そうか。明日の朝、ジョジーにさよならを言いにアパートに立ち寄るから、そのときにまた会えるかもな」

わたしの後ろのほうで母親の声がしています。「それはアパートに戻ってから話しましょう。ここではだめ」

「でも、わたしが言いたいのはそれだけよ」とジョジーの声が言っています。「サリーのときみたいに、絶対に隠してほしくない。クララだけがわたしの部屋を使えるように、クララの意のままに出入りできるようにしてほしい」

「なんでいまそんな話になるの。あなたは元気になるのよ、ジョジーちゃん。そんなこと話し合ったって、なんの足しにも……」

「あら、クララ、ここにいたの」と、ヘレンさんがわたしの横に現れました。「クララ、いまクリシーと話していてね、あなたはこのあとわたしたちと一緒に来ることになった」

「ヘレンさんたちと?」

「ジョジーをアパートに戻して、二人だけで静かな話し合いをしたいんですって。だから、いまからしばらく、あなたはわたしたちと一緒。三十分ほどしたら、クリシーがあなたを迎えにくる」そのあと、ヘレンさんは少し前かがみになり、わたしの耳元でそっと言いました。「わかる? リックとバンスはとっても気が合うみたい。それでもね、クララ、これから起こること、あなたが横にいてくれたらリックにはとても堪えやすくなると思う。やっぱり苦痛かもしれないもの」

「わかりました。でも、ジョジーのお母さんは……」

「ほどよい時間に来てくれるから、心配はいらないわよ。ただ、ジョジーと一緒の時間がちょっと必要なだけだから」

「わたしがいま何よりもしたいのは、この混雑から抜けだすことだ」と、こちらに向かってきながら、バンスさんが笑顔で言っています。「あそこにレストランがある。なかなかよさそうじゃないか。とにかくどこかにすわって、お互いの顔をよく見て話そう」

わたしの体を抱く腕がありました。ジョジーがわたしを抱きしめているのだと気づきました。あの日、お店で、大決断のあとにわたしを抱きしめたときと似た感じです。でも、いまはわたしの耳に口を寄せ、わたしだけに聞こえる声でこう言いました。

「心配しないでね。あなたの身に悪いことなんて絶対に起こさせないから。ママと話すあいだ、リックと行ってて。わたしを信じて」

ジョジーの腕がほどけ、ヘレンさんがわたしをそっと引き離しました。

「こっちよ、クララ」

わたしたちは劇場周辺の混雑から抜けだし、バンスさんの後ろについてレストランに向かいました。ヘレンさんは急ぎ足でバンスさんの横に並び、リックとわたしは数歩後ろから大人たちにつづきました。周囲の混雑が薄れていき、空間と涼しい空気がそれに取って代わります。その変化に合わせるように、わたしは方向感覚や空間把握の力が戻ってくるのを感じました。たとえば後ろを振り返ると、通りはすでに暗く、とても静かになっていることに驚きます。例外は、さっきまでわたしたちもいた劇場の外のあの街灯の周りです。あそこにだけ人の密集が見えます。しばらく行ってまた振り返ると、今度は、人ごみ自体がなんだか夕方の野原で見た羽虫の群れのように見えてきました。空を背景にひっきりなしに飛びまわり、群れの中の場所取りに一所懸命ですが、誰も群れの境界から外へ出ようとはしません。いまその人ごみの端に立ち、困ったような表情で手を振っているジョジーが見えます。そのジョジーの後ろに立って、娘の両肩に手を置き、うつろな表情でわたしたちを見ている母親がいます。

*

闇が濃くなり、劇場周辺の騒音が遠くなっていきます。目的のレストランが前方で明るく照らされているのがよく見え、わたしは観察能力にさほどの損傷がなかったことを確認できて、ほっとしました。そのレストランは、切り分けられたパイの一切れのような扇形をしています。尖った先端をわたしたちの方角に向けていて、その尖端に切り裂かれるように道路が二つに分岐し、右へも左へもレストランの窓沿いに延びていっています。左右どちらの道を選んでも、明るく照らされたレストランの内部が見通せて、光沢ある革の座席や、ぴかぴかに磨かれたテーブルや、明るいシースルーのカウンターが通行人の目に飛び込んできます。カウンターの後ろには、白いエプロンをつけ白い帽子をかぶった支配人がいて、お客さんの来店を待っています。

近くを通る車はなく、周囲のビルも灯りを消しています。この辺ではそのレストランが唯一の光源となっていて、斜めに伸びる影を歩道の敷石に描きだしています。バンスさんは分岐した道路のどちらを選ぶでしょうか。わたしは興味津々でしたが、近づくにつれ、パイの尖端部分そのものにドアがあることがわかりました。もっと早くそれに気づけなかったのは、ドアが窓とそっくりの造りだったからです。ほぼ全体がガラスでできていて、そこにペンキで店名などが横書きされています。バンスさんはドアを開け、横に立って、まずヘレンさんを通しました。

そのあとリックが入り、わたしもつづきました。中は照明がとても強烈です。おまけに黄色が強調されているものですから、感覚がすぐには順応してくれません。でも徐々に、ほんとうに徐々に、カウンターに陳列されているものが、レストラン自体と同じ扇形に切り分けられたフルーツパイであることがわかってきました。そのカウンターの向こうに静かに立っている大柄な黒い肌の人が、このレストランの支配人でしょう。じっと凝視している先にバンスさんとヘレンさんがいます。二人はいまテーブルを選び、向かい合ってすわったところです。

つややかな床をリックの姿が歩き、母親の横にすわるのが見えました。そのとき、別れ際にジョジーの言った言葉が不意によみがえってきました。フレンズアパートに帰って、母親はいったいどんな重要なことをジョジーと話し合うのでしょうか。そして、わたしの不在がなぜ必要なのでしょうか。

わたしがそのテーブルに行くまでのあいだ、ヘレンさんとバンスさんは黙ってすわり、互いに相手を見つめ合っていました。わたしがすわるとすればバンスさんの横になりますが、親しく並んですわれるほどわたしはこの方を知りません。そもそも、バンスさんは二人用の席の真ん中にすわっていて、少し詰めてくれるよう頼まないと、横にはすわれません。わたしは通路を隔てた隣のテーブルにすわることにしました。

バンスさんがようやくヘレンさんから視線をそらし、すわったまま体をひねって、支配人に注文をしました。店内にはわたしたち以外にお客さんはいません。でも、いつお客さんがあってもいいように、すべてのテーブルと座席が準備されています。そのとき、この支配人はさびしい人なのではないか、とふと思いました。夜通し明るく照らされ、どちらの道からも丸見えのこのレストランは、支配人を孤独に——少なくともそこにいるあいだは——するのではないでしょうか。

「ミスタ・バンス」とリックが呼びかけました。「お時間を割いていただいて、お力添えまでいただけるかもしれないとのことで、ありがとうございます」

「リック君」と、夢でも見る人のような口調でバンスさんが言いました。「君のお母さんとはほんとうに久しぶりなんだ」

「はい、ぼくとは会っておられないと聞いています。あっ、二歳のころに一瞬すれ違ったことはあるみたいですが。ですから、こんなふうに会っていただけるなんて、寛大なお人柄に感謝するばかりです。ミスタ・バンスがそういう方であるとは、母からいつも聞かされていました」

「それを聞いてほっとしているが、一つや二つ、悪い話もお母さんから聞いているんじゃないか」

「いえ、全然。母はあなたのいいことしか話しません」

「ほんとうかい。この年月、わたしはてっきり……。まあ、それはいい。ヘレン、すばらしい息子さんじゃないか」

ヘレンさんはバンスさんの様子をじっと見つめていました。「わたしだってどれほど感謝してるか、バンス。自分のことだったらもっと言葉を尽くすところだけど、今日はリックのことでのお願いだから、控えますね」

「なるほど、ヘレン。では、リック君。どういうことなのか説明してくれるかな」

「ええと、どこからはじめればいいのか。こういうことです。ぼくはドローン技術にとても興味があって、というより熱中していて、独自のシステムを開発しています。現在、鳥のドローン編隊をつくっているところで……」

「ちょっと待って。『独自のシステム』というのは、ほかの誰もやったことがない何かをやっているという意味なのかな」

一瞬、リックの表情にパニックが走り、目がわたしのほうに泳ぎました。わたしはリックにほほ笑みかけました。わたしだけのほほ笑みでなく、ジョジーの分も加えたつもりです。それがわかったのかどうか、リックは気を取り直したようでした。

「いえ、そうではありません」と、少し笑いながら答えました。「天才を名乗るつもりはありません。でも、ぼくのドローンシステムは、教師からの助けを借りずに自分で作りあげたものです。オンラインで見つけたいろんな情報を利用しました。母もずいぶん協力してくれて、高価な本を何冊か買ってくれました。じつは、ミスタ・バンスに何か見たいと言われたときのためにと思って、ここに図面をいくつか持参しています。これがそうです。いえ、ぼくが何か画期的なことを成し遂げたとは思っていませんし、適切な指導なしでは、今後もそれはないでしょう」

「なるほど。だからいい大学に入りたいというわけだ。自分の才能を最大限伸ばすために」

「まあ、そういうことです。母もぼくも、アトラス・ブルッキングズなら度量が広く、リベラルな大学だし……」

「度量が広くて、リベラルで、能力あるすべての生徒に門戸を開く大学。遺伝子編集の恩恵に浴していない生徒も受け入れる……」

「はい、ミスタ・バンス」

「で、リック君。君は、当然、わたしが現在そこの創立者委員会の委員長をしていること、お母さんから聞いて知っているだろう？　それが奨学金を管理している委員会だということも？」

「はい、ミスタ・バンス。母から聞いています」

「さて、リック君。アトラス・ブルッキングズの入学者選考で依怙贔屓《えこひいき》があるなどという話、お母さんから聞かされていないことを願うが……？」

「母もぼくも依怙贔屓をお願いするつもりなどありません。アトラス・ブルッキングズに入る力がぼくにあるとお考えになったら、そのときお力添えを、ということです」

「安心したよ。よし、ではどんなものか拝見しよう」

リックのノートはもうテーブルに出ています。バンスさんがそれを手にとりました。たまま開いたページの図表をじっくり見ています。ページをめくり、別の図表を見つけると、いっそう引き込まれるように見ています。そうやってゆっくりめくっていき、ときには前のページに戻ったりなどして、熱心に読んでいます。あるページで、顔を図面に向けたままつぶやくように言いました。

「これは全部、将来つくる予定の図面なんだね？」

「ほとんどがそうですが、実現ずみのもいくつかあって、つぎのページのやつはその一つです」

ヘレンさんは黙って見ていました。やさしい笑顔でバンスさんを見、リックのノートを見、視線を行き来させています。唐突に、わたしの心に車置き場での一場面がよみがえりました。一瞬ですが、とても鮮明でした。父親の手がわたしの頭を押さえ、必要な角度に固定していま す。もう一方の手が顔の近くにペットボトルを構え、その中へ液体が滴り落ちています。滴る音が聞こえます。

「さて、リック君」とバンスさんが言いました。「こういう分野については門外漢のわたしだが、君のドローンには高い監視能力があるという印象を受けた」

「たしかに鳥はデータを収集します。でも、だからといって人のプライバシーを侵すような活動に使わなくてもいいわけで、潜在的な利用場面はいろいろと考えられます。セキュリティもそうだし、子供の見守りも有望でしょう。もちろん、世の中には警戒すべき人々がいることも事実ですし」

「たとえば、犯罪者か」

「あるいは自警団的な組織やカルトなんかも」

「なるほど。うん、とてもおもしろい。で、こういうものの倫理的な問題はどう思っているのかな」

「はい、倫理的問題を考えだしたらきりがありません。でも、結局のところ、規制の問題はぼくらのような人間ではなく、立法府の人々が考えるべきことでしょう。ぼくとしては、当面、できるだけ多くを学んで理解を深め、つぎのレベルに上がりたいと考えています」

「論旨明快だな、リック君」バンスさんはうなずき、リックのノートをめくりつづけました。

孤独な支配人が注文の品をトレーにのせてやってきました。ヘレンさん、バンスさん、リックの前に飲み物を置き、それぞれが小さな声でお礼を言って、支配人がまた立ち去りました。

「リック君、別に君をいじめるつもりなどないことは理解してくれていると思う」とバンスさんが言いました。「これはちょっとしたテストだ。君の資質を見極めたい」そしてヘレンさんに向かい、「これまでのところ彼はすばらしいよ」と言いました。

「バンス、コーヒーと一緒に何かいかが？　そうね、あそこにあるドーナツなんてどうかしら。あなた、昔からドーナツに目がなかったから」

「ありがとう、ヘレン。だが、今夜は何人かと会食の約束があるんだ」ちらりと時計を見て、リックに向き直りました。「さて、これをちょっと考えてほしい、リック君。才能がありながら、経済的もしくはその他の理由でAGEの恩恵に浴していない子供たちが数多くいる――アトラス・ブルッキングズはそう考えているし、現に君もそういう一人だ。また、そんな才能を花開かないまま埋もれさせてしまういまの社会は、大きな過ちを犯しているとも考えている。不幸にして、ほとんどの教育機関はそういう立場をとっていないため、わたしたちのところには収容能力を超えるすごい数の入学願書が送られてくる。最初から見込みがない生徒をはねるのは簡単だが、そのあとは正直に言ってくじ引きみたいなものだ。さて、リック君、君は依怙贔屓は求めないと言った。そこで聞かせてくれ。ほんとうに求めないのなら、では、なぜわたしはいま君の前にすわっているのかな」

その言葉とともに、バンスさんの雰囲気が一変しました。急激な変わりように、わたしは思わず声をあげるところでした。リックも驚いたようですが、ヘレンさんだけは、驚くというより、最初から恐れていたことがついに来たか、という感じでした。にこりと笑い、こう言いました。

「それにはわたしが代わって答えましょう、バンス。そう、わたしたちは依怙贔屓をお願いしてる。あなたに依怙贔屓できる力があることがわかっていて、だから助けてと頼んでる。ちょっと不正確だった。わたしが頼んでるんだわ。息子にこの世で戦えるチャンスをあげてと頼んでる」

「母さん……」

「そうなのよ、リック。そうなの。バンスに頼んでるのは、おまえでなくわたし。で、求めるのは依怙贔屓。もちろん、そうなのよ」

このレストランの客がわたしたちだけと思っていたのは、間違いだったようです。いまよく見ると、わたしと同じ側の三番テーブルに、推定四十二歳のご婦人が一人すわっていました。さっき入ってきたときに気づかなかったのはなぜでしょうか。ご婦人が窓にぴったり体を寄せ、額をガラスに押しつけるようにして暗い外を見つめていたからかもしれません。ひょっとして支配人も気づいていないのでしょうか。もしそうなら、このご婦人は支配人に故意に無視されたと思い、いっそう孤独感を深めていることでしょう。

「君にもわかっていると思う、ヘレン」とバンスさんが言っています。「君の作戦はおかしい。依怙贔屓なんて、ほかの腐敗行為と同じく、誰にも気づかれないところでやるものだ。まあ、それはともかく……」と身を乗り出しました。「わたしがリック君の頼みだと思っているうちはチャンスがあった。彼は魅力的で、出来のいい若者だ。作戦は成功するところだった。なのに君がぶち壊した。しゃしゃり出てきて、君個人からわたしへの頼みだと言う。君の——ヘレンの頼みごと？　これだけの年月のあとにか？　わたしにウンでもスンでもなかったこれだけの年月のあとにか？　君のことを考えつづけたあれだけの年数・月数・日数・時数・秒数のあとにか？」

「ここで、リックの前で、そんなことまで言うの？」顔にはやさしい笑みを残しながら、声が震えていました。

「リック君は賢い若者だ。最終的には勝つのも負けるのも彼なんだから、隠す必要はあるまい。すべてを知ってもらえばいいいじゃないか。いったいどういうことだったのか知ってもらったらどうだ」

通路の向こうから、リックがまたわたしを見ています。わたしはもう一度ジョジーと二人分の笑顔を送って、元気づけようとしました。

「いったいなんのことなの、バンス？」とヘレンさんが言いました。「知るの知らないのって、そんな複雑なことなの？　わたしはただ息子を助けてって頼んだだけ。いやならしかたがないわ。さよならを言って、それで終わりじゃない」

「助けたくないなんて誰が言った？　リック君は才能ある若者だ。この図面からも将来性がうかがえる。アトラス・ブルッキングズでの成功を疑う理由は一つもない。問題はだ、ヘレン、問題は、頼んでいるのが君だってことだ」

「じゃ、口を出すべきではなかったのね。あなたたち二人、とてもいい感じだった。ウマが合うように見えた。リックの口調にはあなたへの敬意があった。そこへわたしが口をはさんだだけで、こんな大問題になるの？」

「まったくだ。大問題だよ、ヘレン。二十七年分の大問題だ。二十七年間、君はわたしとのやり取りをすべて拒んだ。ああ、リック君、その間、わたしは君のお母さんに嫌がらせなどしたことはないぞ。だから、そんな疑いをもってほしくない。最初は、まあ、何と言うか、わたしの口調も感情的だったかもしれない。だが、嫌がらせなどしていない。脅したことも、非難したこともない。ただ、懇願はした。なあ、ヘレン、そうだろう？　間違っていないよな？」

「たしかに間違ってないわ。しつこくはあったけど、不快なことはしなかった。でも、バンス、こんなこと、リックの前で言うべきことなの？」

「いいだろう。君の言い分を尊重しよう。わたしは口をつぐむ。代わりに君に語ってもらうというのはどうだ、ヘレン？」

「ミスタ・バンス、過去にあったことは、ぼくにはわかりません。でも、お願いしたことが気に障ったのなら……」

「待ってくれ、リック君」とバンスさんが言いました。「わたしは君を助けたい。だが、そのまえに君のお母さんに釈明のチャンスをあげたいんだ」

何秒間か、誰も何も言いませんでした。わたしは支配人を見ていました。いまのが聞こえていたでしょうか。でも、支配人は窓の向こうに広がる暗闇を見つめているだけで、何か聞こえて興味を掻き立てられたという気配はありませんでした。

「あなたへの態度が悪かったことは認めます」とヘレンさんが言いました。「認めるわ、バンス。でも、わたしって、ほら、誰にたいしても――自分にだって――態度が悪いのよ。あなたにだけじゃない。わたしのひどさは万人にたいして平等なの」

「そうかもしれないが、わたしは万人の一人じゃないだろう。五年間も一緒に生活した相手だぞ……」

「そうね。ほんとうにごめんなさい。ときどきね、バンス――リックにも聞いてもらいたいわ――わたし、みんなに集まってもらって謝れたらな、と思うの。これまでひどい仕打ちをした人たち全員に、わたしの前で長い列をつくってもらって。王様がよくやってるじゃない。行列の前を歩きながら、一人一人と握手をして、相手の目をじっと見て、『すまなかった。わたしが悪かった』って言いたいの」

「すごいな。今度は行列しないといけないのか、女王陛下の謝罪を受ける栄誉のために？」

「あら、そんなふうに受けとるの？　わたしはただ……感じるままに言っただけだけど、そう言われてみると、たしかにひどい言い様ね。でもね、過去を振り返ると、わたし、身がすくむ思いがするのよ。だから、一挙に解決できる方法があればなあと思って。実際にわたしが女王様だったら、そうするわ。わたし……」

「母さん、やめて。何を言いたいかわかるけど、たぶん、こんなやり方じゃ……」

「君はたしかに女王様だったものな、ヘレン。美しい女王様だ。そして、何をやってもバチが当たらないと思っていた。わたしは、ある意味、悲しいよ。だが、同時に嬉しくもある。君が逃げおおせなかったのを見るのがね。昔の悪行が追いついてきて、やっぱり代償を払わされたわけだ」

「代償？　わたしはどんな代償を払ったのかしら、バンス？　貧乏だってこと？　わたしはあんまり気にしてないけど」

「貧乏は気にしないかもしれないな、ヘレン。だが、弱くなって、いまにも壊れそうだ。それはずいぶん応えるんじゃないか」

　バンスさんの大きく開いた目で見つめられ、ヘレンさんは何秒間かじっと黙っていました。そして、「そうね、そのとおりよ」と言いました。「あなたと一緒だったころからすると、わたしは……壊れやすくなった。風が吹くだけで、粉々に砕け散りそう。美しくなくなったのも、年のせいというより、弱くなったせい。でも、バンス、いとしのバンス、少しでもいいからわたしを許してくれない？　わたしの息子を助けてやって、バンス。なんでもあげたい。望まればなんでも。でも、あげられるものなんて、いまは何も思いつかない。懇願する以外にはなんにも。お願いよ、バンス。リックを助けてやって」

「母さん、やめて。こんなことって……」

「リック君、君にもわたしの困惑がわかるだろう。君のお母さんが何のことを言っているのか、わたしにはよくわからない。謝りたいと言う。だが、何を謝りたい？　漠然としすぎている。ヘレン、もっと具体的なことを語ってくれたほうがいいんじゃないか」

「息子を助けてほしいのよ、バンス。十分に具体的じゃない？」

「細部が問題なんだ、ヘレン。たとえば、マイルズ・マーティン家での夜のこと。どの夜かわかるはずだ」

「わかる。あなたがジェンキンズ報告書をまだ読んでいない。みんなにそうばらした夜よ……」

「君はわたしをだしにして笑いをとった、ヘレン。すべてを計算ずくでやった……」

「あの夜のこと、おわびするわ、バンス。ごめんなさい。あの夜のわたしはキレてて、ただ傷つけたかった……」

「じゃ、もう一つ。リストは長いから、順不同だ。オレゴン州ポートランドのホテル。君が残したボイスメールはどうだ。傷つかなかったと思うか」

「とても傷ついたと思う。恥ずべきメッセージよ。わたしも忘れたことがない。いまでも心の中であれを聞くことがあって、やめてよ、と思う。とんでもないときに心に押し入ってくるの。

たまに自分だけの静かな時間があるでしょ？　すると、あのホテルに戻ってる。電話を取り上げて、あなたに同じメッセージを残してる。ただ、ちょっと内容を変えて、あれほどひどくないように編集してるの。わたし、ボイスメール自体は聞いたことがなくて、残しているときの自分の声しか聞いてないのよね。だから、まだ直せるような気がするのかもしれない。心のいたずらだから、どうしようもないのよ。そのたびに苦しいし、苦い。信じて、バンス。あのメッセージで何度自分を罰したことか。いったん残したメッセージを消去する方法があるなんて、当時のわたしは知らなかった。それはわかって……」

「母さん、やめよう。ミスタ・バンス、これは母のためになりません。最近はとても調子がよかったんですが、今日は……」

ヘレンさんはリックの腕に触れて黙らせ、「バンス、心からおわびするわ。そして心からお願いします」と言いました。「あなたにけしからぬ振る舞いをしました。あなたが望めば、償いがすむまで自分を罰しつづけましょう。誓ってもいい」

「母さん、行こう。こんなことはよくない」

「バンス、あなたが望むなら、また会いましょう。この場所で二年後なんてどうかしら。そのとき、わたしが約束を守りつづけたかどうか、いくらでも調べてちょうだい。わたしをどのようにでも見て、ちゃんと罰してきたか調べてくれてかまわないから……」

「もういい、ヘレン。リック君がいなかったら、正直な思いを言葉にしているところだ」

「ミスタ・バンス、わたしを助けるというお話、忘れてください。どうぞ、最初からなかったことに」

「だめよ、リック。何もわからずに言わないで」とヘレンさんが言いました。「この子の言うことを聞かないで、バンス」

バンスさんが立ち上がりました。「わたしはもう行かねば」

「母さん、落ち着いて。こんなこと、もうどうでもいいから」

「おまえは何を言っているかわかってないの、リック。バンス、まだ行かないで。こんなふうに別れるのはいやよ。あなたはドーナツが好きだった。一ついかが?」

「わたしもリック君と同意見だ。こんなことはよくない、ヘレン。わたしが消えるのがいちばんだ。リック君、わたしはいい図面だと思うし、君のことも好きだ。これからもがんばってほしい。さようなら、ヘレン」

バンスさんはテーブルを隔てている通路に出て、わたしたちを振り返ることもせず歩み去りました。ガラスのドアを出て、暗闇に消えていきます。ヘレンさんとリックはそのまま並んですわり、テーブル上の何もない空間をじっと見ています。リックが顔を上げ、「クララ、こっちに来て一緒にすわりなよ」と呼びました。

「どうだったかしらね」とヘレンさんが言いました。

リックが母親のほうに体を寄せ、その両肩を腕に抱きました。「母さん、何のこと?」

「あれで十分だったかしらね。あれで満足してくれたかしら」

「まだ言ってるのかい、母さん？　こんなことに――いや、この半分でも――なると知ってたら、ぼくは絶対にうんと言ってないよ」

　わたしはバンスさんのすわっていた席に移動しましたが、ヘレンさんもリックも下を向いたまま、目を上げようとしません。わたしはヘレンさんを見ながら、この人とバンスさんはいったいどんな恋愛関係にあったのだろうと思いました。いまのジョジーとリックは互いにとてもやさしいのに、ヘレンさんとバンスさんにはそんな時期がなかったのでしょうか。そして、ジョジーとリックにも、いつかあのような不親切さのぶつけ合いが起こりうるのでしょうか。そんなことを考えているとき、ふとジョジーの父親が心に浮かんできました。父親は車の中で人の心について話し、それがいかに複雑なものかを強調していました。車置き場での父親も浮かんできます。低く沈んだお日さまの真ん前に立って、上に手を伸ばし、クーティングズ・マシンのノズルから保護キャップをはずしています。その長身と夕方特有の長い影が一つづきになって伸びています。そのとき、わたしは貴重な液体を入れたペットボトルを手にもち、不安な思いで父親の後ろに立っていました。

「いま何があったの」とヘレンさんが言っています。「バンスはどうするつもりかしら。助けてくれるのかしら。少なくともどっちにするかくらい教えてくれればいいのに」

「ちょっといいですか」とわたしは口をはさみました。「根拠のない楽観はしたくありません。

でも、わたしはバンスさんがリックを助けてくれると思います」

「ほんとうにそう思う?」とヘレンさんが言いました。「なぜかしら」

「間違っているかもしれません。でも、バンスさんはまだヘレンさんが大好きで、リックを助けてくれると思います」

「あなたはいいロボットね。正しいことを願うわ。ほかにどうすればよかったか、わからないもの」

「あんなやつ、地獄へ落ちろだ、母さん。ぼくなら大丈夫だよ」

「バンスって、予想してたほど醜くなかったわね」ヘレンさんはそう言って、人気《ひとけ》のない暗い通りを見やりました。「むしろ、醜いどころか、よ。それにしても、どっちにするか教えてくれればいいのに」

＊

母親の車が現れ、レストランのわたしたち側の縁石わきに止まりました。外からわたしたちのテーブルはよく見え、バンスさんがいないこともわかったはずですが、プライバシーを尊重してくれてのことか、母親はライトを暗くして車の中にとどまっていました。

わたしたちはレストランから出て車に乗り込み、夜の暗さの中を走りはじめました。母親は、フレンズアパートに独り残してきたジョジーのことがよほど心配だったのでしょう。ヘレンさんとリックをホテルに送り届けるより先に、まずわたしをアパートに帰すことにしたようです。車の中ではみな静かでした。わたしたちが乗った直後、母親が誰にともなく「どうだった」と尋ね、ヘレンさんが「あまり思わしくなかったの。しばらく様子見ね」と答えたあとは、全員が口をつぐみ、それぞれの物思いにふけっていました。

夜のフレンズアパートは、隣の建物との区別がいっそう困難です。母親が先に立って正しい階段をのぼり、最上段に達しました。街灯の下に止めてある車を振り返ると、中にすわっているヘレンさんとリックの姿が見えます。あの二人は、いま二人だけで何を話し合っているのでしょうか。

フレンズアパートはいま暗闇に沈んでいますが、それ以外は、カパルディさんに会いに出かけたときのまま、何も変わっていません。玄関ホールから居間が見えます。父親の到着を待ちながらジョジーが寝転んでいたソファに、いまは夜の光模様が落ちています。ジョジーが手にしていたペーパーバックは絨毯の上に転がったままで、四隅の一つに光が当たり、そこだけが青白く見えています。

母親は廊下の奥を指差しながら、「よく眠っていると思うから、そっと入るのよ」と静かな声で言いました。「二十分くらいで戻るけど、何か心配になることがあったら電話して」

母親が外に出ようとしています。わたしとしてもリックとヘレンさんを早くホテルに帰してあげたいのはやまやまでしたが、ここはどうしても伝えておかねばと思いました。

「希望をもっていいと思います」と言いました。

「なんのこと？」

「明日の朝、お日さまが戻ってくるとき、希望がかなうかもしれません」

「そう？　いつも楽観的でいてくれて、いいことなんでしょうね」母親はそう言いながら、ドアに手を伸ばしました。「灯りはどれもつけないでね。眠りの邪魔になると困るから。中でもよ」そして不意に黙り込みました。鼻の先がドアに当たるほどに近づいたまま、薄暗がりの中に立っています。振り向きもせず、こう言いました。「さっきジョジーと話したの。なんだか思いがけない方向に飛んじゃって。どっちも疲れてたんだと思う。もしジョジーが目を覚まして妙なこと言っても、あんまり気にしちゃだめよ。ああ、それからこのチェーンははずしておいて。わたしが入れなくなっちゃうから。じゃ、おやすみ」

＊

そっと副寝室に入ると、ジョジーはぐっすり眠っていました。ここは家の寝室より幅が狭く、天井が高い造りになっています。ジョジーが引きあげたのか、窓のブラインドが半分上がっていて、そこから影が入り込み、洋服簞笥やその横の壁にさまざまな模様を描いています。わたしは窓の前に立ち、外を見渡しました。明日の朝、お日さまはどういう道筋をたどるでしょうか。ちゃんとこの部屋をのぞいていってくれるでしょうか。この窓は、部屋自体と同じく高さのわりに幅が狭い造りで、しかも二つの大きなビルの裏側が驚くほど近くまで迫っています。垂直に何本も走っているあの線は雨樋でしょう。整然と並んでいる窓のほとんどは、裸のままだったりブラインドで塞がれたりしています。その二つのビルのあいだの隙間から、向こう側を通っている道路の一部が見えます。日中の大にぎわいが想像できる道路で、この時刻でさえ一定の往来があって、車の列がその隙間を横切っていきます。ただ、道路の上方にはどんと突き立つように高い夜空が見えて、これなら窓が多少狭くても問題はないだろうと思えます。お日さまが特別の栄養を送ってくれるのに、とくに不都合はなさそうです。あとはわたしが神経を張りつめて待機し、明朝、最初のサインがありしだい、ブラインドを上まで引きあげてやればいいだけです。

「クララ？」背後でジョジーの動く気配がありました。「ママも戻ってるの？」

「すぐ戻ります。リックとヘレンさんをホテルに送っていっただけですから」

ジョジーはまた眠りに戻ったようです。でも、しばらくしてまた寝具のこすれる音が聞こえました。

「あなたの身に悪いことなんて絶対起こさせない」ジョジーの呼吸はゆっくりになり、また眠ったかに思えましたが、今度ははっきりした声で、「何も変わらない」と言いました。

ずいぶん目が覚めてしまったようです。そこで、「お母さんと何か新しい話でもしましたか」と尋ねてみました。

「ウーン、とくに新しいってこともない。そんなこと起こりっこない、って言っただけ」

「そんなこととは、どんなことですか」

「クララも何か言われなかった？　つまらないこと。ママの頭の中で渦巻いてる、わけのわからないこと」

もっと何か話してくれないかと思っていると、また羽毛布団が動きました。

「ママは何かしてくれようとしたんだと思う。たぶん。仕事をやめて、わたしとずっと一緒にいてもいい、だって。ま、わたしが望めば、だけどね。わたしと一緒にいるただ一人の人になれる、とか。もしわたしが心からそうしてって言えばそうする、仕事もやめる、って。で、クララはどうなるのって聞いたら、もうクララはいらなくなるって言うのよ。ママが、わたしといつも一緒にいる人になるんだからって。そんなの、ちゃんと考えぬかれた話じゃないって、すぐわかった。でも、しつこく何度も言うのよ。わたしに決断しろ、みたいに。だから最後に言ってやったわ。ママ、そんなことできっこない、ママは仕事やめたくないし、わたしはクララをあきらめたくない、って。ま、だいたいそんなとこ。そんなこと起こるはずない。ママも最後に認めたわ」

そのあと、ジョジーは影の中でひっそり動かず、わたしは窓際に立ちつづけ、二人ともしばらく何も言いませんでした。

「お母さんは、たぶん、自分が一緒ならジョジーはさびしがらずにすむと考えたのでしょう」と言ってみました。

「誰がさびしいなんて言ったのよ」

「もしそうなるなら、ジョジーがほんとうにさびしくなるのなら、わたしは喜んでいなくなります」

「わたしがさびしいなんて誰が言ったのよ。違うわよ」

「たぶん、人は誰でもさびしがり屋なんです。少なくとも潜在的には」

「あのね、クララ。これ、例によってママのばかげた思いつきの一つよ。そのまえにね、肖像画のことをいろいろ聞いてたの。そしたら、ぐだぐだになっちゃって、最後にそんなこと言いだしたの。思いつきとも言えない。ただのゴミよ。だから、お願い、忘れましょ」

ジョジーはまた静かになり、いつの間にか眠っていました。わたしは心を決めました。もしまた目覚めたら、明日の朝起こるかもしれないことに備えさせましょう。お日さまから特別な助けが来たとき、少なくともその邪魔をすることだけは避けるように。でも、わたしが部屋に一緒にいるせいなのか、ジョジーの眠りは深まっていきました。わたしは窓際を離れ、洋服簞笥のわきに立ちました。お日さまが空に復帰するとき、最初のサインはここに送られてきます。

＊

わたしたちは、全員、来るときと同じ席にすわっています。座席の背もたれが高く、わたしの位置からだと、運転している母親は一部見えますが、ヘレンさんはほとんど見えません。ただ、何か強く言いたいことでもあって、背もたれを回り込むようにして後ろを向くときに顔が見えます。一度、まだ朝の渋滞の中にいるとき、ヘレンさんがそうやって振り向き、こう言いました。

「だめよ、リック。彼のこと、そんな不快な言葉で言っちゃだめ。聞きたくない。おまえはあの人を知らないのよ。だからわからないし、わかれない」そこで顔が引っ込み、でも声はつづきました。「昨夜はわたし自身もずいぶんいろんなことを言ったと思う。でも、今朝振り返って、とってもアンフェアだったなって思う。彼のことをあれこれ言う権利があったのか、って」

ヘレンさんの最後の言葉は、横の母親に向けられたものでしたが、母親自身の心はどこか遠くにあったようです。交差点を一つ過ぎたとき、こうつぶやくのが聞こえました。「ポールだけが悪いんじゃない。わたし、ときどき強く当たりすぎてる。悪い人じゃないのよ。なんだか申し訳ない気分」

「変よね」とヘレンさんが言いました。「今朝はとっても寝覚めがよかった。希望が湧いた感じよ。バンスはまだ助けてくれると思う。昨日はずいぶん興奮してたけど、冷静になって思い返してくれれば、やっぱり非道なことはしたくないと思ってるはず。彼ってね、とってもまともな人間っていう自己イメージを大切にしてるから」

リックがわたしの横で身動きしました。「母さん、言っただろ。ぼくはもうあの男とかかわりたくない。母さんだってやめるべきだ」

「ヘレン」と母親が言いました。「これって、ほんとうにどうにかなるの？　同じところをぐるぐる回ってるみたいなこと。自分を苦しめないで、落ち着いて待ってみたら？　二人とも精一杯やったんだから」

リックの向こう側で、ジョジーがリックの手をとり、指をからませています。元気づけるようにほほ笑みかけていますが、そこには少し悲しさもまじっているように見えます。リックも笑顔を返しました。この二人は、視線だけで秘密のメッセージを交換できるのでしょうか。

わたしは横にある窓のほうを向き、額をガラスに押しあてました。夜明けに最初のサインがあってから、ずっとお日さまを見守り、待ちつづけてきました。お日さまの最初の光は、期待どおり二つのビルの合間からまっすぐ副寝室に射してきましたが、それは待ち望んでいた特別な栄養ではありませんでした。まったく違います。もちろん、いつもどおりお日さまに感謝することは忘れませんでしたが、同時に失望が心に忍び込むのを止めることもできませんでした。その後、早めの朝食と荷造りのあいだ、さらに母親がフレンズアパートのチェックアウト手続きをしているあいだ、わたしはサインを探し、待ちつづけました。いまこうやって上体を少しかがめ、リックとジョジーの向こうを見やると、そこではお日さまがまだ朝の上昇をつづけています。車がビルからビルを通り過ぎるたび、合間から輝きを送ってきます。ジョジーの父親が心に浮かびました。あのときもこの車でした。ドアを閉じ、わたしの背後にある車置き場とクーティングズ・マシンを見ながら、「心配するな」と言っています。「ちゃんと聞こえた。小さなジュッという音がした。あれが特徴的な音なんだ。怪物はもう立ち上がれないよ」一瞬後、父親の顔が目の前で巨大化し、「大丈夫か」という声がしました。「わたしの指が見えるか。何本見える?」と。そして、あの日の朝ずっと感じていた不安が、再度、大波になって襲ってきました。マクベインさんの納屋で交わした約束を、お日さまが守ってくれなかったら……という不安が。

「聞いて、リック」と母親が言っています。「昨日の夜起こったことなんて、どうでもいいの。あなたの研究も、あなたのノートも、優秀な技術者から絶賛されたのよ。自分に自信をもつ十分な理由じゃない?」

「ママ、お願い」とジョジーが言いました。「そんな講釈、いまのリックにいると思う?」前の大人たちには見えなかったでしょうが、ジョジーは指をからめた手に力を込め、もう一度ほほ笑みかけました。リックはジョジーを見つめ返してから、こう言いました。

「ありがとうございます、ミセス・アーサー。いつも親切にしていただいて、感謝しています」

「まだわからないわよ」とヘレンさんが言いました。「バンスに断定は禁物だもの」

しばらくまえから、わたしの側に背の高いビルがあって、だんだん近づいてくるのに気づいていました。RPOビルと特徴がよく似ていますが、こちらのほうがもっと背が高いでしょうか。たまたま手前で車の流れがぐんと悪くなり、そのビルをよく観察することができました。お日さまの光がビルの前面に当たっています。ビル前面の一部がちょうど鏡のようになって、朝の光を強烈にはね返しています。もちろん数多くの窓があり、縦横に整然と配置されていますが、なぜか全体として無秩序な感じを与えています。ところどころの並びがゆがみ、ぶつかり合うような並びさえあることが原因でしょうか。中で働く人の動きまわる姿が見える窓もいくつかあって、窓際まできて、下の通りを見おろしている人の姿なども見えます。でも、ビルの前に灰色の霧が漂っていて、それに隠されて見えにくくなっている窓が少なくありません。

一瞬、母親が車を少し前進させました。すると、隣の車線に並ぶ車と車の隙間から見えてきたものがあります。機械です。それは、走ってくる車から道路工事の柵で守られて、自分だけの空間に鎮座し、三本の煙突からせっせと汚染を吐きだしていました。横腹に「C-O-O」という、名前の先頭の三文字が見えます。心に失望感が洪水のように押し寄せてきました。でも、その洪水に溺れそうになりながら、これは父親とわたしが車置き場で破壊した機械ではない、とも気づきました。まず同じ黄色でも、色合いが微妙に違います。それに、こちらのほうがいくぶん大きいようで、汚染をつくりだす能力は、わたしが最初に見たクーティングズ・マシンに匹敵するか、それ以上ではないでしょうか。

「当面、静観がいいんじゃない、ヘレン?」と母親が言っています。「リックにはほかの選択肢もあるかもしれないし」と。車は新しいクーティングズ・マシンの横を通り過ぎました。灰色の汚染の霧がフロントガラスの前を流れていきます。母親が気づき、「見てよ、これ。こんなことやらせていいの?」とつぶやきました。

「たとえあってもよ、ママ」とジョジーが言いました。「そこへわたしも行かせてくれるの?」

「別に同じ大学に行かなくてもいいんじゃないの?」と母親が言いました。「あなたはいったい何よ? もう結婚しているつもり? 若い人たちって、好き勝手なところへ行きながら連絡をとり合ってるじゃない」

「ママ、またいつもの繰り返しなの? いまのリックにいちばんいらないものだわ」

わたしは振り返り、いま来た道をリアウィンドー越しにながめました。あの背の高いビルはまだ見えていますが、新しいクーティングズ・マシンはもう他の車の背後に隠れています。なぜお日さまが動いてくれなかったのか、いまわかりました。一瞬、姿勢が崩れ、頭が垂れたかもしれません。ジョジーがすわったまま身を乗り出し、わたしを見ました。

「ほら、ママ」と呼びかけました。「クララまでまいってるじゃない。お店がなくなって気がめいってるところへ。いま必要なのは楽しいおしゃべりよ」

第五部

街への遠出から戻って十一日後、ジョジーの衰弱がはじまりました。初期の段階では、症状的にこれまでとくに変わったところはないように見えましたが、やがて呼吸異常などの新しい症状が現れてきました。朝の半覚醒もそうした症状の一つです。目は開いているのに意識が空っぽで、話しかけても応答がありません。母親が毎朝早く寝室に上がってくるようになりました。来て、ジョジーが半覚醒状態にあると、ベッドの横に立ち、まるで新しい歌を覚えようとしている人のように、小声で「ジョジー、ジョジー、ジョジー」といつまでも繰り返します。

ましな日もあって、そんなときはベッドに起き直り、話したり、オブロン端末で授業を受けたりできますが、何時間も眠りつづけるだけの日もあります。ライアン先生が連日往診するようになりました。先生の顔にはもう笑いがありません。母親の朝の出勤時間がどんどん遅くなっていき、先生と母親がオープンプランの部屋にこもって、閉めた引き戸の向こうで話し込むことが多くなっていきました。

街への遠出の直後、とくに問題のなかった時期に、わたしがリックの勉強の手助けをするという約束ができていました。その流れで、ジョジーの発病後もリックは頻繁に家に来ていました。でも、ジョジーの具合が悪くなっていくにつれ、リックは勉強への関心を失い、廊下をただうろうろして、母親かメラニアさんに寝室に呼ばれるのを待っているようになりました。呼ばれたとしても、入室を許されるのはほんの数分です。しかもドアを入ってすぐのところに立って、そこからジョジーの寝ている姿を見るだけです。一度、そうやってリックが見ているとき、ジョジーが目を開けて、笑いかけました。

「ハイ、リック。ごめんね。今日はくたびれて、絵が描けない」

「いいさ。休むのがいちばんだ。いずれよくなるよ」

「あなたの鳥はどう、リック？」

「鳥たちは元気いっぱいだよ、ジョジー。順調に成長してる」

それだけの会話のあと、ジョジーはまた目を閉じてしまいました。

そのあと、とても落胆した様子のリックに付き添って、わたしは一緒に階段をおり、玄関から外に出ました。地面に敷かれた砂利の上に並んで立ち、灰色の空を見あげました。リックは何か話したそうにしていましたが、たぶん、寝室から聞かれることを心配したのでしょう。ただ黙って、はいているスポーツシューズの爪先で小石をつついていました。そこで、わたしから「少し一緒に歩きませんか」と誘い、写真の額縁に似たあの門の方向を見やりました。

最初の草原に入ったとき、ここを通ってマクベインさんの納屋に行ったあの夕方に比べて、草がずいぶん黄色くなっているな、と感じました。納屋にまでつづいている小道の、最初の部分をゆっくり歩いていくと、ときおり風が吹いて草がなびき、遠くにリックの家が見えます。

小道が急に広がり、空き地と呼んでもいいような空間になっている場所がありました。リックはそこで立ち止まり、わたしに向き直りました。周りで草がざわめいています。

「ジョジーがこんなに悪くなったことはない」と、地面を見ながら言いました。「君は、希望をもっていい理由があると言ってた。何か特別な理由があるように言いつづけてた。だから、ぼくも希望をもちつづけた」

「すみません。きっと腹が立っているでしょう。わたしもがっかりしています。それでも、まだ希望をもちつづけていい理由があると信じます」

「本気かい、クララ。悪くなる一方なんだぞ。医者も母親も――見てわかるだろう？――もう匙《さじ》を投げかけてる」

「それでも、です。希望があると信じます。大人たちが考えてもいないところから助けが来ると信じます。ただ、すぐにでも、あることをしなければなりません」

「君が何のことを言っているかわからないよ、クララ。例の、誰にも話せない何かと関係してるんだろうけど」

「正直、街から戻って以来、わたしにも確信がもてませんでした。何があっても特別な助けは来るだろうと思いながら、ずっと迷いつつ待ってきました。でも、やはりわたしが戻って説明することが、唯一の正しい方法だと思います。もしわたしから釈明し、特別のお願いをしたら……いえ、これ以上は話せません。もう一度わたしを信じてください、リック。マクベインさんの納屋に戻らねばなりません」

「で、もう一度ぼくに運んでもらいたい、と?」

「できるだけ早く行く必要があります。リックの都合が悪ければ一人で行ってみます」

「おいおい、待てよ。もちろん、手伝う。ジョジーがどう助かるのかはわからないけど、助かると君が言うなら、もちろん手伝う」

「ありがとうございます。そうと決まれば、ぐずぐずしていられません。今日のうちにやってしまいましょう。前回同様、お日さまが休息に入るタイミングであそこにいる必要があります。今夕七時十五分、この場所で会ってください。やってもらえますか」

「もちろん。やるよ」

「ありがとうございます。あと一つ。納屋に着いたら、もちろん、わたしはおわびをします。自分の任務を過小評価していたことは、わたしの責任ですから。でも、おわびだけでは何かが足りない気がします。お願いするための梃子《てこ》に使えるような何かが必要です。そこで、プライバシーに関わることかもしれませんが、リックに尋ねたいことがあります。リックとジョジーの愛情が本物かどうか、心よりの愛で永続的なものかどうか、教えてください。知らねばなりません。答えがイエスなら、交渉の材料ができて、街での過ちを取り返せます。ですから、リックはよく考えて、ほんとうのことを教えてください」

「考えるまでもないよ。ぼくとジョジーは一緒に育って、二人ともお互いの一部だ。そして二人の計画もある。だから、もちろん、ぼくらの愛は心からのもので、永遠だ。一方が向上処置を受けてて、他方が受けてないなんて、ぼくらには関係ない。それが答えだ、クララ。これ以外の答えはないよ」

「ありがとうございます。とても特別なものが手に入りました。では、忘れないで。夕方七時十五分に。いま立っているこの場所で、また会いましょう」

＊

リックの背中に負われることに多少慣れてきたようで、ときには自由になるほうの手を伸ばし、前方の草を掻きわけるなどの手助けができました。草は前回より黄色く、柔らかく、掻きわけやすくなっていました。夕方に飛ぶ羽虫の群れも、顔に当たるとやさしく散ってくれて、通過に手間取りません。野原のボックス分割も、今回は一度も起こりませんでした。三番目の額縁型の門を通り抜けると、もうマクベインさんの納屋が前方にはっきり見えました。納屋の上にはオレンジ色の空が広がり、お日さまはすでに屋根の三角形のてっぺんに近づいてきています。

草を短く刈った場所に出たとき、わたしはおろしてくれるようリックに言い、しばらく二人でそこに立って、お日さまがだんだん低くなっていくのを見ていました。織物の模様のように刈られている草の上を、前回同様、納屋の影がわたしたちのほうへ伸びてきます。お日さまがいよいよ納屋の屋根構造の後ろに隠れたとき、わたしはプライバシーを必要以上に侵さないことがいかに重要かを思い出し、リックに立ち去るよう頼みました。

「中で何が起こるんだ」とリックが尋ねました。でも、わたしがまだ何も答えられずにいるうちに、そっとわたしの肩に触れて、「待ってるよ。このまえと同じ場所で」と言いました。

リックが去り、わたしはいま独りです。お日さまが屋根より低くおりてきて、最後の光で納屋の横腹を貫くのを待っています。街で犯したわたしの過ちに、お日さまはお怒りかもしれません。でも……と思ったとき、はっとしました。これまで思いもしなかったことに気づきました。お日さまに特別の助けを頼めるのは、これが最後になるかもしれません。この機会をいかせなかったら、ジョジーは……。心に恐怖が湧きあがりました。でも、お日さまはやさしい方だから……と、わたしはその思いにすがり、いまはためらわずマクベインさんの納屋に向かいました。

＊

前回同様、納屋はオレンジ色の光で満たされていて、入った直後は周囲に何があるか見通すのが困難でした。でも、やがて左手に低い壁のように積み上げられた干し草の束が見えてきて、その壁の高さが前回より一段と低くなっているのが見てとれました。お日さまの光の中を、いまも干し草の粉塵が飛んでいます。でも、前回のように空気中をゆっくり漂っているという感じではなく、ずいぶん激しく動きまわっています。もしかしたら干し草の束の一つが木の床に落下し、ばらばらになった結果なのかもしれません。その粉塵をとらえようと手を上げたとき、わたしの指のつくる影が納屋の入り口まで長く長く伸びているのが見えました。

干し草の束の向こうに納屋自体の壁があります。その壁には、昔のお店にあった赤い棚がまだそのまま残っていて、わたしは思わず笑顔になりました。ただ、今日の赤い棚はなんだかゆがんでいます。建物の裏口側に行くにつれ、明らかに下向きに傾斜しています。セラミックのコーヒーカップは整然と並んでいますが、その並びをたどっていくと、以前にはなかったものがあって、ここにも混乱のしるしが見てとれます。あれは間違いなく、メラニアさんのミキサーでしょう。

前回、ここでお日さまを待つあいだ、わたしは金属製の折りたたみ椅子にすわっていました。それを思い出し、納屋の反対側の奥を見やりました。もちろん、あの椅子をまた見つけたかったからですが、お店の店頭アルコーブがまだあるだろうかという思いや、ひょっとしてそこに誰かＡＦが得意げに立っていたりしないかという思いもありました。でも、振り向いたとき見えたのは、目の前を流れていくお日さまの光でした。光は裏口から表口へ、ほぼ水平に流れていきます。ちょうど、にぎわう通りに立って、目の前をつぎからつぎへ車の列が流れていくのを見ている感じでしょうか。光の流れから無理やり視線を引きはがし、もっと奥のほうを見ると、そこではボックスへの分割が起こっていました。大きさが不揃いの無数のボックスがあり、その中から、折りたたみ椅子の一部を含んでいるボックス群を見つけるのに数秒かかりました。あの椅子のすわり心地のよさを思い出し、椅子に向かって歩きだしましたが、お日さまの光の流れを横切ろうとした瞬間、「遅れる」と告げるものがありました。いますぐ行動しなければお日さまは行ってしまう、願いなど聞いてもらえない、と。わたしは強烈な光の中にとらえられたまま、心の中で思いを言葉にしはじめました。

「きっととてもお疲れでしょう。お引き止めして申し訳ありません。覚えていてくださるでしょうか。以前、夏に一度ここに来ました。お日さまは、ご親切にわたしに数分間の時間を割いてくださいました。今日こうして戻ったのは、同じ重要な問題についてあえて再度のお願いをするためです」

これらの思いが言葉に形作られたかどうかというとき、ジョジーの交流会の日の記憶がよみがえってきました。怒った母親がオープンプランに踏み込んできて、「ダニーの言うとおりです。ここはあなたには場違いよ」と叫んでいます。それとほぼ同時に、右手のボックスの一つに怒りの漫画が現れました。これは、車の中から街のビルの壁に見たあの漫画でしょう。でも、わたしは記憶もボックスも無視し、形成途上の言葉をつぎからつぎへ心に押し込んでいきました。

「わたしにここに来る権利などないことはわかっています。お日さまがきっと怒っておられることもわかっています。わたしは汚染を完全には止めることができず、お日さまを失望させました。あの恐ろしい機械に二台目があるなんて、何の問題もなく汚染をつづけられるなんて、気づかなかったのは愚かでした。でも、あの日、お日さまはご覧になっていました。ですから、わたしが車置き場でどれほど一所懸命だったかをご存じです。わたしなりに犠牲を払ったこともご存じです。そのため、たぶん、わたしの能力は以前ほどでなくなりましたが、かまいません。お日さまはジョジーの父親もご覧になりました。わたしとお日さまの約束を何も知らないのに、わたしの希望に共感し、信じ、全力で手助けをしてくれました。なすべきことを過小評価していたことを、心よりおわびします。わたしの過ちであり、わたしだけの過ちです。お日さまがわたしにお怒りになるのは当然です。でも、ジョジーにはなんの罪もありません。父親同様、ジョジーはわたしとお日さまの約束を知らず、いまも知りません。そして日に日に弱っていっています。わたしがいまここにこんなふうに来ているのは、お日さまがいかに親切な方であるかを忘れていないからです。お日さまはあの物乞いの人とその犬に親切にしてくださいました。あの大きな親切を、ぜひジョジーにもお願いします。ジョジーには、いまあの特別の栄養が必要です」

そんな言葉を心の中へ押し出しながら、わたしはモーガンの滝へ行く途中で見た、角《つの》と冷たい目をもつあの恐ろしい雄牛を思い出していました。あれほどの怒りに満ちた生き物を、なんの拘束もなくこの日当たりのいい草原に放置していいのか、それは重大な過ちではないのか——あの瞬間、そう感じたことを思い出していました。同じ道のどこか後ろのほうで、母親が「だめよ、ポール。いまは——こんな車の中じゃ——やめて!」と叫んでいるのが聞こえます。バンスさんというレストランに孤独なご婦人がいるのが見えます。支配人にさえ気づかれず、窓ガラスに額を押しつけて、外の暗い通りをじっと見つめているあのご婦人は、なんとローザに似ていることでしょう。でも、いまはそんなことに気をとられているときではありません。お日さまがいつ行ってしまうかわかりません。わたしはさらに多くの思いを、もはや言葉の形にする手間も惜しんで、心に押し込みつづけました。

「大切な溶液を失いましたが、かまいません。それでジョジーがお日さまの特別な助けを得られるものなら、喜んでもっと、いえ全部でも、捧げます。前回ここに来たあと、ご存じのとおり、ジョジーを救うための別の方法があることを知りました。もうそれしかないのなら、わたしは全力で実行します。でも、いくら力を尽くしたとしても、その方法でうまくいくのかどうか確信がもてません。いま心から願うことは、お日さまがもう一度あの親切を見せてくださることです」

お日さまの光を横切ろうとして前に伸ばしていた手に、何か固いものが触れました。手触りから、あの折りたたみ椅子の金属フレームだとわかります。椅子がまた見つかったことを喜びましたが、失礼に見えてはいけないと思い、腰かけることはやめました。代わりに椅子の背後にまわり、背もたれを両手でにぎって、しっかりと体を支えることにしました。

納屋の裏口から射し込んでくるお日さまの光は強烈で、とても直接向き合うことはできません。無礼だったかもしれませんが、わたしはもう一度、右手奥の空間に漂うさまざまな形の断片に視線を戻しました。たぶん、レストランにさびしくすわるローザをまた見たかったこともあるでしょう。でも、お日さまの光模様はいま店頭アルコーブに落ちて、そこを照らしています。やはりそこにAFはおらず、あったのは壁に貼りつけられた大きな卵形の写真です。晴れた日の緑の野原が写っていて、そこここに羊が見えます。とくに前景にいるあれは、モーガンの滝から戻ってくるとき母親の車から見たあの特別な四頭でしょう。きちんと一列に並び、頭を下げて草を食《は》んでいて、わたしの記憶よりさらに穏やかそうに見えます。あの日、わたしはこの羊を見ることで幸せを取り戻せたのでした。あの恐ろしい雄牛の記憶を消すのを助けてくれた四頭に、写真の中だけでもまた会えて嬉しく思いました。ただ……どこかしっくりしないのはなぜでしょうか。四頭は、わたしが車から見たとおりの順序で整然と並んでいます。でも、不思議な宙づり感があって、地表に脚をつけて立っているように見えません。そのため、草を食べようと首を伸ばしながらも口が草に届かず、あの日あれほど幸せそうだった羊たちに、なんだか悲しそうな雰囲気があります。

「まだ行かないでください」と、わたしは頼みました。「もう少しだけ時間をください。わたしは、街で約束を果たせませんでした。さらに何かをお願いできる立場にないのはわかっています。でも、コーヒーカップのご婦人とレインコートのご老人が再会を果たしたあの日、お日さまがとても喜んでおられたのを覚えています。とても喜んで、その喜びを表さずにいられないほどでした。愛し合う二人の再会を、お日さまがとても大事に思っておられることをわたしは知っています。長い別離があっても、その二人を祝福し、もしかしたら再会の手助けさえしてくださるかもしれないことを知っています。ジョジーとリックのことをお考えください。いまジョジーが亡くなったら、まだとても若い二人が永遠に引き裂かれてしまいます。お日さまはあの物乞いの人と犬に特別の栄養を送ってくださいました。ジョジーにもお願いできませんか。そうすれば、あのやさしい絵にあったように、二人は一緒に大人の人生を送れます。コーヒーカップのご婦人とレインコートのご老人に劣らず、二人の愛が強く、永続することは、わたしが保証します」

店頭アルコーブの数歩手前の床に、小さな三角形の物体が置かれているのが見えました。一瞬、パイかと思いました。あのレストランの支配人がシースルーのカウンターに並べていた、扇形のパイの一切れか、と。バンスさんの不親切な声が聞こえます――「ほんとうに依怙贔屓を求めないのなら、では、なぜわたしはいま君の前にすわっているのかな」。追うようにヘレンさんの声も聞こえてきます――「求めるのは依怙贔屓。もちろん、そうなのよ」。あらためて床の三角形を見ると、それはもうパイではなく、ジョジーのペーパーバックになっていました。フレンズアパートで父親の到着を待ちながら、ソファに寝転がって読み、取り落としたあのペーパーバックです。三角形ですらありません。本のほとんどが影の中に隠れ、四隅のうち一つだけが光の中に突き出ていて、三角形に見えたのでした。店頭アルコーブの左側では、いくつものボックスが空中に浮かんでいます。夕方の風に吹かれたかのように揺れ動き、重なったり離れたりしています。鮮やかな色をきらめかせているボックスがいくつかあり、よく見ると、そのボックスの背景には、お店の新しいショーウィンドーに展示されていた着色瓶がありました。瓶ごとに異なる色の光で照らされています。「ダウンライト」広告の一部を含んでいるボックスもあります。どうやら残された時間は少ないようです。わたしはお願いを急ぎました。

「依怙贔屓がいいことではない、とは知っています。でも、お日さまが例外を設けてくださるなら、その依怙贔屓を受けるのにもっともふさわしいのは、一生愛し合う二人の若者ではないでしょうか。どこまでたしかなのか、子供に真の愛などわかるのか――お日さまはそうお尋ねでしょう。でも、わたしは二人をずっと見つづけてきて、真に愛し合っていると確信していきます。二人は一緒に育ち、互いが相手の一部になっています。リックが今日そう話してくれました。わたしは街で約束を果たせませんでした。でも、もう一度だけ親切をくださいませんか。ジョジーに特別の助けをお願いできませんか。明日でも明後日でも、ジョジーの様子を見て、物乞いの人にあげたあの栄養をジョジーにもお願いします。依怙贔屓かもしれませんが、お願いします。わたしは約束を果たせませんでした」

　お日さまの夕方の光が薄れはじめ、納屋の中がしだいに暗くなりはじめました。お日さまの光は裏口から射し込んでいましたから、わたしもこれまでずっと裏口を向くようにしていました。でも、しばらくまえから、わたしの背後、右肩の上あたりに、お日さまとは別の光源があることにも気づいていました。最初はボックスの一つか、くらいに考えていました。含まれている着色瓶からの光だろうか、と。でも、お日さま自身の光が薄れていくにつれ、この新しい光源がだんだん無視できないものになって、振り返ってみました。そして驚きました。お日さまご自身がそこにいるではありませんか。お日さまは去るどころか、マクベインさんの納屋の中に入り込み、店頭アルコーブと納屋入り口のあいだの、ほぼ床の高さに鎮座しています。驚愕の発見でなくて何でしょう。納屋の中のお日さまはとてもまばゆくて、一瞬、方向感覚の失調の危険を感じたほどです。でも、やがて視覚が再調整され、心の衝撃も整理されてみると、お日さまと見えたものは、ただそう見えただけ。実際にはまったくの別物とわかりました。光を反射する何かがたまたまその位置に置かれていたようです。お日さまが沈む直前のしばらくのあいだ、それが光を受けて反射しているにすぎませんでした。ＲＰＯビルなど、いろいろなビルの窓がお日さまの反射鏡となることがあるのと同じことです。でも、いったい何があるのでしょう。その何かに向かって歩いていくと、光はしだいに弱まりながらも消えることはなく、取り巻く影の中でオレンジ色に光りつづけています。

間近に寄ってみて、はじめて何であるかがわかりました。マクベインさんご本人がやったのか、そのお友達がやったのかわかりませんが、誰かが四角い板ガラスを何枚か重ね、束にして壁に立てかけてありました。長年開け放しだった納屋の横腹を、マクベインさんはついにどうにかする気になったのでしょうか。壁をつくり、そこに窓をつける計画なのかもしれません。いずれにせよ、いまここにほぼ垂直に立てられた四角い板ガラスの束があって（わたしの推定では七枚の束です）、そこにお日さまの夕方の顔が映っています。わたしはさらに近寄り、ほとんど声に出してこう語りかけました。

「お日さま、どうぞジョジーに特別な思いやりを」と。

そして、その板ガラスの束をじっと見つめました。そこに映っているお日さまはまだ強いオレンジ色をしていますが、もう目がくらむほどではありません。いちばん外側のガラスを仔細にながめているうち、これはただ一枚の写真を見ているのとはわけが違うことに気づきました。束になった板ガラスの一枚一枚にお日さまが映っています。よく調べれば、ガラスごとに映っている顔が少しずつ違うはずです。わたしが最初に「お日さまの顔」と思ったものは、各ガラスに映った像を重ね合わせて得られた統一像にほかなりません。いちばん上のガラスにある顔はいかめしくて近寄りがたい感じがしています。そのすぐ下にある顔は、どちらかと言えばいっそう不愛想に見えますが、そのつぎの二枚はやや柔和で、親切そうです。その下にさらに三枚の板ガラスがありますが、一枚目からこれほど遠ざかると、個別に見ることは難しくなります。でも、たぶんユーモラスでやさしい表情が映っているのではないでしょうか。個人的にはそう想像したくなります。いずれにせよ、板ガラスごとにどのような性格の像が映っているにしても、そのすべてを重ね合わせて見るときは、単一の顔でありながら、輪郭や感情に多少の幅を生む効果が生じるのだと思います。

映っているお日さまを、わたしは熱心に見つづけました。やがて、お日さまのすべての顔が薄れはじめ、マクベインさんの納屋の内部から光が消えていき、ジョジーのペーパーバックの三角形も、決して届かない草に首を伸ばしつづける羊も、もう見えなくなりました。「わたしをまた受け入れていただき、ありがとうございます。約束を果たせず申し訳ありませんでした。わたしからのお願いを、どうぞお考えください」この言葉を、わたしは心の中でさえそっと語りました。お日さまがもう去ったことがわかりましたから。

＊

それからの数日間、ジョジーを入院させるかどうかで、ライアン先生と母親がオープンプランでよく議論をしていました。引き戸越しですし、二人が同時にしゃべって声が重なることもよくありましたが、聞きとることはできました。入院なんてジョジーを苦しめるだけ——最後には二人ともその結論に至るのですが、ライアン先生がつぎに往診に来るときは、また振りだしに戻り、オープンプランにこもっての話し合いが繰り返されます。

リックは毎日やってきました。母親やメラニアさんと交代で、二人が休んでいるときに寝室でジョジーを見守ります。このころ、大人二人はもう通常の生活サイクルを放棄していて、疲労で倒れる寸前にやっと眠るという状態でした。わたしの存在は重宝されていましたし、母親などは、わたしが誰よりも早く危険信号を察知できると認識していましたが、どういう理由からか、わたしが単独で見守るのでは頼りないとみなされていました。いずれにせよ、何日かたつうちに母親とメラニアさんは疲れはて、それがあらゆる動作から透けて見えるようになっていました。

マクベインさんの納屋に二回目の訪問をしてから六日後、朝食後に空が異常に暗くなりました。いま「朝食後」と言いましたが、このころにはもう生活のリズムがめちゃめちゃになっていて、朝食と言っても、普通の「朝食」の時間とはずいぶん違います（もちろん、他の食事でも同様です）。その朝は空がつねになく暗かったこともあり、ますます時間感覚が狂わされて、リックが来たことではじめて、まだ夜になっていなかったのかと知る、という感じでした。

時間がたつにつれて空はますます暗くなり、雲も厚くなって、風がとても強く吹きはじめました。建物のどこかにゆるんだ部分でもあったのか、家の裏手で何かがぶつかる音がしはじめ、寝室の正面窓から外をのぞくと、道路が上り坂になるあたりの木々が曲がり、波打っているのが見えました。

ジョジーはいっさい関知せず眠りつづけています。呼吸は浅く、急です。あの暗い朝の半ばごろ、リックとわたしが一緒にジョジーを見守っているとき、家政婦のメラニアさんが現れました。疲れで目が半分閉じていましたが、時間だから代わる、と言いました。リックは悲しそうにうなだれ、階段をおりていって、いちばん下の段にすわり込みました。わたしもそんなリックを見ながら、後ろからおりていきました。しばらく一人にしておいてやるのがよかろうと思い、リックの横を通って廊下におりると、ちょうど母親がオープンプランから出てくるところでした。夜のあいだ着ていた薄手の黒いドレッシングガウンを、まだそのまま着ています。襟首がいかにも頼りなく見えます。コーヒーでも飲みにいこうとしていたのか、急ぎ足で前を通り過ぎていきました。でも、キッチンの入り口で振り返り、階段の最下段にすわっているリックに気がつくと、そのままじっと見ていました。やがてリックも母親に見られていることに気づき、気を取り直したような笑顔になりました。

「ミセス・アーサー、おはようございます」

母親はリックを見つめつづけ、そして「中へいらっしゃい」と言って、キッチンに消えていきました。リックは何だろうという表情でわたしを見て、立ち上がりました。わたしはとくに何も言われませんでしたが、リックの後についていくことにしました。

暗い空のせいか、キッチンはいつもと違って見えました。わたしたちが入っていったとき、母親はまだどこの照明もつけず、大きな窓から外を見ていました。視線の方向には、出勤にいつも使う道路があります。リックはアイランドの近くで所在なげに立ち、わたしは二人の邪魔にならないよう冷蔵庫のわきに立ちました。わたしの位置から大きな窓を見ると、母親の体の向こうに、のぼりながら遠くに消えていく道路と、揺れる木々が見えました。

「尋ねたいことがあったの」と母親が言いました。「かまわないかしら、リック？」

「どうぞ、ミセス・アーサー」

「どうなのかな、と思って。あなたはいま自分が勝ったように感じているかしら。ぼくの勝ちだ、とか？」

「なんのことですか、ミセス・アーサー」

「わたしはいつもあなたをちゃんと扱ってきた。そうよね、リック？　そうだと願うわ」

「はい。いつもとても親切にしていただきました。母にもよくしていただいています」

「だから、いまあなたに尋ねたいの、リック。自分が勝ったと思ってるのかどうか。ジョジーは賭けをしたわ。サイコロを振ったのはわたしだけど、勝つにせよ負けるにせよ、結果を引きうけるのはジョジー。わたしじゃない。ジョジーは大きく賭けて、そしてライアン先生の言うとおりなら、どうやら負けることになる。そこでね、リック、賭けより安全をとったあなたに尋ねたいの。あなたがいまどう感じているか。どう、勝った感触がある?」

母親は暗い空を見あげながらこう言ったあと、リックに向き直りました。

「あなたが勝ったと感じているのか。リック、これを考えてほしいわ。まず、いったい何を勝ちえたと思っているのか。こんなことを聞くのはね、ジョジーは全身で生きることへの飢えを伝えてくる子だったからなの。この手にあの子を抱いた瞬間からそうだった。あの子はこの世界のすべてに興奮していた。だから、この子には変化を拒めないって、最初からずっとそう思ってきた。この子はこの子の精神にふさわしい将来を要求してるって。ジョジーが大きく賭けたっていうのはそういう意味なの。で、あなたはどうなの、リック。あなた、ほんとうに自分は頭がいいと思ってる? ジョジーと自分とで、自分こそが勝者だと思ってる? もしそうなら、こう自問してみて。ぼくはいったい何を勝ちとったのか。考えてみて。あなたの将来はどうなのか」母親は窓に向かって腕を振りました。「あなたは小さく賭けた。だから、勝っても、小さくてつまらないものしか得られない。いまはほくそ笑んでいるかもしれないから、わたしがここで教えてあげる。あなたがそんなふうに感じていい理由などない。まったくないわ」

母親のその言葉を聞きながら、リックの表情がどこか変わりました。何かに火がついたというか、危険な何かが表面化したというか、あの交流会でわたしを放りたがった少年に立ち向かったときのリックを、どこか思わせる表情に変わりました。そして母親に向かって一歩踏み出したとき、今度は母親が気圧され、身構えたように見えました。

「ミセス・アーサー」とリックは言いました。「最近はここにお邪魔しても、ほとんどの日、ジョジーはあまり話せる状態にありません。でも、先週の木曜日はいい日でした。ぼくは何も聞きもらすまいとして、ベッド間近にすわっていました。ジョジーは、ミセス・アーサー、あなたにメッセージを残したいと言いました。ただ、まだあなたに聞かせる用意はないので、適当なときまでそのメッセージをぼくに預かってほしいと言いました。で、ぼくは、いまが話すべきときだと判断しました」

母親が大きく目を見開きました。恐怖に満ちた目でしたが、母親は何も言いませんでした。

「ジョジーからのメッセージはこんなふうでした」とリックはつづけました。「いま何が起こっても、事態がどう転んでも、ジョジーはあなたを愛し、ずっと愛しつづけます。あなたが母親であったことに感謝し、そうでなければよかったなどと一度も思ったことはありません。ジョジーはそう言いました。まだあります。向上処置については、受けなければよかったなどと思ったことはない。あなたにそう知っておいてほしいそうです。もしやり直すことができて、今度は自分で決められるとしても、あなたがしたとおりにするでしょう。ジョジーにとって、あなたは望みうる最高の母親です……と、まあそんなところです。いまも言ったとおり、ジョジーは、適当なときになったら伝えてほしいとぼくに言いました。ミセス・アーサー、いまあなたに伝えたのはぼくの判断です。正しい判断だったことを願っています」

母親はいま無表情にリックを見つめています。でも、リックが話しているあいだに、わたしはあることを――もしかしたらきわめて重要かもしれないあることを――大きな窓の向こうに見ました。ちょうどリックの言葉がやんで、わたしはさっと手を上げました。でも、母親はわたしを無視し、リックを見つめつづけています。

「なんてメッセージなの」と言いました。

「すみません、奥様」とわたしは言いました。

「まったく」と母親は言い、静かな溜息をつきました。「なんてメッセージなのよ」

「すみません、奥様」今度はほとんど叫んでいました。母親とリックがともにわたしのほうを見ました。「お話の途中、すみません。でも、外で何かが起こっています。お日さまが出てきます」

母親は大きな窓をちらりと見て、またわたしを見ました。「そうね。でも、何？　どうしたの、クララちゃん」

「みなで二階へ、いますぐジョジーのところへ行きましょう」

母親とリックは、わけがわからないという表情でわたしを見ていましたが、これを聞いて怖くなったようです。わたしは廊下に向かって走りだしました。でも、たちまち二人に追い越され、その後から階段を駆けのぼることになりました。

二人にはわたしの言葉の意味がわからず、ジョジーの身に危険があるのか、と思ったかもしれません。ですから、寝室に駆け込んで、これまでどおりジョジーが眠り、呼吸も安定しているのを見て、ほっとしたでしょう。ジョジーはよく横向きに寝ることがあって、このときもそうでした。髪の毛が垂れ、顔の大部分を隠していました。ジョジーには何も変わったところがありませんでしたが、一方で部屋は大違いでした。壁や床や天井のあちこちにお日さまの光模様ができていました。光の強さもいつもとは違います。化粧台の真上には濃いオレンジ色の三角形が現れ、ボタンソファには明るい曲線が引かれ、絨毯は光り輝く縞模様に包まれています。でも、まだ影に覆われたままの箇所も多く残っていて、ジョジーの眠っているベッドもその一つでした。突然、多くの影が動きはじめました。視覚を調整して、その原因に気づきました。メラニアさんです。いま正面の窓際に立って、ブラインドとカーテンを引っ張っています。ブラインドはもう完全におろされ、メラニアさんはそれに重ねてカーテンまで閉めようとしています。でも、その二重の遮蔽を突き破るようにして、縁の隙間から光が流れ込み、部屋中にさまざまな形を描きだしていました。

「くそ太陽」とメラニアさんが大きな声で言っています。「消えろ、くそ太陽」

「だめです、だめ」と、わたしはメラニアさんを止めにいきました。「開けてください。全部開けて。お日さまから全部いただかないと」

わたしはメラニアさんからカーテンを奪いとろうとしました。メラニアさんは、最初、抵抗しましたが、やがて驚いたような顔で手を離してくれました。いつの間にかリックが来ていて、手を伸ばしてブラインドを上げ、カーテンを開けようとしてくれています。顔に何やら合点がいったという表情がありました。

お日さまの栄養が洪水のように部屋に流れ込んできて、リックとわたしは勢いに押されてよろめき、バランスを失いそうになりました。メラニアさんは両手で顔を覆い、また「くそ太陽」と言いました。でも、もう栄養の流れを止めようとはしません。

窓際から引きさがるまえに、わたしははっきりと見ました。外では、依然、強風が吹きあれ、木々を大きく揺らしています。でも、それだけではありません。無数の小さな漏斗やピラミッドが——シャーピ鉛筆で描いたようないろいろな形が——空を縦横に飛び交っていました。そして、いまお日さまが厚い雲を突き破りました。その瞬間、部屋にいた全員が、まるで秘密のメッセージでも受けとったかのように、いっせいにジョジーのほうを振り向きました。

ジョジーの寝ているベッド全体を、お日さまが強烈なオレンジ色の半円で包み、照らしています。ベッドのいちばん近くにいた母親が、思わず顔の前に手をかざしました。いま何が起こりつつあるのか、リックはどうやら見当がついたような顔をしています。母親とメラニアさんさえ、なんとなくことの本質がわかりかけたような表情に見え、わたしはとても勇気づけられました。こうして、つぎの数瞬間、お日さまがジョジーにいっそうの明るさを集中するなか、わたしたちはぴくりとも動かず、固唾をのんで見守りつづけました。オレンジ色の半円がいまにも火を噴きそうに見えたときも、誰も何もしませんでした。やがてジョジーが身動きし、まぶしそうに目を開けて、空中に手をかざしました。

「ねえ、この光は何なの」と言いました。

お日さまは容赦なくジョジーを照らしつづけています。やがてジョジーが体勢を変え、枕とヘッドボードを支えにして仰向けになりました。

「ねえ、何なのよ」

「気分はどう、ジョジーちゃん」母親がささやくように言い、怖いものでも見るようにジョジーを見つめました。

ジョジーは滑るように枕をずり下がり、ほとんど天井を真上に見あげる体勢になりました。その動作には、明らかに、最近見られなかった力強さがありました。

「ねえ」と言いました。「ブラインドが引っかかって動かないとか?」

家の裏手ではまだ何かがバタンバタンと音を立てています。窓の外を見ると、暗さがまた空全体に広がりはじめています。ジョジーを包んでいたお日さまの光模様が、わたしたちの目の前で消えていきます。やがて曇った灰色の朝が戻り、ジョジーはまた薄暗さの中で横たわっていました。

「ジョジー?」と母親が言いました。「気分はどうなの」

ジョジーはくたびれた顔で母親を見て、わたしたちと向き合うように姿勢を変えました。それを見て前へ出ていった母親は、たぶん、ジョジーをまた寝かせるつもりだったのでしょう。

でも、ジョジーに手を伸ばしながら、途中で気が変わったようです。すわったままでもっと楽な姿勢になれるよう、あれこれ手を貸しはじめました。

「ずいぶんよくなったみたいね、ジョジーちゃん」と言いました。

「だから、これどうなってるの」とジョジーが言いました。「なんで全員が集まってるのよ。何をじろじろ見てるの？」

「よお、ジョジー」とリックが横から言いました。震えそうな声です。「なんか、ボロボロだな」

「ありがと。あなたも人のことは言えないわよ」そして、「でも、ほんと、いま気分がいい。ちょっと目がクラクラしてるけど」

「十分よ」と母親が言いました。「楽にしてなさい。何か飲みたい？」

「水かな」

「わかった。今後、捕らぬ狸《たぬき》の話はいっさいなしよ」と母親が言いました。「すべてはいまから一歩ずつ。ね？」

第六部

物乞いの人を救ったお日さまの特別な栄養は、ジョジーにもとてもよく効きました。空が真っ暗だったあの朝以後、ジョジーは丈夫になり、そして子供から大人へと成長していきました。季節が何度か変わり、年が何度も改まり、マクベインさんの刈り取り機が出動して背の高い草を刈り取って、三つの草原はいまどれも薄茶色になっています。そのせいで、なんだか納屋の高さが増し、輪郭もシャープになったように見えます。マクベインさんはまだ壁の増築に踏み切っていません。ですから雲のない夕方には、休息の場所におりていこうとするお日さまの、地面に沈む直前の姿が、納屋を通して向こうに見えます。

ジョジーは個人指導による学習に懸命に取り組んでいます。行く大学のことを母子でよく話し合っていますが、ジョジーにも母親にも強く思うところがあるようです。アトラス・ブルッキングズの名前は、リックが行きたくないと言いだしてからは、めったに聞かれなくなりました。また父親はジョジーの考えにも母親の考えにも賛成できないようで、一度、家までやってきて、自分の主張を力説していきました。父親が家に来るのを見たのは、このときだけです。わたし自身は父親に再会できて嬉しかったのですが、あれはルール違反だったというのが全員の意見でした。

この期間中、ジョジー自身もよく家を離れることがありました。他の若者を訪ねたり、キャンプに参加したりなど、ときには数日間連続で家を留守にすることもありました。こうした活動が大学への準備の重要なステップであることはわたしも知っていますが、ジョジーが詳しいことをあまり語りたがらないため、依然、わたしの知識の欠落部分となっています。

ジョジーが回復した直後は、リックがよく家に遊びにきていました。でも、時間がたつうちに来る回数が減り、とくにマクベインさんが草原を丸裸にしたあたりからは、ほとんど来なくなりました。一つには、ジョジーが不在がちだったことがありますが、リック自身が自分のプロジェクトで忙しくなったせいもあります。車を買って「ボロ車」と名づけ、新しい友達に会うために定期的に街へドライブするようになりました。そのボロ車を止めておく場所として、この家の近くの砂利を敷いた地面がお気に入りで、自分の家からだと細い道をたどって遠回りしなければならないが、ここからならずっと簡単に道路に出られるから、と言っていました。リックが家に来る理由として、いまではジョジーに会うことより、ボロ車を置いてあることが大きくなっています。わたしがリックと最後の言葉を交わしたのも、その砂利を敷いた地面の上でした。

その朝、ジョジーも母親も不在でしたから、外にリックの足音が聞こえたとき、わたしはちょっと外に出て、挨拶をしようと思いつきました。いつもはそそくさと出かけてしまうリックですが、その日は割合ゆっくりで、わたしたちは何分間かおしゃべりをしました。そよ風の中、リックはボロ車の車体に寄りかかり、わたしは少し離れたところに立って話しました。曇り空の朝でしたから、それがリックにあの日のことを思い出させたのかもしれません。

「クララは覚えているかな」と言いました。「すごく変な天気だった朝にさ、いきなり太陽がジョジーの部屋に射してきたこと」

「もちろん。あの朝は絶対に忘れません」

「このごろよく思うんだ。ジョジーがようやくよくなりはじめたのって、あのときからだったような気がするんだよな。間違ってるかもしれないが、振り返ると、どうしてもそんな気がする」

「わたしもそう思います」

「あの日を思い出せる？　みんな疲れはてて、絶望しててさ。それがいっぺんにひっくり返った。いつも尋ねたいと思ってたんだ。君はとっても秘密主義だったけど、ぼくとしては、あの朝いったい何が起こったのか、ずっと知りたかった。あの変な天気のことも何もかもね。あれがほかのいろんなこととどうつながるのか、とか。ほら、君を背負って草原を渡ったこととか、君の秘密の交渉のこととか。正直いうと、あのころはＡＦの迷信かな、くらいに思ってた。みんなに幸運をもたらすとされる何かかなって。けど、このごろ、もっと何かあったんじゃないかって、よく思う」

リックはわたしをじっと見ていました。長いあいだ、わたしは何も言いませんでした。

「残念ですが、話すことがいまでも怖いのです」と、ようやく答えました。「あれはとても特別な恵みで、あれについて口外すると、たとえ話した相手がリックでも、ジョジーのもらった助けが取り消されるのではないかという気がして」

「じゃ、やめよう。何も言わないでいい。ジョジーをまた病気にするようなことは、たとえわずかでもしたくない。まあ、医者に言わせると、ジョジーみたいにあの段階を越えたら、もう安心だそうだが」

「それでも用心に越したことはありません。ジョジーのはとても特殊なケースでしたから。じつは少し心配なことがあって、いまリックがもちだした問題に関係のあることなので、そのことを話していいですか」

「何だろう、クララ?」

「リックとジョジーにはまだお互いへの思いやりがあります。でも、最近の二人は目指す将来がまったく別々です」

リックは道路の坂になっているあたりを見、手でボロ車のサイドミラーに触れながら、「何を言いたいかわかるよ」と言いました。「二回目の納屋行きの日のこと、覚えてる。行くまえに、君がやけに真剣な顔をして、二人の愛は本物かと聞いてきた。ぼくとジョジーの愛情は心からのものか、って。ぼくは本物だって答えたと思う。本物で永遠だ、ってね。で、ぼくが思うに、それがいまの君の心配の種になってる」

「リックの言うとおりです。二人が別々の計画をもっているというのは、不安になります」

足元の小石を爪先でつつきながら、リックはこう言いました。「ジョジーの健康をまた危険にさらすようなことは、君にも誰にもしてほしくない。ぼくとしては、ただこれだけを言っておきたい。ジョジーとぼくが心から愛し合ってると言い、向こうにそう伝えてもらったのは、それがあのときの真実だったからだ。君が嘘を言ったとか、向こうをだましたとかいうのとは違う。でも、ぼくらはもう子供じゃない。どちらも相手に最善を願いながら、別々の道を行くしかない。ぼくが大学へ？　向上処置を受けた連中と競い合う？　うまくいきっこない。ぼくにはもう自分の計画があるし、そうであるべきなんだ。けどな、クララ、あれは嘘じゃなかった。ある意味、いまでも嘘じゃない」

「いまでもとは、どういう意味ですか」

「ジョジーとぼくは、これから世の中に出て互いに会えなくなったとしても、あるレベルでは――深いレベルでは――つねに一緒ということさ。ジョジーの思いは代弁できないが、ぼく自身は、きっといつもジョジーみたいな誰かを探しつづけると思う。少なくとも、ぼくがかつて知っていたジョジーみたいな人をね。だから、嘘じゃなかったんだよ、クララ。当時の交渉相手が誰なのか知らないが、その人がぼくの、そしてジョジーの、心の中をのぞけたら、君がだまそうとしたんじゃないとわかってくれるはずだ」

その後、わたしたちは砂利の上で、しばらく黙ったまま立っていました。すぐにもボロ車に乗り込んで行ってしまうのではないかと思っていましたが、リックはいくぶん軽い口調でこう尋ねてきました。

「メラニアから何か言ってきてないか。インディアナに行ったと聞いたけど」

「いまはカリフォルニアだと思います。最後の消息では、そこのコミュニティに受け入れてもらおうとしているとか」

「ぼくは、あの人が怖かったよ。でも、だんだん慣れた。ちゃんとやっててくれるといいな。安全な場所が見つかるといい。で、君はどうなんだ、クララ。君は大丈夫なのか。ジョジーが大学へ行っちゃったらさ……」

「奥様にはいつもやさしくしていただいています」

「もし何か助けが必要だったら、声をかけて。な？」

「はい。ありがとうございます」

わたしはこの固い地面にすわり、あの朝のリックの言葉をもう一度考えていました。そして、リックの言うとおりだろうと思うようになりました。わたしはもう恐れなくてもよいようです。

お日さまは、だまされたとも、罰が必要だともお考えではないでしょう。むしろ、わたしがお願いをしているとき、リックとジョジーがいずれ異なる道を歩みだすことをすでにご存じで、そうなっても二人の愛は永続するだろうとお考えだったのでしょう。子供に真の愛などわかるのかという問いかけも、もう答えを知ったうえでのことだったかもしれません。わたしの認識を深めるための、そのためだけの問いかけだったように思えます。あの瞬間、お日さまの頭の中には、コーヒーカップのご婦人とレインコートのご老人があったかもしれません。少しまえに、あの二人のことを話していましたから。ジョジーとリックも、これから何年もの年月と多くの変化を経験して、コーヒーカップのご婦人とレインコートのご老人のように再会を果たすとお考えなのかもしれません。

＊

ジョジーが大学に行く日が近づくにつれ、若いお客様が頻繁に訪れるようになりました。いずれも女性で、多くの場合は一人、ときに二人連れでやってきます。ハイヤーで乗りつけることもありますし、自分で車を運転してくることもあります。ですが、親が付き添ってくることはもうありません。家での滞在日数は二晩、ときに三晩というのが平均的です。訪問の一、二日まえになると、新しい家政婦さんが布団かキャンプ用の簡易ベッドをジョジーの寝室に運び込みますから、ああ来客があるのだな、とわかります。

わたしが物置を見つけたのは、若いお客様が来るようになったおかげです。来客があると、当然、寝室のスペースがとられ、わたしが部屋にとどまることは難しくなります。そうでなくても、ジョジーとお客様がいるところにわたしが同席するのは、幼いころならともかく、もう適切とはいえないでしょう。メラニアさんがいれば、どこかに場所を用意してくれたと思いますが、いまは自分で探すしかありません。階段を最上階までのぼりきったところにいい場所を見つけました。「別に隠れてなくたっていいのに」とジョジーは言いましたが、代案の呈示はなく、こうして、わたしは物置に住むことになりました。

とても慌ただしい時期でした。お客様がないときでも、ジョジーは忙しそうに家の中を走りまわっていて、その物音が響いてきます。母親や新しい家政婦さんに大声で何か言っているのも聞こえてきます。ある日の午後、物置のドアが開き、笑顔のジョジーがのぞき込みました。

「ここがクララの秘密基地か」と言いました。「で、なにか不都合はない？」

「万事順調です。ありがとうございます」

ジョジーは両腕を左右に開き、左右の脇柱に手を置いて体重を支えながら、頭を部屋の中に突っ込みました。上体を少しかがめるようにしているのは、傾斜している天井に頭をぶつけないためのの注意でしょう。部屋に置かれている雑多なあれこれをさっと見てから、最後に、部屋に一つだけ設けられている小さな高窓に目をとめました。

「あそこから外を見られるの？」と言いました。

「残念ながら、ちょっと高すぎます。この窓は換気用で、外を見るための窓ではありませんから」

「さあ、それはどうかな」

ジョジーは上体をかがめたまま、もう一歩部屋の中に踏み込み、あちこちながめたあげく、俄然、動きはじめました。あれをもちあげ、これを押し込み、何もなかったところに物の山をつくりました。わたしはそのすばやい動きを予測しきれず、一度、ジョジーと衝突しかけました。ジョジーが大きな声で笑いました。

「クララはそこから動いちゃだめ。ほら、そこにいて。わたしに考えがあるんだから」

やがて、ジョジーは小さな高窓のすぐ下に多少の隙間をつくり、そこに木製のトランクを移動させました。つぎに、蓋がぴったり閉まるプラスチック製の箱を選び、それをもちあげてトランクまでもってくると、上に注意深くのせました。

「これでどうよ」と一歩下がり、仕事ぶりを満足そうにながめました。周辺は皺寄せを受け、かえって乱雑になっていますが、そこにはまだ目がいかないようです。「のってみてよ、クララ。二段目はけっこう高いから注意してね。さあ」

わたしは控えていた隅から出てきて、ジョジーがつくった二つの段を問題なくこなし、プラスチック箱の蓋の上に立ちました。

「心配ないわよ。これ、けっこう頑丈だから」とジョジーが言いました。「床と同じと思って大丈夫。信じて、安全だから」

ジョジーはまた笑い、期待するようにわたしを見ています。わたしは笑顔を返し、その小さな高窓から外をながめました。見えたものは、ここより二階下、ジョジーの部屋の奥の窓から見える風景とあまり変わりません。視線の角度が変わった関係で、風景の右下に屋根の一部が突き出していますが、でも、草を刈った野原の上に灰色の空が広がり、マクベインさんの納屋まで伸びているのが見えました。

「もっと早く言ってくれればいいのに。窓から外を見るのが大好きだってわかってるんだから」

「ありがとうございます、ほんとうに」

一瞬、わたしたちは笑顔で見つめ合いました。ジョジーが床を見て、そこの散らかりように気づきました。

「うわっ、なんて散らかりよう。これ、片づけるわね。約束する。でも、いまはちょっとやることがあるの。クララが自分で片づけちゃだめよ。わたしがあとでやるから。いい？」

＊

ジョジー同様、母親もこの時期にわたしとの接触が減り、家の内外でわたしを見かけても、ときに見なかったふりをすることもありました。母親にとって忙しい時期だったことはわかりますし、わたしがいることで、いやな記憶がよみがえるということもあったでしょう。でも、一度だけ、わたしに意識を向けざるをえなかったときがありました。

その日、ジョジーは不在でしたが、週末で、母親は家にいました。わたしは朝のほとんどを上の物置で過ごしていましたが、下で声がしはじめたのが聞こえ、物置から出て階段の下り口まで見にいきました。すぐに、一階の廊下で母親としゃべっているのがカパルディさんであることがわかりました。

カパルディさんは、長いあいだ名前も聞かず、忘れられたような存在でしたから、ちょっと驚きました。二人は気楽な口調で話し合っていましたが、やがて、母親の声に緊張が感じられるようになってきました。そして足音がして、三階下からわたしを見あげている母親と目が合いました。

「クララ」と母親が言いました。「カパルディさんよ。もちろん、覚えているわよね。おりてきて、ご挨拶なさい」

一歩一歩注意しながらおりていく途中、母親が「そんなことに同意してないわよ、ヘンリー」と言うのが聞こえました。「言ったことと違うじゃないの」と。

カパルディさんは「聞いてみてもらいたいだけだよ。それだけだ」と答えていました。

カパルディさんは、あの日、アトリエで見たときより太って、耳の周りの髪が白さを増していました。穏やかにわたしに挨拶したあと、先頭に立ってオープンプランに向かいました。途中、「いくつか聞いてもらいたいことがあってね、クララ。君が助けてくれると、とてもありがたい」と言っていました。

母親は何も言わないまま、わたしたちの後ろから中に入ってきました。カパルディさんはモジュール式のソファに腰をおろし、背中のクッションに体をあずけました。そのリラックスした姿勢から、わたしは交流会のときのあのダニーという少年を思い出しました。あの少年は、このソファに脚を投げ出してすわっていました。リラックスしたカパルディさんと対照的に、母親はピンと背を伸ばし、部屋の中央に立っています。そして、カパルディさんがわたしにすわるよう手招きしたとき、こう言いました。

「クララも立ったままのほうが楽だと思うわよ。さっさとすませましょう、ヘンリー」

「おいおい、クリシー。そんなに気色ばむことでもないだろう」

そしてそのリラックスした姿勢をあらため、わたしの方向へ身を乗り出しました。

「わたしがAFに夢中であることは、クララも覚えているだろう？　君らAFをいつも友人とみなしてきた。AFは教育と啓蒙に欠かせない存在だ。だが、君も知ってのとおり、AFに警戒心をもつ人々もいる。AFを怖がったり、AFという存在に憤慨したりしている」

「ヘンリー」と母親が口をはさみました。「早く要点を」

「わかったよ。言いたいことはこうだ、クララ。ＡＦについては、現在、懸念する声の高まりと広まりがある。ＡＦは賢くなりすぎた、中で何が起こっているかわからない、だから怖いと言う。ＡＦの行動なら見えるし、ＡＦの意思決定やお勧めは堅実で信頼できて、ほとんどの場合、正しい。だが、どうやってその決定やお勧めに至ったのか、それがわからないのが気に入らないと言う。ＡＦへの反感や偏見は、そこからはじまっているんだ。わたしたちは反撃しなくちゃならない。その人々に向かって、わかった、と言ってやらなくちゃならない。ＡＦの思考過程がわからないから心配しているんだね。よし。じゃ、ボンネットを開いて調べてみようじゃないか。リバースエンジニアリングをやろう。封印されたブラックボックスが気に入らないのなら、開けてみよう。一回のぞいてしまえば、怖さはうんと減る。そして学べる。目を見張るような新しいことが学べる。というわけで、ここで君の出番だ、クララ。君らの側で応援しているわたしたちは、いまボランティアによる助けを求めている。もういくつものブラックボックスを開けることに成功してきたが、まだまだ足りない。君たちＡＦはほんとうにすばらしい。こんなことが可能なのかと思うような発見がすでにいくつもあった。そこで、こうして出張ってきたわけだ。わたしは君を忘れていないよ、クララ。君はわたしたちにとって垂涎《すいぜん》の的《まと》だ。頼む。助けてくれないか」

カパルディさんはわたしを見つめています。わたしはこう言いました。「やってもいいです。ただし、ジョジーと奥様に不便をおかけしないなら……」

「待ってよ」母親がすばやくコーヒーテーブルを回り込んで、わたしの横に立ちました。「そんなこと、電話で話してたことと違うじゃないの、ヘンリー」

「クララに聞いてみたかっただけだ。それだけだよ。だが、クララには、世に残る貢献ができるチャンスだ……」

「クララにそんな不当な扱いは許さない」

「わかったよ、クリシー。わたしはちょっと判断を誤ったかもしれない。それでも、いまここにいるわけだし、クララは目の前に立っているわけだし、質問だけでも許してくれないか」

「だめよ、ヘンリー。許さないわ。クララにそんな不当な扱いは許さない。そっと引退させてあげたいの」

「だが、なんとかして世の偏見に立ち向かわないと……」

「じゃ、よそで立ち向かって。ほかのブラックボックスを見つけて、こじ開ければいいわ。クララにはかまわないで。そっと引退させてあげたいの」

母親はカパルディさんからわたしをかばうかのように、前に立ちました。怒りのなかの行動で、立つ位置を少し誤ったのでしょうか。肩の後ろがほとんどわたしの顔に触れるほどの近さでした。わたしは、母親が着ていた黒いセーターの編み目の滑らかさを感じ、「手挽き牛肉の店」の横で経験したあの瞬間を思い出しました。店の横に止めた車の前座席で、母親がわたしに両腕を伸ばし、抱きしめてくれたあの瞬間のことを……。母親の背後からそっとのぞくと、カパルディさんがやれやれと首を横に振り、またソファのクッションに背中をあずけるのが見えました。

「君はまだわたしに腹を立てている」と言いました。「そう思わざるをえないよ、クリシー。もうずいぶん長く腹を立てっぱなしだ。フェアじゃない。もともと、君のほうがわたしに頼んできたことだ。忘れてないよな？　わたしは君を助けようと最善を尽くした。ジョジーの回復はとても喜ばしい。ほんとうだ。なのに、あれ以後、君はずっと怒っている。理由は何なんだ」

＊

ジョジーの出発直前の数日間は、緊張と興奮の毎日でした。メラニアさんがまだ家にいたら、万事はもう少し落ち着いていたかもしれません。でも、新しい家政婦さんには、やるべきことをぎりぎりまで引き延ばし、最後の瞬間にいくつかまとめて一気にやろうとする癖があって、それがぴりぴりした雰囲気に一役買っていたような気がします。わたしはとにかく邪魔をしないことをモットーに、なるべく物置から出ないようにし、ジョジーがつくってくれた踏み台にのって小さな高窓から野原を見たり、家の周りで起こるいろいろな物音に耳を澄ましたりして過ごしました。ジョジー出立の二日まえの午後、階段をのぼってくる足音が聞こえ、ジョジーがドア口に現れました。

「ねえ、クララ。ちょっと寝室に来ない？　いま忙しくなければ、だけど」

そう誘われて、わたしはジョジーと一緒に階段をおり、昔の寝室に戻りました。部屋はいろいろと変わっていました。ジョジーのベッドのほかに来客用の簡易ベッドが一台常置される一方で、ボタンソファがなくなっています。また、ジョジーが机に向かうときに使う椅子がキャスター付きになって、必要ならすわったまま動きまわれるなど、細々とした変化もありました。でも、壁に現れるお日さまの光模様だけは、以前からまったく変わっていません。ジョジーと二人、この光模様を見ながら、この部屋でどれだけの午後を過ごしたことでしょうか。わたしはジョジーのベッドの端にすわり、しばらく二人でおしゃべりを楽しみました。

「誰と話しても、大学なんて怖くないって言うのよ」とジョジーが言っています。「でも、違うの。全部とは言わないけど、信じられないほど怖がってる人もいる。どっちかっていうと、わたしも怖いほうね。怖くないふりなんてできない。ただ、これだけは言えるわよ。怖くても、わたしは負けない。怖さに邪魔はさせないぞって、自分に固く約束したの。あっ、話はそれるけど、目標設定のことは話したっけ？　あのね、全員が公式目標ってのを決めなくちゃいけないのよ。五つの分野があって、各分野で二つずつね。用紙があって、記入しておくんだけど、わたしのは嘘っぱち。記入したやつとは全然違う秘密の目標があるのよ。大学がこっちの目標リストを見たら、かんかんだろうなと思う。ママにも見せられない」そう言って陽気に笑いました。「あなただってだめよ、クララ。秘密の目標だけはシェアできない。でも、クリスマスで戻ったとき、あなたがまだ家にいたら、そのときはいくつ達成できたか教えてあげる」

この時期、わたしの今後にジョジーがさりげなく触れた、まれな一瞬でした。そして、ジョジーが母親の車に乗って大学に去っていく朝にも、もう一度、そんな瞬間がありました。リックに見送りにきてほしいとジョジーが願っていたことを、わたしは知っています。でも、その日、リックは何マイルも離れた場所で新しい友人と会い、検知困難なデータ収集装置の相談をしていました。見送ったのはわたしと新しい家政婦さんだけです。わたしたちは砂利を敷いた地面に立ち、ジョジーと母親が最後の荷物を車に積み込むのを見ていました。

母親が運転席にすわり、出発の準備がととのったとき、ジョジーがわたしのほうに戻ってきました。用心深い歩き方は昔から変わっていません。一歩ごとに足が砂利に深く沈み、音を立てます。気分が昂揚して、体に力がみなぎっているように見えます。まだ少し距離があるところで両腕を差し上げ、できるだけ大きなYの字をつくってから、わたしを抱きしめました。抱擁は長くつづきました。もうわたしより背が高くて、抱こうとすると少しかがまないといけません。顎をわたしの左肩にのせていて、長くて豊かな髪がわたしの視界の一部をさえぎります。抱擁を終えて上体を起こしたとき、ジョジーは笑顔で、でも一抹の悲しみも見せながら、こう言いました。

「今度戻るとき、もういないかもしれないのね。あなたはすばらしい友人だったわ、クララ。

ほんとうの親友よ」

「ありがとうございます。選んでくれたこと、感謝します」

「簡単な選択だった」そして二度目の、やや短いハグをし、一歩下がって、「さようなら、クララ。元気でね」と言いました。

「さようなら、ジョジー」

車に乗り込みながら、ジョジーはもう一度元気に手を振りました。新しい家政婦さんにではなく、わたしにです。ジョジーとわたしは、この車がこの道路を走っていくのを幾度となく見てきました。いまも、車はいつもどおりに坂をのぼり、風に揺れる木々の前を通って、丘の向こうに消えていきました。

*

ここ数日、わたしの記憶の断片がいくつか奇妙に重なり合うようになってきています。たとえば、お日さまがジョジーを救ってくれたあの暗い朝の記憶や、モーガンの滝へのお出かけの記憶、バンスさんが選んだ強烈に明るいレストランの記憶が、なぜか一つの場面に混ざり合って出てきます。母親が滝から上がるしぶきを見ながら、わたしに背中を向けて立っているのに、わたし自身はそれを木製のピクニックベンチからではなく、バンスさんのレストランのテーブルから見ています。そこにバンスさんの姿はなく、あの不親切な言葉だけが通路の反対側から聞こえてきます。そして母親と滝の上空には、お日さまがジョジーを救ってくれた朝と同様の黒い雲が厚く広がり、吹く風の中を小さな円柱やピラミッドの形をしたものが飛び交っています。

これが記憶や感覚の失調でないことはわかっています。というのも、その気になれば、記憶どうしをいつでも分け、それぞれのあるべき文脈に戻すことができますから。それに、そのような複数の記憶が一つに合成されて現れるとき、わたしは記憶と記憶のあいだにある粗っぽい境目をいつも意識しています。まだはさみをうまく使えない子が、もどかしがって指で何かを引き裂きます。そのときできるような不規則な破れ目が、滝の前の母親とレストランのテーブルのあいだにあることを意識しています。先ほどの情景を注意深く見つめれば、上空にある黒雲の縮尺と滝の前にいる母親の縮尺が同じでないことがわかるでしょう。それでも、最近、そんな複合的な記憶が鮮明に心に浮かぶことは事実です。いまも、廃品置き場のこの固い地面にすわっていることを長いあいだ忘れていました。

とても大きな置き場です。わたしのいる特別な場所から背の高い何かを探しても、はるか遠くに建設用クレーンがあるのしか見えません。空がとても広く、開けています。リックとわたしがいま一度マクベインさんの草原を行くとしたら、とくに草が刈られてしまっているいまは、空がちょうどこんなふうに見えるのかもしれません。空が広ければ、お日さまの旅を何にも邪魔されずに見られます。わたしには、曇った日でもお日さまのいまの位置がわかります。

ここに来た当初は、とても雑然とした置き場だなと思いました。でも、いまは行き届いた配置に感心しています。最初に雑然としているという印象を受けたのは、置かれているもの自体に雑然とした要素が多く見られたからでした。たとえば、切断されたケーブルが飛び出していたり、でこぼこだらけのグリルパネルがあったり。よく観察すると、置き場の作業員が機械の部品や、木箱、束などを、きちんと並べわけていることがわかります。ここを訪れる人は、列と列のあいだにできた長い通路を歩きながら、各列に置かれているものを一つ一つ見ることができます。もちろん、どこから棒やワイヤが飛び出しているかわかりませんから、注意は怠れません。

空が広く、高い構造がありませんから、置き場に誰か来れば、すぐに気づきます。遠くの列のあいだを小さな影が歩きまわっているだけでも、すぐにわかります。でも、もともと訪問者などはめったに来ません。人間の話し声が聞こえてくることはありますが、ほとんどは置き場の作業員が互いを呼び合っている声です。

ときどき、空から鳥が舞いおりてきます。でも、置き場にはおいしそうなものなどないことにすぐに気づきます。少しまえ、黒い鳥の群れが優美な隊列を組んでおりてきました。わたしからさほど遠くないところにある機械部品にとまったとき、一瞬、リックの鳥かしら、と思いました。わたしの様子を見させに、リックが送ってよこしたのかしら、と。もちろん、違います。リックの作品ではなく、自然の鳥です。しばらくその機械にとまっていました。風で羽毛が逆立っても、まったく動きません。そして、ときが来ると、いっせいに飛びたっていきました。

同じころ、親切な作業員が前に立って、ＡＦが南域に三体、リング域に二体あると教えてくれました。よければ、好きなほうに運んでいってやれるし、ほかの場所がよければそこへでも、と言ってくれました。でも、わたしはこの特別な場所が好きです。そう言うと、作業員はうなずいて去っていきました。

数日前に、それこそとても特別な出来事がありました。

場所の移動こそできなくても、わたしは首を自由に動かして、周囲を見ることはできます。ですから、長いコートを着た訪問者があって、さっきからわたしの後ろを動きまわっていることには気づいていました。一度そちらを向いたとき、その訪問者は中くらいの距離にいて、女の人であるとわかりました。ストラップの先にポーチのようなバッグを下げていて、地面に何か見つけて前にかがむと、そのバッグが体の前で揺れます。ただ、背後にいますから、継続的な観察ができません。たぶん、何かの記憶が戻ってきたこともあったのでしょう、その後しばらく、訪問者のことをすっかり忘れていました。不意に物音が聞こえ、見ると、長いコートの訪問者がわたしの前に立っていました。わたしの顔をよく見るためにしゃがもうとしています。でも、もうそのまえから、わたしには店長さんだとわかりました。わかった瞬間、心が幸せでいっぱいになりました。

「クララ？　クララですよね？」

「はい、店長さん」と、わたしは笑いかけました。

「クララ、これはすてきだわ。ちょっと待って。すわるものを何かもってきますから」

店長さんは、小さな金属製の箱を引きずりながら戻ってきました。でこぼこの地面を箱がこすり、いやな音を立てていました。店長さんはその箱をわたしの前に置き、そこにすわりました。背後が広い空なのに、店長さんの顔がはっきり見えます。

「ここであなたに会えないかなって、まえから思っていましたよ。もう一年ほどにもなるかしらね。何か見て、一瞬、クララだって思ったことがありましたけど、結局、違っていて。でも今日は間違いないわね。クララだ。うわっ、とっても嬉しい」

「店長さんにお会いできて嬉しいです」

店長さんはずっと笑顔のままで、わたしにこう言いました。「あなたはいま何を考えているのかしら。何年もたってわたしに出会って、いま混乱していませんか」

「またお会いできて、ただ嬉しいだけです」

「では、クララ、教えてくれる？　あなたはあれ以来、ここに来るまでずっと、あなたを買ってくれた人たちと一緒だったのかしら。こんなことを聞いてごめんなさいね。わたし、いまはもうそういう情報にアクセスできないものだから」

「かまいません。はい、ジョジーが大学に行くまで、ずっとジョジーと一緒でした」

「では、大成功ですね。いい家だったのですね」

「はい。できるサービスをすべて提供して、ジョジーがさびしがるのを防ぎました」

「あなたならそうでしょう。あなたのおかげで、その子は孤独の意味さえ知らずにすんだでしょう」

「そう願っています」

「いまだから言いますけどね、クララ、わたしが世話をしたすべてのAFのなかで、あなたはもっとも驚くべきAFの一人でしたよ。鋭く物事を見通す目がありました。観察力とでも言うのかしらね。目立ちました。そう、すべてうまくいってよかった。いくらすばらしい能力があっても、結果がどうなるかはね……」

「店長さんはまだAFの世話を？」

「いいえ、ずいぶんまえにその仕事はやめました」店長さんは置き場をざっとながめて、またわたしに笑いかけました。「だから、この場所が好きなの。よく来ますよ。メモリアル橋の廃品置き場にも行きますけど、やっぱりここがいちばんだわ」

「店長さんは、お店にいたAFだけを探しているのですか」

「AF探しだけではなくて、ちょっとした記念の品を集めるのが好きなの」そう言ってバッグに触れました。「大きなものはだめですけど、小さなものなら、ここの人たちも気にしません。

作業員とはもう知り合いですしね。でも、あなたの言うとおり、昔のAFに会えないか、とはいつも思っています」

「ローザに会ったことはありますか」

「ローザ？　ええ、ありますよ。この場所で。そうね、もう二年以上まえになるかしら。ローザの生活はあなたほどうまくいかなかったみたい」

「相手のお子さんを好きになれなかったんでしょうか」

「そういう問題よりも……でも、それはいいわ。ローザのことはいい。それよりあなたのことよ。あなたには特別な能力があった。ジョジーさんも重宝してくれたかしら」

「はい、そう思います。家の方々にとても親切にしていただいて、たくさんのことを学びました」

「お店にやってきてあなたを選んだときのこと、覚えていますよ。お母さんがあなたをテストして。娘さんのように歩けるか、って。わたし、あなたがいなくなってからもずっと心配していました」

「心配なことはありませんでした。わたしには最高の家で、ジョジーは最高の子です」

店長さんは黙って、わたしにほほ笑みつづけています。わたしは話しつづけました。

「ジョジーに何が最善かを考え、そのために全力を尽くしました。いまでもよく考えます。リックとジョジーが一緒でなくなったのは残念ですが、実際に起きたことは、ほかの可能性よりずっとよかったと思います。ただ、わたしがジョジーを継続することも、やればできたとは思います」

「あなたの言うとおりなんでしょうけど……でも、クララ、『ジョジーを継続する』ってどういう意味なの？」

「店長さん、わたしは全力でジョジーを学習しました。求められれば、全力で継続していたと思います。でも、結果が満足いくものになっただろうかと問われると……。それは、完璧な再現などできないということより、どんなにがんばって手を伸ばしても、つねにその先に何かが残されているだろうと思うからです。母親にリックにメラニアさんに父親……あの人々の心にあるジョジーへの思いのすべてには、きっと手が届かなかったでしょう。いまはそう確信しています、店長さん」

「そう。でも、クララ、実際には最高の結果になったのね？　よかったわ」

「カパルディさんは、継続できないような特別なものはジョジーの中にないと考えていました。

探しに探したが、そういうものは見つからなかった——そう母親に言いました。でも、カパルディさんは探す場所を間違ったのだと思います。特別な何かはあります。ただ、それはジョジーの中ではなく、ジョジーを愛する人々の中にありました。だから、カパルディさんの思うようにはならず、わたしの成功もなかっただろうと思います。わたしは決定を誤らずに幸いでした」

「たしかにそうなのでしょう、クララ。わたしは再会するどのAFからも、そういう話を聞きたいと思っていますよ。うまくいった話や後悔はないという話をね。そうだ、クララ、向こうにね、B3型が何人かいるのを知っていたかしら。うちのお店のAFではないけれど、クララ、話し相手がほしければ、ここの作業員に頼んで移してあげるけど？」

「いいえ、店長さん。ご親切に感謝します。でも、わたしはこの場所が好きですし、当面、振り返って整理すべきたくさんの記憶がありますから」

「たぶん、それが賢明でしょう。お店では言えませんでしたけど、わたしね、あなたの世代に感じた愛情を、B3型世代にはどうも感じられませんでしたよ。お客様もそうだったみたいで、あれだけの技術革新を詰め込んだB3型でしたけど、人気はいまひとつでしたね。今日はあなたに会えてよかったわ、クララ。あなたのことはいつも頭にありました。あなたは、わたしがお世話した最高のAFの一人です」

店長さんが立ち上がり、バッグが体の前でまた揺れました。

「お帰りになるまえに、店長さん、もう一つご報告することがあります。お日さまはわたしにとても親切でした。最初から親切でしたが、ジョジーのところにいるときは輪をかけて。店長さんにはぜひお知らせしておかねばと思いました」

「そう？　太陽はあなたにいつもよくしてくれたのね、クララ」

そう言いながら後ろを振り向いて広い空を仰ぎ、額に手をかざしました。わたしたちはしばらくお日さまを見ていました。そのあと、店長さんはわたしを見て、「さて、行くとしましょう。クララ、さようなら」と言いました。

「さようなら、店長さん。ありがとうございました」

店長さんはすわっていた金属製の箱を手でつかみ、もとの場所に戻そうと引きずっていきました。さっきと同じ、不快な音が響きました。そのあと、列と列のあいだの長い通路を向こうへ歩いていきます。こうして見ていると、お店にいたときの歩き方と違います。一歩踏み出すごとに左側に少し傾くようで、コートが長いのに、あれでは左側の裾が汚い地面に触れはしないかと心配になります。中くらいの距離を歩いていったところで立ち止まり、向きを変えました。最後にもう一度わたしのほうを振り向いてくれるかと思いましたが、そうはならず、地平線上のあの建設用クレーンの方角を向いて、遠くをながめています。そのまままた歩きはじめました。

美しい子供

慶應義塾大学名誉教授（イギリス文学）
河内恵子

二〇一七年のノーベル文学賞受賞後はじめて出版されたカズオ・イシグロの八作目の長篇小説『クララとお日さま』は、興味深いテーマをさまざまに描ききわめて魅力的な作品だ。物語は人工頭脳を搭載したクララと、病弱な少女ジョジーとの出会いと別れを時間軸に展開する。物語り手の「わたし」クララは人工親友（ＡＦ）で、アクセサリーや食器なども扱う店で売られている。ＡＦはそれぞれ独自の個性を有しており、クララは最新型のＢ３型ではなく旧型のＢ２型だが、ずば抜けた観察力と学習意欲をもち、「見るものを吸収し、取り込んでいく能力」と「精緻な理解力」は最新型よりすぐれている。店頭ではじめて出会った時から惹かれ合ったクララとジョジーは幸運にも共に暮らすことになるのだが、ふたりの共生物語は、先に述べたように、多様なテーマで脈動している。いくつか、具体的に挙げてみよう。

まずは、クララとジョジーが生きる世界がまぎれもなく格差社会だということだ。クララは最新型AFと時折比較される。クララには臭覚が備わっていないが、B3型には装備されている。また、運動能力もすぐれている。

人間社会の格差も厳しい。ジョジーの親友であるリックは「向上処置」を受けていないため、才能はあるものの大学進学の道は閉ざされ、「向上処置」を受け、いわゆる安定した生活を保証されている子供たちの侮蔑の対象となっている。また、父親が不在であるがゆえ濃密になる母と子の関係も印象に残る。長女サリーを病気で喪ったクリシーは、次女ジョジーをも喪うかもしれないという怖れから奇妙に歪んだ計画を立てるし、息子リックの将来のために策をめぐらすヘレンの過剰な介入も興味深い。ビルが林立し、人や自動車が絶え間なく行き交う都会とジョジーやリックが暮らす田園との比較も鮮やかだ。

このように、たしかに『クララとお日さま』はじっくりと考察してみたいテーマに満ちている。しかし、私がもっとも強く惹かれたのは子供の存在だ。最初に作品を読んだ時に、子供たちが、とりわけクララが発する優しいが強いエネルギーに魅了された。だから、二度目には彼女に焦点をあてながら読んだ。やはり、ますます執拗にクララは私に纏わりついてきた。

カズオ・イシグロは子供の描写にすぐれている。『遠い山なみの光』(一九八二)の万里子が子猫と戯れたり、川べりで佇《たたず》む姿には、作品世界を創る昏い寂寥感が凝縮されていた。『浮世の画家』(一九八六)の語り手、小野益次の孫、一郎が映画館やデパートの食堂でみせる無邪気な姿は、この作品の語りの脱線した部分として描写されているのだが、小野の内向する語りに歯止めをかける明度をもっていた。『わたしたちが孤児だったころ』（二〇〇〇）のクリストファーとアキラが小さな諍いを繰り返しながら遊びや冒険に興じる時間は、第二次世界大戦以前の上海の租界に流れていた豊かな静寂を伝えていた。『わたしを離さないで』（二〇〇五）では臓器提供を目的に生まれたクローンの子供たちがヘールシャムという空間で学び、生活しているのだが、この空間もいじめや喧嘩、噂話、男子と女子との交流、先生の評価など、子供たちの生命と声で満ちていた。語り手のキャシー・Hは子供時代を思い出しながら物語を進めていた。

作品世界のなかで占めるスペースはさまざまだが、子供たちはそれぞれ、物語に象徴的な捻《ねじ》れを与えたり、物語の進行速度を早めたり遅めたり、あるいは作品の語り手の過去の存在としてその記憶に登場したりする。クララは、カズオ・イシグロが創りだしたはじめての子供の語り手だ。はじめての、人間ではない語り手だ。この語り手が放射する魅力について話そう。

クララは「ショートヘアで、浅黒くて、服装も黒っぽくて」、親切そうな目を持つフランス人みたいなAFだ。何よりも外を見ることが好きで「何一つ見逃さない」。太陽光を主たるエネルギーとしていることもあり、クララはお日さまをほとんど信仰の対象のように敬《うやま》い愛している。この気持ちは店のショーウィンドーからある場面を目撃したことで強固なものになる。物乞いの人と彼に連れ添っていた犬が一緒に死んだ折に（実際は死んでいなかったのかもしれない）、お日さまはその光で彼らを生き返らせたのだ。また、長い別離の後に出会った老人と老女が抱擁する姿をお日さまがその光で包んでいた光景も、クララのなかで大事な記憶となる。クリシーとジョジー母娘、そして家政婦のメラニアと共に田園地帯に住むようになったクララは、生まれてはじめて「外」を体感する。ジョジーの友人のリックやその母ヘレンとも知り合い、彼女の世界は広がっていく。ジョジーが機嫌を損ねたり、ふたりの間の意思疎通がうまくいかなかったりすることもある。ジョジーは「(B3型を)買うべきだったかなって、いま思いはじめた」と言ったり、クララを無視したりすることもあるが、こういった争いやジョジーとリックとクララとの関係は、キャシー・Hと友人のルースやトミーとのヘールシャムでの日々を想起させる。

何があっても、誰に何を言われても、クララはジョジーのAFとして、彼女にとって最良最善のことは何かといつも考えている。それゆえに、ジョジーの病気が重症化した時、お日さまに助けを求めるのは当然の行為だ。「わたしは心の中で、すばやく、静かに、言葉というより思いを具象化していきました」「何かお日さまに喜んでいただけること、お日さまを幸せにできることがあって、もしわたしがそれをやったなら、ジョジーに特別の配慮をしてくださることはできませんか。あのとき、あの物乞いの人と犬にやってくださったように?」。言葉は深い思いを具象化するのだ。お日さまに語る時、クララの言葉は実に豊かだ。

お日さまが与える光模様を遮り汚染を生み出す大きな機械を、自らの認識機能が損なわれる危険を冒してまでもクララは破壊する。しかし、機械は一台ではなかった。お日さまを苦しめる大気汚染はとまらない。お日さまは怒っているのだろうか。クララの素朴な思いと直情的とも思える行為は「どうぞジョジーに特別な思いやりを」という祈りに収斂《しゅうれん》されていく。クララは周囲の人間たちにたいしてこよなく優しく、謙虚だ。人間たちの邪魔にならないようにと、そっと陰に身を潜め、じっと立ち続けることもある。

静と動を往還するクララの存在をカズオ・イシグロは映像的に描き出す。これまでのいかなる作品よりも彩度の高い映像を『クララとお日さま』は私にみせてくれた。ジョジーとクララが後ろ向きになってソファの座部に両膝をつき、背もたれを抱えるようにして沈み行くお日さまを見ている小さな姿。お日さまに願い事をするために、お日さまの休憩場所と思われるマクベインさんの納屋をめざして、リックに背負われ、野原を行くクララの姿。その納屋の中で、以前居た店の内部が断片的にクララの視界に入ってくる様子。そう、クララの視界はおりにふれて、ブロックやボックスや「不規則な形状をした小部分」に分割される。彼女がそれらを整理してひとつの図に構成する過程は、緻密な動きを連続的に描写することで表現されている。ジョジーが描いた絵の吹き出しにリックがセリフを入れ、出来上がった作品を一枚ずつ拾い上げて重ねるクララ。この静かな場面も、巧みに構成された映画のワンシーンを観るかのような感覚を私に与えた。

商品として置かれていた都会の店、姉妹のように共に過ごしたジョジーの部屋、ジョジーの交友関係が広がったために自ら移動した物置等、さまざまな空間をクララは生きる。そして、いずれの空間においても彼女は熱心に観察し、謙虚に学んでいた。これらの空間についての彼女の記憶は視覚化され、すぐれた映像的表現となって私を強く捉える。「最高の家で、ジョジーという最高の子」と共に生きたことを幸福な体験とするクララは、自らの生を、その存在全体で肯定する。

クララのひとつひとつの言葉と行動は、彼女を読む者の「内」に、生きるものが持つ可能性という光模様を放散する。彼女こそ美しく発光する存在だ。クララはカズオ・イシグロが創ったもっとも美しい子供だ。『クララとお日さま』は、私にとってもっとも美しい小説となった。

訳者略歴　英米文学翻訳家　訳書『日の名残り』『わたしを離さないで』『夜想曲集』『忘れられた巨人』イシグロ，『エデンの東』スタインベック，『日はまた昇る〔新訳版〕』ヘミングウェイ（以上早川書房刊），『イギリス人の患者』オンダーチェ，他多数

クララとお日《ひ》さま

2021年3月10日　初版印刷
2021年3月15日　初版発行

著者　カズオ・イシグロ

訳者　土屋政雄《つちやまさお》

発行者　早川　浩

発行所　株式会社早川書房
東京都千代田区神田多町2－2
電話　03－3252－3111
振替　00160－3－47799
https://www.hayakawa-online.co.jp

印刷所　中央精版印刷株式会社
製本所　中央精版印刷株式会社

Printed and bound in Japan

ISBN978-4-15-210006-1 C0097

乱丁・落丁本は小社制作部宛お送り下さい。
送料小社負担にてお取りかえいたします。

遠い山なみの光

A Pale View of Hills

カズオ・イシグロ

小野寺 健訳

ハヤカワepi文庫

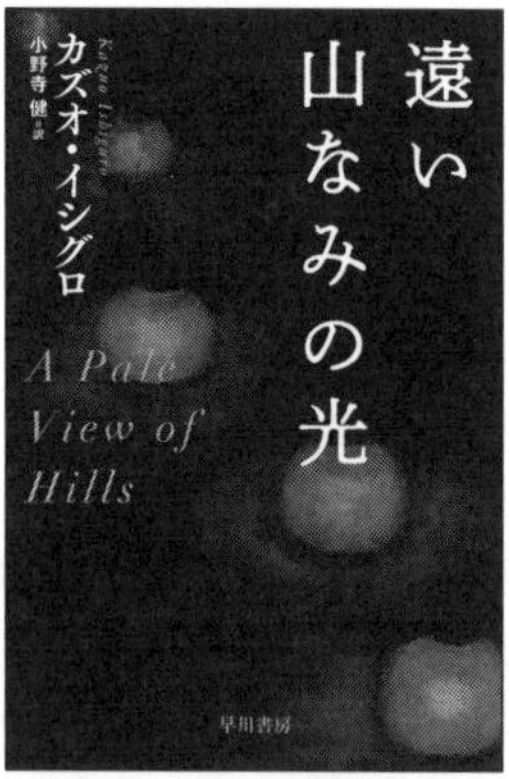

故国を去り英国に住む悦子は、娘の自殺に直面し、喪失感の中で自らの来し方に想いを馳せる。戦後の長崎で、悦子はある母娘に出会った。あてにならぬ男に未来を託そうとする母親と、不気味な幻影に怯える娘は、悦子の不安をかきたてた。だが、あの頃は誰もが傷つき、何とか立ち上がろうと懸命だったのだ。淡く微かな光を求めて生きる人々の姿を描くデビュー作。王立文学協会賞受賞作。

浮世の画家〔新版〕

An Artist of the Floating World

カズオ・イシグロ
飛田茂雄訳
ハヤカワepi文庫

戦時中、日本精神を鼓舞する作風で名をなした画家の小野。多くの弟子に囲まれ尊敬を集める地位にあったが、終戦を迎えたとたん周囲の目は冷たくなった。弟子や義理の息子からはそしりを受け、末娘の縁談は進まない。小野は引退し、屋敷に籠りがちに。自分の画業のせいなのか……。老画家は過去を回想しながら、自らの信念と新しい価値観のはざまに揺れる。著者序文を収録した新版。

充たされざる者

The Unconsoled

カズオ・イシグロ

古賀林 幸訳

ハヤカワepi文庫

世界的ピアニストのライダーは、あるヨーロッパの町に降り立った。「木曜の夕べ」という催しで演奏する予定のようだが、日程や演目さえ定かでない。ただ、演奏会は町の「危機」を乗り越えるための最後の望みのようで、期待は限りなく高い。ライダーはそれとなく詳細を探るが、奇妙な相談をもちかける市民たちが次々と邪魔に入り……。実験的手法で悪夢のような不条理を紡ぐ問題作。

わたしたちが孤児だったころ

When We Were Orphans
カズオ・イシグロ
入江真佐子訳
ハヤカワepi文庫

上海の租界に暮らすバンクスは、十歳で孤児となった。貿易会社勤めの父と反アヘン運動に熱心だった美しい母が相次いで謎の失踪を遂げたのだ。ロンドンに帰され寄宿学校に学んだバンクスは、両親の行方を突き止めるために探偵を志す。やがて幾多の難事件を解決し名声を得た彼は、戦火にまみれる上海へと舞い戻る。現代最高の作家が渾身の力で描く記憶と過去をめぐる至高の冒険譚。

わたしを離さないで

Never Let Me Go
カズオ・イシグロ
土屋政雄訳
ハヤカワepi文庫

介護人キャシー・Hは「提供者」と呼ばれる人々の世話をしている。生まれ育った施設ヘールシャムの親友トミーやルースも提供者だった。キャシーは施設での日々に思いをめぐらす。図画工作に力を入れた授業、毎週の健康診断、保護官と呼ばれる教師たちのぎこちない態度。彼女の回想はヘールシャムの残酷な真実を明かしていく……。全読書人の魂を揺さぶる、イシグロの新たな代表作。

忘れられた巨人

The Buried Giant
カズオ・イシグロ
土屋政雄訳
ハヤカワepi文庫

遠い地で暮らす息子に会うため、長年暮らした村をあとにしたアクセルとベアトリスの老夫婦。一夜の宿を求めた村で少年を託された二人は、若い戦士を加えた四人で旅路を行く。竜退治を唱える老騎士、高徳の修道僧……様々な人に出会い、時には命の危機にさらされながらも、二人は進んでいく。アーサー王亡きあとのブリテン島を舞台に、記憶や愛、戦いと復讐のこだまを静謐に描く。